猟奇犯

特捜刑事《デカ》

南 英男

Minami Hideo

文芸社文庫

目次

第一章　連続猟奇殺人　5
第二章　追跡行の迷路　114
第三章　新たな疑惑　205
第四章　悪夢の死角　282

第一章　連続猟奇殺人

1

辞表を書くべきか。

剣崎徹《けんざきとおる》は胸底《きょうてい》で呟《つぶや》いた。幾度となく繰り返してきた自問だった。

まだ、かすかな迷いが残っている。何かがふっ切れない。

二〇〇九年八月中旬のある昼下がりだ。

剣崎は溜息《ためいき》をついて、セブンスターをくわえた。

机の上の灰皿は吸殻で一杯だった。その周《まわ》りには、灰が零《こぼ》れている。

新宿署《しんじゅくしょ》交通課の一隅だ。

警部補の剣崎は一応、主任だった。しかし、ろくに仕事はなかった。

来る日も来る日も、管内のパーキングメーターの設置状況の調査報告書をまとめさせられていた。典型的な閑職だった。

といっても、剣崎は年配者ではない。つい数カ月前に三十五歳になったばかりだ。

剣崎は五カ月前まで、警視庁組織犯罪対策部第四課の敏腕刑事だった。

同課は暴力団や犯罪組織の絡《から》んだ殺人、傷害、暴行、脅迫、放火、賭博《とばく》、恐喝などの事件を捜査するセクションだ。剣崎は、暴力団係刑事として活躍していた。在任中の検挙件数は常に課内でトップだった。

剣崎は人一倍、犯罪を憎んでいる。

高校生のとき、母親が理不尽な殺され方をしたからだ。母は買物の帰りに、一面識もない中年男にいきなり左胸に出刃庖丁《でばぼうちょう》を突き立てられた。即死だった。

ノイローゼ気味だった犯人はまんまと逃亡し、ついに捕まらなかった。殺人罪の公訴時効はなくなったが、遺族の無念は永久に晴れないかもしれない。

そんな形で母親を失った剣崎は、大学在学中に警察官を志願する気になった。いわば、私怨《しえん》混じりの正義感に衝《つ》き動かされたわけだ。

警察官への道は、ふた通りある。

一つは国家公務員総合職（旧Ⅰ種）か一般職（旧Ⅱ種）試験にパスして、警察庁採用の官僚《キャリア》になることだ。これはエリートコースである。

どちらの試験もきわめて難しい。司法試験よりも難関とさえ言われている。現に全国には約二十七万人の警察官がいるが、キャリアはわずか六百人ほどしかいない。有資格者《キャリア》たちは警察大学校を卒業すると同時に、警部補になれる。

その後の出世も早い。二十代の後半で地方の警察署の署長や県警本部の課長になることも、決して珍しくはなかった。四十代半《なか》ばには、たいていの警察官僚が県警本部長になっている。

剣崎は中堅私大の法学部出身だった。

最初から、キャリアをめざす気はなかった。警視庁採用の一般警察官《ノンキャリア》の道をたどり、渋谷《しぶや》署に配属された。巡査として三年ほど勤務し、巡査長になった。そして、巡査部長昇格試験に合格した。

その時点で剣崎は本庁の捜査二課に移り、みっちり仕込まれた。捜査二課は汚職、詐欺、背任、横領、選挙違反など知能犯罪の捜査に当たっている。人間の醜い裏面を見せつけられたことはショックだったが、勉強にもなった。

警部補に昇格したのは、二十九歳のときだった。ノンキャリアの中では、割に出世は早かった。

原則として、警察官は昇格するたびに新たな任命を受ける。

転任が多いほど順調だと言っていい。剣崎は花形の捜査一課に移りたいと密《ひそ》かに願っていた。

だが、配属されたのは組織犯罪対策部第四課だった。いくらか落胆したが、暴力団担当の捜査は意外にも性《しょう》に合っていた。やり甲斐《がい》もあった。

剣崎は仕事に情熱を傾け、数々の手柄を立てた。

しかし、半年前に過剰防衛で刑事罰に問われそうになってしまった。コカイン密売人宅の家宅捜索中に、被疑者が隠し持っていた拳銃を発砲したのである。

放たれた銃弾は、剣崎の耳を掠《かす》めた。

とっさに剣崎はシグ・ザウエルP230Jを抜き、反撃していた。防衛本能が働いたわけだ。放った銃弾は、被疑者の腹部に命中した。

剣崎は相手の腿《もも》を狙《ねら》うつもりだった。しかし、手許《てもと》が狂ってしまった。

被疑者のコカイン密売人は、担《かつ》ぎ込まれた病院で数日後に息を引き取った。内臓が破裂し、腹膜炎を併発したせいだ。

そのことで、剣崎は過剰防衛の疑いを持たれた。しかし、彼の正当防衛は認められ、不起訴処分になった。

剣崎は減俸で済むと考えていた。

だが、その考えは甘かった。警察の上層部はマスコミや世間の目を気にして、それ相応の処置をとった。こうして剣崎は、新宿署の交通課に飛ばされることになったのだ。

別段、職階が下がったわけではない。しかし、明らかに左遷だった。

剣崎は左遷されたことに拘《こだわ》っているのではなかった。

交通課の職務も大事なことはわかっている。だが、デスクワークにはどうしても馴《な》染《じ》めなかった。現場に出られないのなら、潔《いさぎよ》く職を棄《す》てるべきだろう。

剣崎は短くなった煙草《たばこ》の火を消し、椅子《いす》から立ち上がった。

交通課には、ほとんど人がいなかった。

制服の女性警察官が数人、交通反則の通告書をパソコンで打っている。課長の人見《ひとみ》敏光《としみつ》警部は、違反駐車の取り締まりに関する書類に目を通していた。

人見課長は、まだ三十一歳だ。

童顔だからか、二十七、八歳にしか見えない。髪型も、いわゆる坊ちゃん刈りだった。

人見警部は警察庁採用のキャリアだ。頭は切れるが、少々、社会性に欠けている面があった。

部下の壮行会に出席したことは一度もない。現場の仕事を軽く見ている傾向もうかがえる。出世することだけを考えているのだろう。

「剣崎警部補、食事かな」

人見課長が声をかけてきた。

妙に甲高《かんだか》い声だ。呼ばれるたびに、なぜか神経が尖《とが》ってしまう。

「ええ、まあ」

「デスクワークは退屈でしょ？　なんだったら、一昨日《おととい》の轢《ひ》き逃げ事件の聞き込みに加わってもらってもいいけど」

「まだ交通課の仕事に不馴《ふな》れですので、このままで結構です」

剣崎は、四つ年下の上司に丁寧《ていねい》な言葉遣《づか》いで応じた。

警察は階級社会である。

たとえ古参の刑事であっても職階が低ければ、自分の息子のような年齢の上司にもぞんざいな口は利《き》けない。軍隊と似たような縦割りの関係が出来上がっていた。

剣崎のようなノンキャリアは巡査を振り出しに、巡査部長、警部補、警部、警視、警視正、警視長、警視監、警視総監と一段ずつ昇格していく。巡査長というのは、正式な職階ではない。そのことは案外、知られていないようだ。

昇格するには、いわゆる昇格試験にパスしなければならない。厳しい競争社会だが、ある意味では公平だ。本人の野望と努力があれば、誰でも昇格することはできる。

もっとも現実にはキャリア以外の警察官は、それほど出世欲は強くない。というよりも、昇格試験に備《そな》えるだけの余裕がなかった。それほど現場の仕事は激務だった。

また、職階に拘らない職人気質の捜査員も少なくない。剣崎も、そうしたタイプだ。出世欲はきわめて弱かった。

愚直なまでに現場の捜査が好きだった。

現場の仕事に華《はな》やかさはない。いつも地道な努力の積み重ねだった。

しかも、時には危険な目にも遭《あ》う。殉職した者も数多い。それでも努力が報《むく》われたときの喜びは大きかった。

「いい機会だから、昇格試験の勉強でもしたら？　あんたなら、きっと警部になれるよ」

「ちょっと出てきます」

剣崎は椅子の背凭《せもた》れから、白い麻のジャケットを引き剝《は》がした。

ネクタイは結んでいない。枯葉色のスタンドカラーの半袖《はんそで》シャツに、下は灰色のスラックスだった。

剣崎は上着を抱えて、すぐに部屋を出た。

交通課は一階にある。剣崎は玄関ロビーを斜めに横切って、大股《おおまた》で表に出た。

外は暑かった。

頭上の太陽はぎらついている。午後二時過ぎだった。じっとしていても、汗が噴き出す。

剣崎は、ひとまず日陰に走り入った。

そこはビル風《かぜ》が吹いていた。しかし、頬《ほお》を嬲《なぶ》る風はたっぷり熱を孕《はら》んでいる。

剣崎は目の前にそびえる新宿署を振り仰いだ。窓ガラスが陽光を乱反射している。地上十三階、地下四階の高層ビルだ。所轄署の中では、最も高い建物だった。

新宿署には、およそ七百人の署員がいる。

常駐している警視庁第二機動隊と自動車警邏《けいらたい》隊の三百人を加えると、約千人の大所帯だ。所轄署では全国一の規模である。

自分は桜田門《さくらだもん》のほうがよかった。しかし、本庁でお払い箱にされてしまった。戻るに戻れない。これも人生か。

剣崎は明るく自嘲《じちょう》し、斜め前の信号機に視線を投げた。

ちょうど横断歩道の信号が青になったところだった。青梅街道だ。署は、新宿野村ビルの裏手にある。

剣崎は走りだした。横断歩道を渡る。

すれ違いざまに、目を向けてくる者もいた。

剣崎は人目を惹《ひ》く体つきだった。

身長は百八十二センチで、筋肉が発達している。学生時代は空手に励み、警察官になってからは剣道と柔道で体を鍛えてきた。段位は併《あわ》せて十段だ。

武闘派やくざにも怯《ひる》んだことはない。剣崎の逞《たくま》しい体躯《たいく》に竦《すく》んでしまう筋者《すじもの》も少なくなかった。

顔つきも男臭《くさ》い。

眉《まゆ》が濃く、やや奥目の両眼は狼《おおかみ》のように鋭かった。細面《ほそおもて》で、いくらか頬《ほお》がこけている。

鼻は高く、唇は真一文字に近い形だ。肌は浅黒かった。だが、性格は穏《おだ》やかだった。

剣崎は数百メートル歩き、文房具店に飛び込んだ。

便箋《びんせん》と筆ペンを買い、数軒先の喫茶店に入った。マントバーニの古いムード・ミュージックが低く流れていた。

客は疎《まば》らだった。

そのせいか、冷房がよく効いている。たちまち汗が引く。

剣崎は隅のテーブル席につき、アイスコーヒーを注文した。

食欲はなかった。剣崎は一服してから、便箋に筆ペンを走らせはじめた。

退職願

私儀一身上の都合により、本日をもって――

剣崎は型通りの言葉を書き連《つら》ね、筆ペンにキャップをした。

そのとき、顔色の悪いウェイトレスが注文した飲みものを運んできた。剣崎は便箋と筆ペンをかたわらの椅子の上に移し、上体を後方に反《そ》らせた。

アイスコーヒーを啜《すす》っていると、顔見知りの若い刑事が店に入ってきた。斉田均《さいだひとし》という名で、刑事課強行犯係《きょうこうはん》だった。所轄署では強行犯係は通常、一係《いちがかり》と呼ばれている。殺人、誘拐、強盗など凶悪犯罪の捜査をする部署だ。

斉田はちょうど三十歳で、まだ巡査部長である。

中肉中背だが、眼光は鋭い。スポーツ刈りで、顔は角張っている。ワイシャツ姿だった。流行遅れのネクタイをだらしなく結んでいる。

斉田は剣崎に気づくと、人懐《ひとなつ》こげに笑った。

剣崎は軽く片手を挙げた。斉田が歩み寄ってきて、笑顔を向けてくる。

「同席させてもらってもかまいませんか？」

「ああ、いいよ」

「それじゃ、失礼します。ひとりで飯を喰《く》っても、ちっともうまくないんですよね」

「きょうは、ここで昼食を？」

剣崎は訊《き》いた。

斉田がうなずき、剣崎の前に坐《すわ》る。オーダーしたのは、海老《えび》ピラフとアイスティーだった。剣崎はセブンスターに火を点《つ》けてから、斉田に話しかけた。

「一係の連中は大変だろう？」

「ええ。先週、二つも殺しが発生しましたからね」

斉田がそう言い、ワイシャツの胸ポケットからショートホープと使い捨てライターを摑《つか》み出した。煙草の箱は潰《つぶ》れかけている。

「手間取りそうな事件《ヤマ》なのかい？」

「ええ、おそらくね」

「それだけファイトが湧《わ》くじゃないか」

剣崎は冷やかして、指先で灰を叩《たた》き落とした。

五日前と二日前に、歌舞伎町《かぶきちょう》二丁目のラブホテルで東南アジア系の外国人娼婦《しょうふ》が惨殺された。先に殺されたのはタイ人の街娼だった。二人目の被害者は、フィリピン人のコールガールだ。

二人の被害者は、ともに不法滞在者だった。

どちらも鋭利な刃物で首を刺され、乳房と性器を傷つけられていた。金品は奪われていない。犯行の手口は酷似していた。同一犯の仕業《しわざ》と思われる。

新宿署に『歌舞伎町連続猟奇殺人事件捜査本部』が設けられたのは、きのうの午後だった。

「捜査の進展は？」

「本庁の捜一《そういち》の旦那《だんな》たちは、変質者の犯行と睨《にら》んでるようです。おれは、そんな単純な事件《ヤマ》じゃないような気がしてるんですがね」

斉田が不満げに言って、煙草を喫《す》いはじめた。

凶悪な殺人事件などが発生すると、所轄署に捜査本部が設置される。本庁の刑事部長か捜査一課長が捜査本部長を務めるが、それは名目だけだ。所轄署の署長が捜査副本部長になり、本庁捜査一課と所轄署の刑事が捜査に当たる。

実質上の総指揮官は、本庁捜査一課の管理官だ。所轄署の刑事たちは、彼らの手足として動かされることになる。

小規模な所轄署は別として、大きな警察署は本庁の捜査員が出張《でば》ってくることを本音では歓迎していない。

アシスタントに甘んじなければならないことに、屈辱感を覚《おぼ》えるからだ。新宿署のようなマンモス署なら、本庁に対抗意識を燃やしても不思議ではない。

「きみは、どう事件《ヤマ》を読んでるのかな?」

剣崎は煙草の火を消し、斉田に小声で訊いた。

「これは単なる勘なんですが、フィリピン人犯罪組織とタイ人組織の潰し合いじゃないかと……」

「娼婦たちを仕切ってる各組織は、きっちり縄張り《シマ》を分け合ってたはずだがな」

「ええ、以前はね。大久保通りも職安通りも、ブロックごとにきれいに分け合ってました」

　斉田が言った。

　歌舞伎町界隈《かいわい》には、約二百人の外国人娼婦がいる。タイ人が最も多く、次いでフィリピン人、中国人、マレーシア人、コロンビア人の順だ。

　彼女たちを管理しているのは、それぞれの母国の犯罪組織の男たちだ。彼らの大半が客引きと用心棒を兼ねている。そういった組織と手を結び合っているのが、日本の広域暴力団だった。

「タイ人売春婦たちを本国から呼び寄せてる組織は、確か関東誠友《せいゆう》会青柳組《あおやぎぐみ》をバックにしてるんだったな」

「そうです」

「なんて組織名だったっけ？」

「『ワイクル』です。タイ語で、闘いの舞いって意味らしいんですよ」

「そうだ、『ワイクル』だったな。闘いの舞いってのは？」

「ほら、キックボクシングの試合前に、タイの選手が民族音楽に合わせて踊るでしょ？」

「ああ、あれのことか」

「ええ。バンコクにいる『ワイクル』本部のボスは、元ムエタイのチャンピオンだったそうです」

「それで、そんなチーム名にしたわけか」

「そうなんでしょうね。『ワイクル』の日本支部の奴らは確かに青柳組の傘下に入ってたんですが、去年の秋ごろから、少しつき合いが薄くなってるようです」

「仲違《たが》いでもしたんだろうか」

剣崎は小首を傾《かし》げた。

「そうじゃなく、青柳組が警察の目を気にしたようですね」

「どういうことだい？」

「管理売春《マメノシル》のかすりで、妙なつつかれ方をされたくないんでしょう」

斉田がそこまで言い、急に黙り込んだ。ウェイトレスが海老ピラフとアイスティーを運んできたからだ。

剣崎はストローをくわえ、アイスコーヒーを吸い上げた。氷はだいぶ解《と》けている。

ウェイトレスが下がった。

斉田がピラフを搔《か》っ込みはじめた。犬喰いに近い恰好《かっこう》だ。よっぽど腹が空《す》いていたのだろう。

「青柳組は街娼たちから、一日どのくらいの場所代《ショバ》を？」

剣崎は質問した。

「ひとり五千円です。大久保通りや職安通りで売春《マメウリ》してるタイ人女はおよそ五十人ですから、日建て二十五万円ですよね」

「月に七百四、五十万ってとこか。たいしたかすりじゃないな」

「そうですね。トルエンを五、六十缶、ドリンク剤のボトルに小分けして卸《おろ》せば、そのくらいの額になりますから。危険ドラッグで稼ぐこともできます」

「ケチなかすりで警察にマークされたくないってわけか」

「ええ、おそらく。で、青柳組は『ワイクル』の奴らとあまり接触しなくなったんだと思います」

斉田が言った。

「なるほどな」

「そのことを『ワイクル』の対立組織の『ジープニー』が敏感に嗅《か》ぎ取って、この春ごろから縄張り荒らしをしてるんですよ」

「『ジープニー』は、フィリピン人マフィアの集団だったね」

「そうです。あのマニラ名物の集合タクシーのことですよ。悪くないネーミングです」

「もともと『ワイクル』と『ジープニー』は仲が悪かったんだろう？」

「ええ、そうですね。フィリピーナのほうが先輩格ですけど、十数年前からタイ人娼婦のほうがのさばってるから、『ジープニー』は何かと面白くなかったでしょう」

「だろうな」

剣崎は、またセブンスターに火を点けた。

かなりのヘビースモーカーだった。一日に六、七十本は喫っている。

「いまも不法滞在外国人が増えつづけてますから、今後も彼女たちの売春ビジネスは繁昌《はんじょう》するんだろうな。入管の推定だと、現在、約七十四万人の不法滞在外国人がいるらしいんですよ」

「そういえば、この春も福建省《ふっけんしょう》から中国人が集団密航しようとした事件があったな」

「ええ。あれは日本の暴力団が九州の船主を使って、密航者を日本に上陸させようとしたんでしたね」

「そう。売春ビジネスだけじゃなく、不法滞在外国人たちの犯罪も増えてるな」

「そうですね。昨年度は立件された犯罪件数が七千四百件にものぼりました」

斉田が報告するような口調で言った。

「そんなに多かったか」

「ええ。今後は、もっと増えると思います。長引いてる不況で帰国する奴が多くなると思ったんだけど、ちょっと楽観的でした」

「彼らは、まだまだ日本は稼げる国だと見てるんだろう。ジパング伝説は根強いな」

剣崎は苦く笑った。

「そうですね。十五年ほど前まで暗躍してた台湾マフィアみたいに、これからは国単位の犯罪組織が新宿に根づくんじゃないですか」

「現に根づきはじめてる。タイやフィリピンの組織だけじゃなく、中国、イラン、パキスタン、ナイジェリアの犯罪集団が日本のやくざとつるんで、非合法ビジネスで荒稼ぎしてるからな」

「麻薬の密売、高級車の窃盗、違法カジノなんかで不法残留の外国人たちが暗躍してるって話は、組対《そたい》課の連中から聞いてます」

「そうか」

「そんな背景もあるから、自分は『ワイクル』と『ジープニー』が売春ビジネスの縄張り争いをしてると睨んだんです。なのに、本庁の旦那方は管内で検挙されたことのある変質者を徹底的に洗えだなんて」

斉田が海老ピラフを食べ終え、ペーパーナプキンで口許《くちもと》を乱暴に拭《ぬぐ》った。

「きみの勘にケチをつける気はないんだが、外国人労働者の排斥《はいせき》運動をしてる右翼系の団体の動きもチェックしてみる必要があるんじゃないのか」

「そうか、そうですね」

「何か目立った動きは？」

「ドイツの極右集団ほどじゃありませんけど、右寄りの政治結社が外国人労働者を目の仇《かたき》にしはじめてます」

「そうみたいだな」

「先月も歌舞伎町一番街の外れでイスラエル人の露天商が右翼の若い奴らに袋叩きにされましたし、今月もコマ劇場跡地（現・新宿東宝ビル）の近くでパキスタンの男たちが襲われました」

「不法滞在者を容認するわけじゃないが、彼らも気の毒だよな」

「気の毒？」

「ああ。多くの日本人が景気悪くなったとたん、不法就労者たちを邪魔者扱いしはじめたじゃないか」

剣崎は煙草の火を揉《も》み消し、水で喉《のど》を潤した。

「確かに建設関係や製造会社は、彼らを安い賃金で使ってましたよね」

「そうだったな。中小企業や町工場の経営者たちの気持ちもわからなくはないが……」

「結局、政府が悪いんじゃないですか。この問題に関しては、優柔不断でしたからね」

「確かにな」

「外国人労働者を正規に受け入れるか、厳しく不法就労者を取り締まるか、そのどちらかに決めればいいんですよ」

「おれも、そう思うね。政府は国際的な非難は受けたくないし、正式に外国人労働者を大量に入国させたくもないんだろう」

「でしょうね。異民族を受け入れると、いろいろ問題が出てくるでしょうし」

斉田がそう言い、アイスティーをストローで吸い上げた。

「宗教や文化の異《こと》なる外国人労働者を受け入れるのは、なかなか厄介なのかもしれない。トルコ人移民を大量に受け入れたドイツやアルジェリア人を迎えたフランスも、いまや頭を抱えてるからな」

「アメリカみたいに多民族が共存できればいいんですけどね」

「かなり前にロス暴動が起こったから、アメリカも民族間の対立は深刻になってると思うぜ」

「そうか、そうなんでしょうね。ロスの住民の約六割がヒスパニック系、黒人、アジア系で、白人はいまや少数派《マイノリティー》になってるらしいから」

「なんか話が脱線しちまったな」

「そうですね」

「で、どうなんだい？　排他的な鎖国論者が一種の厭《いや》がらせから、二人の外国人娼婦を殺害したとは考えられないだろうか」

剣崎は話を元に戻した。

「それは、ちょっと考えられないと思います」

「そう。まあ、頑張ってくれ」

「はい。あなたのことは、いろいろ噂《うわさ》で聞いてますよ」

「〝人殺し刑事《デカ》〟って噂かい？」

「そんな話も耳に入ってます。しかし、過剰防衛ってわけじゃなかったんですから、なにも交通課に飛ばすことはなかったのに。自分、あなたに同情してるんですよ」

斉田が好意的な眼差《まなざ》しを向けてきた。

「悪いが、他人《ひと》に同情されるのは好きじゃないんだ」

「自分、無神経な言い方をしたんですね。どうか気を悪くしないでください」

「別に気にしてないよ。先に失礼するぜ」

剣崎は便箋と筆ペンを摑み、自分の伝票を抓《つま》み上げた。

2

封筒は机の中にあった。

剣崎は辞表を四つ折りにして、封筒に納めた。そのとき、背後で課長席の電話が鳴った。

人見課長が受話器を取る。

署内電話のようだった。遣《や》り取りは短かった。電話を切ると、人見が大声で言った。

「剣崎警部補、署長室に行ってくれないか。署長が、あんたに何か頼みごとがあるそうだよ」

「署長がわたしに⁉」

剣崎は椅子ごと体を反転させた。

「何か切迫した感じだったな。早く行ったほうがいいね」

「わかりました」

「剣崎警部補、ロッカーにワイシャツやネクタイは入れてないの？」

「ええ。ネクタイは苦手なもんですから」

「その恰好じゃ失礼な気もするが、仕方ないか」

人見が呆《あき》れ顔で言い、書類に目を落とした。

剣崎は辞表を麻ジャケットの内ポケットに入れ、静かに立ち上がった。

「剣崎警部補……」

人見が、また顔を上げた。

「なんです？」

「署長に失礼のないようにね。一応、あんたはわたしの部下なんだから」

「一応、部下ですか」

剣崎は鋭い目を眇《すが》めた。

「な、なんだね。一応と言ったのは言葉の弾みだよ。他意はないんだ」

「別段、気にしちゃいませんよ。ただ、課長に一つだけお願いがあります」

「なんだい、改まって」

「わたしを呼ぶのに、いちいち職階を付けないでください。呼び捨てで結構ですよ。わたしは、あなたの部下なんですから」

「しかし、あんたは四つも年上だから、呼び捨てにするのはちょっとね。君《くん》づけで呼ぶのも、なんか抵抗があってさ」

「そんなお気遣いは無用です」

「わたしが警視正になったら、あんたを呼び捨てにさせてもらうよ。それまでは、わたしの好きにさせてくれないか」

人見が、ふたたび書類に目を落とした。

剣崎は肩を竦《すく》め、交通課のオフィスを出た。

すぐ近くにエレベーターホールがあったが、階段の昇り口に向かう。署長室は二階にある。新宿署勤務を拝命したとき、挨拶《あいさつ》に入室したきりだ。

「失礼します」

剣崎は名乗って、署長室のドアを開けた。

マンモス署の署長室だけあって、かなり広い。三十畳は優《ゆう》にあるだろう。がっしりした執務机の前に、応接セットが置かれている。柿沼太一《かきぬまたいち》署長と関亮平《せきりょうへい》刑事課課長が長椅子に並んで腰かけていた。

署長は制服姿だった。金モールが眩《まばゆ》い。

関課長は、くすんだ灰色の背広を着ている。ネクタイの色や柄も地味だった。

「お呼びだそうで」

剣崎はソファセットの横で一礼し、どちらにともなく話しかけた。

「まあ、坐りたまえ」

関課長が、にこやかに言った。剣崎は目礼し、関の前のソファに腰を沈めた。

「ここの空気に少しは馴染んだかね？」

柿沼署長が訊いた。布袋《ほてい》のような福々しい容貌《ようぼう》だ。笑うと、細い目が糸のようになる。

「ええ、おかげさまで」

「それは結構だ。きみのことは、いろいろ調べさせてもらったよ。本庁の組対四課では、だいぶ活躍したようだね」

「自分の職務をこなしただけです」

「いや、きみの仕事ぶりは立派なもんだ。若いながらも、一級の刑事だよ。そこで、きみに助《すけ》っ人《と》役を引き受けてもらいたいんだ」

「助っ人役とおっしゃいますと？」

剣崎は署長の顔を正視した。

「交通課に籍を置いたまま、特捜刑事として刑事課に協力してやってほしいんだ」

「お話がよく呑《の》み込めませんが」

「正式な任命は下《くだ》せないんだが、刑事課の遊軍刑事として、関君に協力してあげてほしいんだよ。つまり、きみはあくまでも陰の協力者に徹してもらいたいんだ」

署長が茶を啜《すす》る。

「要するに、覆面刑事になれとおっしゃるんですね？」

「そう。公式には存在しない特別捜査官だね。もちろん、きみが刑事課の人間と名乗ることは慎《つつし》んでもらいたい」

「ということは、警察庁や本庁には内密の……」

剣崎は声をひそめた。

「もちろん、そうだよ。わたし個人の判断で、きみの力を借りる気になったんだ。わたしと関課長のほかには、署の者もこのことは誰も知らないんだよ」

「そうですか」

「きみが現場の仕事に就《つ》きたくて、うずうずしてると見たんだがね」

「正直に申し上げると、現場の仕事はしたいと願っていました。このまま交通課でデスクワークをやらされるんだったら、いっそ……」

「やめる気になりかけてたようだな」

署長が薄くなった頭髪を撫《な》でつけながら、いたずらっぽい目をした。

「ええ、まあ」

「まだ若いね。性《しょう》に合わなきゃ、尻《けつ》を捲《まく》る。それが若い人たちの特権かもしれんが、少しは辛抱してみるもんだよ。待てば、海路の日和《ひより》あり――」

「返す言葉がありません」

剣崎は頭に手をやった。

「民間会社と違って、警察は何かと窮屈《きゅうくつ》な職場だ。必ずしも居心地がいいとは言えない。しかし、治安は大事な仕事だ。だから、いい刑事が必要なんだよ」

「わたしなんかよりも、適任者がたくさんいると思います」

「残念ながら、そういう人物はいなかったんだ。優秀な刑事が育たないのは、警察の機構に問題があるんだろうね。ある意味では、ひと握りのキャリアたちが警察を動かしているとも言える。彼らは行政官として優れているだけで……」

柿沼署長は、さすがに言葉を濁した。

五十六歳の署長は刑事上がりだった。さしたる学歴もなかったが、血のにじむような努力を重ね、警視正まで昇りつめた。ノンキャリアでは出世頭だろう。

　ノンキャリアの場合、警部補か巡査部長で退官する者が大勢を占める。警部で勇退するケースすら少なかった。

「別にキャリアの偉いさんたちを敵視してるわけじゃないが、現場のことは現場の人間に任せてもらいたいという気持ちがあるんだ」

「同感です。それはともかく、わざわざ特捜刑事を誕生させる気になられたのは？」

　剣崎は、気になっていたことを訊いた。

「本庁育ちのきみを前にして少し言いにくいんだが、所轄署の人間にも意地と誇りがある」

「それは当然だと思います」

「しかし、実際に捜査本部事件の指揮を執《と》るのは本庁の管理官とベテラン捜査員だ」

「そうですね」

「大きな声では言えないんだが、退官までに一度ぐらい本庁捜一の連中の鼻を折ってやりたいんだよ。いつも下働きをさせられるだけじゃ、情けないじゃないか。この気持ち、わかってもらえるかな」

　柿沼署長が訴えかけるような目を向けてきた。

　剣崎は即答を避けたが、署長の申し出を受け入れる気持ちになりはじめていた。

　柿沼が仄《ほの》めかしたように、警視庁詰めの捜査員はエリート意識が強い。警視庁管内には百二の所轄署があるが、本庁の大部分の者が各方面警察署を〝分家〟か〝支社〟と考えている節があった。

　また、桜田門の人間たちは地方の道府県本部を侮《あなど》る傾向もなくはない。大阪府警をライバル視し、神奈川県警や千葉県警と角突き合わせることもたびたびだった。

　もともと警察は、縄張り意識が強い役所だ。閉鎖的な体質が結束を生んだのだろう。それでいながら、互いに張り合っていても身内意識は強い。

　たとえば会ったこともない警察官が殉職しても、深い悲しみと怒りを覚える者が多かった。

　そういうときは、一気に連帯感が膨らむ。また、警察官の不祥事が起こると、それを必死に庇《かば》ったり、隠そうとする。警察と暴力団の体質は、どこか似ている。

　剣崎は警察官でありながら、そうした閉塞的《へいそくてき》な空気には批判的だった。そのため、上司や同僚には疎《うと》まれることもあった。

「どうだろう？」

　刑事課の関課長が打診してきた。

　関は四十九歳だ。柿沼署長と同様に、叩き上げ組である。職階は警部だった。

「課長も署長と同じお考えなんですね？」

「そうだ。なんとか新宿署《うち》の人間が連続猟奇殺人事件の犯人《ホシ》を押さえたいと思ってる。剣崎君、ひとつ力を貸してくれないか」

「現場の仕事ができるのはとても嬉《うれ》しいことですが、人見課長やおたくの強行犯係の連中がどう思いますかね」

「人見課長には、署長からうまく言っていただく。うちの捜査員には、あくまで内密にしておくつもりだ」

「それでしたら、喜んでお手伝いさせてもらいます」

剣崎は快諾《かいだく》した。

関と署長が顔を見合わせ、ほっとした表情になった。

「捜査本部事件に関する資料は、いつごろいただけるんでしょう?」

「きみが引き受けてくれると見込んで、実はもう資料を揃《そろ》えてあるんだ」

関課長がにっと笑って、コーヒーテーブルの下から書類を取り出した。

「手回しがいいですね」

「時は金なり《タイム・イズ・マネー》と言うじゃないか」

「そうですね。拝見します」

剣崎は書類袋を受け取って、事件調書の綴《つづ》りと鑑識課が撮った現場写真の束を抓み出した。

綴りには、東京都監察医務院から出された解剖所見の写しも添えてあった。

まずは、事件調書に目を通す。

連続猟奇殺人事件の最初の被害者は、ノイ・パランチャイというタイ人街娼だった。ノイの死体が発見されたのは、八月九日の夜だ。被害者は頸動脈《けいどうみゃく》の近くを鋭利な刃物で突き刺され、さらに両乳房と性器を傷つけられていた。

八月十二日に殺害されたのは、フィリピン生まれのコールガールだ。年齢や氏名はわかっていない。その被害者はイメルダという通称を使っていた。

殺され方は、ノイとほぼ同じだった。死因は出血多量だ。

二人が殺された場所は、ともに歌舞伎町二丁目にあるラブホテルだった。同じホテルではなかったが、それぞれの犯行現場は目と鼻の先だ。直線距離にして、わずか二百メートルほどしか離れていない。

凶器は刃渡り十五センチ以上のナイフと推定されているが、現場には遺留されていなかった。犯人の他の遺留品もなく、指紋、掌紋《しょうもん》、足跡は採取できなかった。

残忍な殺し方をするものだ。

剣崎はそう思いながら、現場検証のときに撮影された鑑識写真に目をやった。

「いま、きみが見ているのがノイ・パランチャイだ。二年前に強制送還されたんだが、一年前に偽造パスポートでタイを出てる」

関が説明した。

「それじゃ、二度目も偽造ビザで日本に入ったと考えられますね？」

「ああ、やはり不法入国だった。タイ大使館を通じて本国に被害者の身許照会をしてもらったんだが、ノイ・パランチャイは実在しなかった」

「そうですか」

「しかし、名なし女と呼ぶのも妙だから、一応、その被害者をノイ・パランチャイと呼ぶことにしよう」

「わかりました」

剣崎はうなずき、死体写真を一枚ずつ繰《く》っていった。

身許不明のタイ人娼婦はダブルベッドの上で、仰向《あおむ》けに横たわっていた。全裸だ。刃物で突かれた首には血糊《ちのり》が盛り上がり、幾条《いくすじ》か血の糸が這《は》っている。左の乳房に無数の刃傷があり、右の乳房の根元が半分近く抉《えぐ》られていた。性器も血みどろだ。シーツには血溜《ちだ》まりができている。

ノイの顔は苦しげに歪《ゆが》んでいたが、無傷だった。それが、せめてもの救いだろう。肌の色は、日本人女性とそれほど変わらない。ノイは、タイ北部の貧しい農村の出身だったのかもしれない。

死亡推定時刻は、九日の午後八時半から九時四十分の間とされている。

フィリピン人のイメルダは、ホテルの浴室の洗い場で絶命していた。横臥《おうが》に近い恰好だった。死亡推定時刻は、十二日の午後十一時前後らしい。

イメルダは、ノイと同じように首筋を刺し貫かれていた。鎖の千切《ちぎ》れたロザリオが項《うなじ》の下に落ちている。銀色の十字架は、鮮血に塗《まみ》れていた。

イメルダは熱心なカトリック信者だったのだろう。

乳首が両方とも切り落とされている。性器には、ボディーソープのボトルの先端部分が突っ込んであった。無残な姿だった。

剣崎は首を振って、写真の束を裏返しにした。

「イメルダの身許もわからないんだ。おそらくリクルーターに、パスポートを取り上げられてたんだろう」

関が言った。

「そうなんでしょうね。ノイもイメルダも、体内から精液が検出されてないようですが……」

「二人とも情交はしてないんだ。裸になって、すぐに殺《や》られたんだろう」

「遺留品《リュウ》は、本当になかったんですね？」

剣崎は確かめた。

「ああ、残念ながらね。指紋、掌紋、足紋、足跡、歯牙痕《しがこん》、唇紋、鼻紋の類《たぐい》も採れなかった」

「頭髪や陰毛の採取は、どうなんです？」

「場所が場所だけに、二つの現場には夥《おびただ》しい数のヘアが落ちてた。しかし、その中に犯人のものがあるかどうか」

「ルミノール検査によると、ノイの血液型がO型で、イメルダがAB型ですね？」

「そうだ。しかし、犯人の血液、唾液《だえき》、体液の類《たぐい》はまったく採取できなかったんだよ。したがって、DNA型鑑定もできなかった。おそらく犯人は犯行の手がかりを遺《のこ》さないよう周到な準備をしてから、女たちを殺《や》ったんだろう。同一人の犯行だよ。手口がそっくりじゃないか」

「そうですね。ところで、ノイやイメルダの連れについて、ホテル側の証言は？」

「どちらも記憶が曖昧《あいまい》なんだ」

関が吐息を洩《も》らした。

「ラブホテルには、防犯カメラがあるはずですがね」

「二軒とも防犯カメラは設置してあるんだが、画像ごとにDVDは保管してないらしいんだ。重ね撮りをしてるって話だったよ」

「そうですか」

「捜査本部《チョウバ》は変質者をリストアップしてるんだが、これといった被疑者が浮かび上がってこないんだ」

「変質者の犯行《ヤマ》なんだろうか」

剣崎は低く呟《つぶや》いた。

「きみはどう筋《すじ》を読んでる？」

「確かに手口が異常ですが、犯人が性的欲望を遂げてないことに少し引っかかるんですよ。異常性欲者の犯行なら、もっと胸や局部を傷つけてたんじゃないのかな。それから、肛門《こうもん》や口の中も穢《けが》してたでしょう」

「言われてみると、確かに変だね」

関課長が考える顔になった。会話が中断すると、柿沼署長が口を開いた。

「その首の突き方から考えて、どうも日本人の犯行じゃないような気がするんだがねえ。剣崎君、どうだろう？」

「おっしゃるように、ちょっと珍しい殺し方ですね。刺殺の場合は、たいがい胸、腹、背を担います。喉や首を狙うのは、ラテン系とか西アジアの連中とかに限られますよね」

「イラン人かパキスタン人あたりの組織が、新宿で裏ビジネスに乗り出す気になったんだろうか」

「考えられなくはないでしょうが、それよりも不法滞在者同士の対立による見せしめ殺人か、あるいはアジア系の不法就労者を嫌ってる人間の犯行と考えたほうがリアリティーがあるように思えますが」

剣崎は控え目に言った。

「なるほどねえ」

「組対課は『ワイクル』や『ジープニー』のことをどのくらい捕捉《ほそく》してるんでしょう？」

「ある程度はわかってるようだが、どちらもアジトを転々と替えてるらしいんだ。必要なら、さっそく資料を集めさせよう」

柿沼の語尾に、関課長の声が被《かぶ》さった。

「さすがは本庁の元暴力団係《マルボウ》だね。新興外国人マフィアのことまで知ってるとは、さすがだ」

「いや、ほとんど知らないんですよ。さっき喫茶店で偶然におたくの斉田刑事と顔を合わせて、『ワイクル』や『ジープニー』のことを教えてもらったんです」

「意外だな、きみが斉田と知り合いだったなんて」

「知り合いってわけじゃないんです。たまたま何度か同じ店で昼飯を喰ったことがあって、なんとなく口を利くようになっただけなんですよ」

「そうだったのか」

「外国人マフィアの情報だけではなく、ついでに不法滞在者たちの存在を苦々しく感じてる右寄りの政治結社の動きも探《さぐ》ってもらえますか？」

「いいとも」

関が言葉を切り、柿沼に顔を向けた。

「署長、一係の斉田を剣崎君の助手兼連絡係にしては？」

「それは、いい考えだね。剣崎君、それでもかまわんだろう？」

柿沼署長が同意を求めてきた。

「ありがたい話です。単独でやれることは限られてますからね」

「今後、捜査の報告は斉田君を通じて、われわれに伝えてくれないか」

「わかりました」

剣崎は短く応じた。

「きみには、警邏課の覆面パトカーを一台回そう。それから、捜査費もわたしが個人的に出す。ただし、特別な手当は出せんよ」

「現場に出られるなら、別に何もいりません」

「きみは根っからの刑事なんだな」

「そうありたいと思ってます」

「頼もしい影刑事だ。それから規則違反だが、わたしの独断で拳銃の常時携行を認めよう。しかし、文書にはできんよ」

「わかってます」

「では、ひとつよろしく頼む」

署長が両手をテーブルの角に掛け、頭を深く垂れた。剣崎は事件調書の綴りや鑑識写真を書類袋に突っ込み、ソファから腰を浮かせた。

署長室を出たとき、危うく本庁捜査一課の阿久津健彦《あくつたけひこ》警部とぶつかりそうになった。捜査本部の捜査班長だ。

「よう！　剣崎、元気か？」

「なんとかやってます」

剣崎は答えた。

「おまえ、ここの交通課に転属されたんだって？」

「ええ」

「ついてないな。しかし、そのうち、また本庁に戻れるさ」

阿久津が剣崎の肩を叩いた。

剣崎は曖昧に笑い返した。阿久津はノンキャリアだったが、順調に出世している。現在は捜査一課の殺人犯捜査第六係の係長だ。
四十二、三歳だった。世渡りがうまく、部下たちにはあまり慕われていない。ひどく権力意識が強かった。出世コースの公安や警備畑を歩いてきたせいかもしれない。

「捜査本部で現場の指揮を執られてるんですね？」

「そうなんだ。おれたち本庁の人間が出張ってこなきゃ、どの事件《ヤマ》も迷宮入《オミヤ》りになっちまうからな」

「…………」

「ここは大所帯だが、所詮《しょせん》、所轄だよ。強行係といったって、まるでヒヨコだ。おれたちが手取り足取りして教えてやらなきゃ、ほとんど使いものになんねえ」

阿久津が蔑《さげす》むように言った。

「早く片がつくといいですね」

「なあに、そんなには時間はかからないさ。そのうち、一杯飲《や》ろうや。ちょっと署長に注文があってな」

「そうですか。それじゃ、ここで失礼します」

剣崎は会釈《えしゃく》し、階段のある方に歩《ほ》を進めた。

別に阿久津に個人的な恨みがあるわけではなかったが、どうにも好きになれないタイプだった。たとえ強く誘われても、一緒に酒を飲む気にはなれないだろう。

剣崎は交通課に戻った。

人見課長が目敏《めざと》く剣崎を見つけ、すぐに声をかけてきた。

「署長の話って、何だったの？」

「個人的なことでした」

「そう。なんか気になるね。その書類袋の中身は何なのかな？」

「たいしたもんじゃありません」

剣崎は素っ気ない返事をした。

さすがに鼻白んだらしく、人見は憮然《ぶぜん》とした顔になった。

剣崎は自席についた。また現場の空気を吸えると思うと、気分が浮き立ってきた。

剣崎は内ポケットから辞表を抓み出し、封筒ごと勢いよく引き裂いた。

紙の破れる音は小気味よかった。

3

まだ陽《ひ》は沈みきっていない。

それでも、カップルの姿が目立つ。歌舞伎町二丁目のラブホテル街だ。

剣崎は左右のけばけばしい看板を眺めながら、ゆっくりと歩いていた。

丸腰だった。数時間前に柿沼署長に拳銃の常時携行を許されたが、拳銃保管室に足を向ける気にはなれなかった。

単なる聞き込みに、拳銃や特殊警棒は必要ない。正規の捜査員も、普段は拳銃を持ち歩いていなかった。家宅捜査や犯人逮捕に向かう場所に携行するだけだ。

剣崎は、ほどなく足を止めた。

ラブホテル『モンシェリー』の前だ。八月九日の夜にタイ人街娼が殺されたホテルである。ごくありきたりの造りだった。鉄筋コンクリート造りの四階建てで、地下一階が客用の駐車場になっている。

剣崎はホテルの門を潜《くぐ》ろうとした。

と、十六、七歳の男女がホテルの中から出てきた。二人とも陽灼《ひや》けしていたが、明らかに高校生同士のカップルだ。

若い二人は一瞬、驚いたような顔つきになった。だが、すぐに平静な表情になり、剣崎の横を通り抜けていった。

剣崎は口の端を歪め、ホテルのロビーに足を踏み入れた。

フロントは左手にあった。しかし、従業員の姿は見当たらない。

正面に客室のカラー写真をパネルにしたものがあり、そのかたわらに女性の煽情《せんじょう》的《てき》なランジェリーの納まった陳列ケースが見える。性具も展示販売されていた。

剣崎はフロントに歩み寄り、人工大理石のカウンターを拳《こぶし》で叩いた。

待つほどもなく厚手のカーテンの向こうから、五十絡《がら》みの女が現われた。狸顔《たぬきがお》で、化粧が濃い。服装も若造りだ。

「おひとり様は、うち、お断りしてるんですよ。デリヘルの娘《こ》やコールガールを部屋に呼べるシステムにはなってないの」

「客じゃないんだ。新宿署の者です」

剣崎は警察手帳を呈示《ていじ》した。

相手に見せたのは、表紙だけだった。交通課の身分証明書を見せるわけにはいかない。

女が露骨に顔をしかめた。

「きょうは何なんです？　こないだの事件で、うちは迷惑してるんですよ。やれ現場検証だ、やれ聞き込みだなんて言って、次々に警察の人が押しかけてくるから、すっかり客足が遠のいちゃったの」

「迷惑だろうが、ちょっと話を聞かせてもらいたいんだ。例の殺しの件でね」

「また？　もううんざりだわ」

「ちょっと捜査が難航してるんですよ。それで、聞き込みのフォローをしようってことになったわけです」

剣崎は、もっともらしく言った。

「しっかりしてよね、まったく！」

「手間は取らせませんから、協力してもらえないかな」

「しようがないわね。ここじゃ、人目につくから、こっちに来て」

女が渋々、フロントのスイングドアを開けた。

剣崎は導かれ、カウンターの奥に入った。

そこは事務室になっていた。六畳ほどのスペースだった。スチールデスクとキャビネットが壁際に並んでいる。その前に、安っぽいビニールレザー張りの長椅子が置いてあった。

剣崎は勧められて、長椅子に腰かけた。女は事務机の回転椅子に坐った。

「あなたは支配人さん？」

「ええ、一応ね。もっとも、ほかには客室の掃除のおばさんが三人いるだけだけど」

「この殺されたタイ人女性は、このホテルをよく利用してたのかな？」

剣崎は上着の内ポケットから、ノイ・パランチャイの鑑識写真を抓み出した。顔だけしか写っていない。

「二、三度来たことがあるわね」

「正直に話してくれないか。この女は街娼だったんだ」

「ほんとに二、三度ですよ。売春やってる娘《こ》たちは警戒して、同じホテルは何度も使わないようにしてるからね。ホテルのほうも、彼女たちに売春の場所を提供したと思われたくないから、断ることが多いのよ」

女支配人が言った。

「そう。事件当夜、あなたは勤務してたのかな?」

「ええ、いたわよ。わたし、宿なしだから」

「宿なし?」

「そうなの。貴金属関係の商売に失敗して、ここに住み込みで働いてるわけ。だから、寝てるとき以外は仕事をしてるようなもんね」

「そういうことか。八月九日のことをできるだけ詳しく話してもらいたいんだ」

剣崎は促《うなが》し、セブンスターに火を点けた。

「何度訊かれても、同じことしか答えられないわね。前に話した刑事さんに訊いてもらえない? そのほうがお互いに手間が省《はぶ》けるじゃないの」

「何か重要なことを聞き逃してるかもしれないんで、最初から話してもらいたいんだ。お願いします」

「まいったな。殺されたノイって娘がチェックインしたのは、あの晩の八時半ごろだったわ。部屋は最上階の四〇一号室よ」

「そうだったね」

「連れの男の顔は、よく見なかったのよ。モニターで、横顔と後ろ姿をちらりと見ただけなの」

「料金の受け渡しのときに、客の顔を見たんでしょう？」

「ううん。うちは客室パネルでお客さんに好きな部屋を選んでもらって、料金は部屋にあるエア・シューターで払ってもらってるのよ。休憩にしろ、泊まりにしろね」

「つまり、客たちはホテルの従業員とは顔を合わせなくても済むわけだ」

「そうなのよ。釣り銭や部屋の鍵《かぎ》の受け渡しも、エア・シューターでやってるの」

女支配人はそう言い、飲みかけの麦茶を口に運んだ。

「殺された女の顔はモニターで見たんだね？」

「ええ。あの娘が連れと四〇一号室に入ったのも確認したわよ。各階の廊下にも、防犯カメラがあるの。ただ、ＤＶＤの画像は保存してないから、連れのことははっきりとは証言できないのよ」

「どんな背恰好でした？」

剣崎は問いかけ、短くなった煙草の火をクリスタルの灰皿の中で揉み消した。

「割に背が高かったと思うわ。といっても、おたくよりは少し低かった感じだけど。二十代じゃないわね。三十代の前半ってとこかな」

「その男は東南アジア系の外国人じゃなかった？」

「ううん、日本人だったと思うわ」

女支配人が面倒臭そうに答えた。

男が日本人だとしたら、『ジープニー』の犯行ではなさそうだ。『ジープニー』が日本人に見せしめ殺人を頼んだとも考えられなくはない。

剣崎は、そう思った。

「もういいでしょ？」

「もう少しつき合ってください。前回の事情聴取によると、ノイの死体を発見したのは客室係の女性だったらしいね？」

「そうよ。午後九時半ごろに部屋から男の声でフロントに電話があって、料金を払ってくれたの。それから二十分ほど経《た》って、係の者が四〇一号室の掃除に行ったんですよ。そうしたら、タイの娘《こ》がベッドの上で死んでたの。てっきり二人とも帰ったと思ってたんだけどね」

「男の電話を受けたのは、あなたなんでしょ？」

「ええ、そうよ」

「くどいようだが、言葉のアクセントがおかしくなかったかな？」

「ううん、ちゃんとした標準語だったわよ。いくら日本語がうまい外国人でも、あれだけ滑《なめ》らかな日本語は使えないと思うわ」

「そうかな。青い瞳《ひとみ》の落語家もいる時代だよ。日本人とまったく同じ喋《しゃべ》り方をする外国人だって、いると思うがな」

「そんなふうに言われちゃうと、なんか自信が揺らぐわね」

　女支配人が困惑顔になった。

「あれだけ惨《むご》い殺され方をしたんだから、被害者の悲鳴が聞こえたと思うんだが……」

「このホテルは、とっても壁が厚いの。それに犯人がＢＧＭの音量をあげたら、室内の物音や悲鳴なんか外に洩れることはないと思うわ」

「なるほどね。死体の第一発見者に会わせてもらえないだろうか」

「その彼女、きょうは遅番なのよ。夜の十時過ぎじゃないと、ここには来ないわ」

「そう。一一〇番する前に、あなたも四〇一号室を覗《のぞ》いたようだね？」

「ええ、覗いたわよ。その後、警察に通報したわけ。それから三、四分で、パトカーが駆けつけてくれたの。日本の警察って、優秀ね」

「そう言っていただけると、励みになるな」

　剣崎は、いくらか面映《おもはゆ》かった。

　確かに警察の対応は速い。警視庁が一一〇番通報を受けると、通信指令センターはただちに事件発生地の近くにいるパトカーに指令を飛ばす。

　警視庁管内には、およそ八百台のパトカーがある。常に全車が警邏に出ているわけではないが、指令の伝達は通報後、数十秒で行われている。警察官が事件や事故の現場に駆けつけるレスポンスタイムは、平均わずか五分だった。

「わたし、なんとなく警察は好きじゃないんだけど、あの速さだけは評価してあげるわ」

「それはどうも。それはそうと、あなたが四〇一号室に入ったとき、情交の名残《なごり》は感じられませんでした？」

「情交？　ああ、セックスのことね」

「ええ。司法解剖でわかったんですが、ノイの体内から精液は検出されなかったんですよ。それから被害者の膣《ちつ》には、スキンのゼリー液も付着してなかった。肛門や口腔《こうくう》からも、男の体液は検出されてないんだ」

「犯人は、セックスしてないと思うわ。サービス用の二個入りスキンパックも使われていなかったし、屑入れにも後始末したティッシュペーパーもなかったしね」

女支配人が言った。

「やっぱり、そうか」

「犯人は変態なんじゃないの？」

「まだなんとも言えないな。部屋に犯人のものと思われる物は何も遺されてなかったんでしょ？」

「ええ。殺されたタイ人娘の服とセカンドバッグがあっただけよ。お金には手をつけてなかったようだったわ」

「ここには、外国人娼婦はよく来てるの？」

「たまにコロンビアや中国の娘《こ》が……」

「この女が来たことは？」

　剣崎は内ポケットから、イメルダの写真を引っ張り出した。その写真を見せると、女支配人が低く呟いた。

「どこかで見た顔ね」

「この十二日に、『ウィズ』ってラブホテルで殺されたフィリピン人コールガールですよ」

「そう、そうだったわ。その娘《こ》がここに来たことは一度もないわね。最初に言ったけど、うちはコールガールは呼んでないから」

「そうだったね。四〇一号室、ちょっと見せてもらえないだろうか」

　剣崎は言った。

「無理よ。いま、あの部屋にはお客さんが入ってるもの。それに、見ても仕方ないわ。もうベッドもカーペットも取り替えちゃったから」

「前の刑事に、しばらく現場をそのままにしといてくれって言われませんでした？」

「言われたわよ。だけど、こちらも商売ですからね。いつまでも部屋を遊ばせておくわけにもいかないでしょ?」

「それはそうだね。ところで、このあたりの管理売春を仕切ってる青柳組のことなんだが……」

「うちは無関係ですよ、やくざとは」

女支配人が憤然と言った。

「いや、おたくがどうってことじゃないんですよ。青柳組は、タイ人マフィアの『ワイクル』って組織と繫《つな》がってる。そのあたりのことで、何か知らないかと思ったんですよ」

「そうですか」

「青柳組がタイの女の子たちを現地から呼び寄せてるって噂をどこかで聞いたことがあるだけで、そのほかのことは何も知らないわ」

「もう帰ってくれない? これでも、わたし、けっこう忙しいのよ」

「わかりました。どうもありがとう」

剣崎は立ち上がって、ホテルを出た。

いつしか暮れなずんでいた。剣崎は急ぎ足で、『ウィズ』に向かった。イメルダと名乗っていたコールガールが殺されたラブホテルだ。

ラブホテル街には、ネオンが灯《とも》りはじめていた。

東南アジア系やコロンビア人売春婦が、ところどころに立っている。一様《いちよう》に身なりが派手だ。化粧もどぎつい。もっと遅い時間になると、ロシア人娼婦たちが暗がりにたたずむ。女優のような美人も少なくない。

「遊ばない？」

街娼のひとりが、たどたどしい日本語で声をかけてきた。

小柄ながら、肉感的な肢体《したい》だった。二十二、三歳か。南方系の顔立ちで、肌はクッキーブラウンに近い。

剣崎は立ち止まった。

女が嬉しそうに笑い、走り寄ってきた。抜け目なく彼女は、剣崎の腕を取った。

「ショート、二万五千円ね。わたし、エイズも梅毒も心配ない。平気、オーケーね」

「きみは、どこの国の人？」

「あなたと同じニッポン人ね」

「陽気だな。フィリピン生まれかな？」

剣崎は問いかけた。

「そう、ミンダナオね。早くホテル入ろう。わたし、チキチキうまいよ」

「なんだい、チキチキって？」

「セックスの俗語《スラング》よ。タガログ語ね」

女は説明し、媚《こび》を含んだ笑い方をした。小鼻が少し攣《つ》り上がった。

「ホテルもいいが、ちょっと教えてくれないか」

「なに？」

「きみはイメルダって娘《こ》を知ってるかい？」

「イメルダ、もう死んだ。十二日の夜、ホテルでお客さんに殺されたね。あなた、イメルダのお客さんだった？」

「いや、そうじゃないんだ」

剣崎は首を横に振った。すると、女が絡めた腕を慌《あわ》ててほどいた。

「あなた、誰？　入国管理局《イミグレーション》の人？　それともポリス？」

「どっちでもない。ただ、イメルダにちょっと関心があるだけだよ」

「嘘！　あなた、ポリスねっ」

「違うったら」

剣崎は大声で否定した。

だが、無駄だった。女はタガログ語で何か高く叫ぶなり、身を翻《ひるがえ》した。すぐに暗がりから、数人の街娼が飛び出してきた。

いずれもフィリピン人のようだった。彼女たちは瞬《また》く間に逃げ去った。

恐ろしく逃げ足が速かった。人に追われることには馴《な》れているのだろう。

「失敗《ドジ》っちまったな」

剣崎は声に出して言い、先を急いだ。

目的のラブホテルは、造作なく見つかった。ヨーロッパ調の王宮を模した安っぽい建物だった。七階建てで、ライトアップされている。

剣崎はホテルに入り、ロビーを見回した。

フロントは、すぐ右手にあった。四十五、六歳の痩《や》せた男が立っていた。どことなく貧相な印象を与える。

剣崎はフロントの前まで歩き、FBI型の警察手帳を見せた。例によって、身分の記《しる》されているページは開かなかった。

「新宿署の剣崎という者です」

「ご苦労さまです」

フロントマンが愛想よく言った。

「先日の事件のことで、また聞き込みをさせてもらいたいんですよ」

「わかりました。それで、どういったことを？」

「殺されたフィリピン女性は十二日の晩、フロントには声をかけずに六〇五号室に直行したんですね？」

剣崎は事件調書の記述を思い起こしながら、小声で訊いた。

「はい、そうです」

「六〇五号室に先に入った客は、どんな男でした？」

「三十代前半のサラリーマン風の男でしたよ。背の高い方でしたね」

「日本人でしたか？」

「ええ、多分ね。その方は後で連れが来るとおっしゃって、宿泊料を前払いされたんです」

「そのとき、相手の顔を見てますね？」

「うつむきがちでしたので、よく見ませんでした。とりたてて特徴のある顔ではなかったように思います」

フロントマンが言った。剣崎は手帳のメモを見ながら、別の質問をした。

「その男がチェックインしたのは、午後十時四十五分ごろでしたね？」

「はい、そうです。しかし、その方が犯人かどうかはわかりません」

「ええ、それはね。従業員の方がイメルダの死体を発見したのは、翌朝の十一時過ぎだったとか？」

「そうです。男の客は、部屋にはいませんでした」

「そのとき、ドアはロックされてました？」

「いいえ。従業員の話だと、ドアは細く開いていたそうです」

フロントマンが神妙な顔つきで答えた。

「非常階段の手摺《てすり》に被害者と同じ血液型の血痕が付着してたというのは、間違いないんですね？」

「はい。六階の非常扉のノブにも血が付着してましたから、おそらく犯人は非常階段を使って逃げたんだと思います」

「おおかた、そうなんでしょうね。しかし、ドア・ノブや手摺からは指紋や掌紋はまったく採れなかったんですよ」

剣崎は言った。

「犯人はゴム手袋か何かして、靴にはビニールカバーでもしてたんでしょうか」

「そう考えられますね。その男は、初めての客だったのかな？」

「ええ、そうです。こんなことになるんだったら、もっとよく男の顔を見ておくんだったたな」

フロントマンが悔やんだ。

「殺されたイメルダは、ここの常連客だったんでしょ？」

「常連というほどじゃありませんけど、七、八回は投宿したでしょうか」

「彼女が売春婦だったことは、ご存じでしたよね？」

剣崎は相手を見据えた。

「薄々はわかってました。でも、うちは『ジープニー』とはなんの関係もありません」

「『ジープニー』のことで知ってることがあったら、教えてもらえないかな」

「そう言われても、たいしたことは知らないんですよ。彼らは大久保界隈のマンションを連絡先にして客を集めてるようですが、警察の手入れを警戒して、しょっちゅう事務所を替えてるみたいなんでね」

「らしいね。青柳組との関係は、どうです？」

「そのへんのことはよくわかりませんが、ヤーさんが『ジープニー』に協力してることは確かでしょうね。でなきゃ、チラシ一枚作れませんもの」

「タイ人マフィアの『ワイクル』って組織を知ってます？」

「名前は聞いたことがありますが、詳しいことは何もわかりません」

「このあたりで、不法滞在の外国人グループが揉めてるのを目撃したことは？」

「それはあります。七月の上旬ごろ、タイ人の若い男とフィリピン人のポン引きが派手な殴り合いをしてましたよ。タイ人の売春婦がフィリピーナの客を奪ったらしいんです」

フロントマンが言った。

「ほかに揉め事は？」

「やはり、先月のことですが、イラン人の男たちがプリペイド式携帯電話をタイの街娼たちに高く売りつけようとして、タイ人の用心棒に刃物で脅されてましたね」

「そういえば、このホテルに東南アジア系や西アジア系の男たちが女連れで来ることはあるのかな？」

　剣崎は訊いた。

「ごくたまにですが、パキスタン人、マレーシア人、イラン人なんかがタイやフィリピンの女の子と……」

「そういう中に、女たちに何かサディスティックなことをした奴はいなかったかな。あるいは、料金のことで女と揉めてたような奴とか」

「そういうことはありませんでした」

「六〇五号室、ちょっと見せてもらえないだろうか」

「いいですよ」

　フロントマンがキーボックスに腕を伸ばした。

　剣崎はフロントマンと一緒にエレベーターに乗り込んだ。六〇五号室は、エレベーターホールから最も離れた部屋だった。すぐ近くに非常扉があった。

「この部屋は、いずれ倉庫にするつもりなんです」

　フロントマンがそう言いながら、先に六〇五号室に入った。剣崎は、後につづいた。

　窓のない部屋だった。円型ベッドの寝具がなまめかしい。

十二、三畳の広さだ。ベッドのほかには、真紅のラブチェア、テレビ、小型冷蔵庫などがある。部屋の左側に、トイレ、洗面室、浴室があった。浴室の仕切り壁は、マジックミラーになっている。

剣崎は浴室の洗い場に降りた。

黒の艶消《つやけ》しタイルだった。タイルはきれいに磨き上げられ、事件をうかがわせるものは何もない。

イメルダと名乗っていた女は、ここでどれだけの血を流したのだろうか。剣崎は、異国で若死にしたフィリピン娘に哀れさを覚えた。

「切り落とされた二つの乳首は、あそこに転がってました」

足拭《あしふ》きマットの上に立ったフロントマンが、カランのあたりを指さした。

「残忍な奴だ」

「ほんとですね。きっと異常性欲者の仕業《しわざ》ですよ」

「しかし、解剖所見によると、被害者が犯人と交わった痕跡《こんせき》はないんです」

剣崎はベッドのある部屋に戻った。

夜具やベッドマットをはぐってみたが、遺留品らしい物は見当たらなかった。床にも何も落ちていない。

結局、新たな手がかりは何も得られなかった。

それでも剣崎は、さほど気は落とさなかった。いつも捜査には、地道な努力が要求される。今回も例外ではなかった。むしろ、難事件のほうが闘志が湧いてくる。

ほどなく剣崎たちは六〇五号室を出た。

その足で、非常口に向かう。剣崎は非常階段の手摺やステップを入念に調べてみた。手摺の血痕は、きれいに拭われている。ステップには血の染《し》みもなかった。

「従業員の方が掃除されたんですね？」

剣崎は振り向いて、フロントマンに訊いた。

「ええ、現場検証が終わった後に。まずかったですか？」

「いいえ。鑑識係が写真を撮ってますから、別に問題はありません」

「そうですか」

二人は非常階段を降りきった。

そのとき、フロントマンが言いにくそうに切り出した。

「実は、前の事情聴取のときには話さなかったことがあるんですよ」

「どんなことなんです？」

「死体の発見された日の早朝、庭の掃除をしていた従業員が非常階段の真下で黒革の名刺入れを見つけたんです」

「名刺入れ？」

「はい。事件には関係ないと勝手に決めつけてしまったんですが、犯人が非常階段を使ったことは間違いなさそうだから、ひょっとしたらと……」

「その名刺入れは、まだ保管してありますか？」

「はい」

「ちょっと見せてください」

剣崎は頼んだ。

フロントマンが深くうなずき、せっかちな足取りで一階ロビーの方に歩きだした。

剣崎はフロントマンを追った。

「少々、お待ちください」

フロントマンが、あたふたと奥の事務室に向かった。

剣崎はフロントのカウンターに凭れかかった。一分も待たないうちに、フロントマンが駆け戻ってきた。ビニール袋に納まった黒革の名刺入れを手にしている。まだ割に新しかった。

「発見した従業員やわたしが直《じか》に触ってしまったんで、いろいろ指紋がついてると思いますが……」

「拝見します」

剣崎はビニール袋ごと受け取り、袋越しに名刺入れの中身を抓み出した。同じ名刺が十三枚出てきた。

〈京和《きょうわ》銀行赤坂《あかさか》支店
融資課貸付主任　長瀬拓磨《ながせたくま》〉

そう印刷されている。もちろん、店の所在地や電話番号も記《しる》してあった。

「それが犯人の落としたものでなければ、臆病《おくびょう》なお客さんの名刺でしょうね」

フロントマンが言った。

「それ、どういう意味なんです？」

「堅い仕事に就《つ》かれてる方は浮気をするとき、とっても臆病なんですよ。非常階段を使って、こっそりお帰りになる方が割にいるんです」

「へえ」

「大学教授風の方なんか変装してから、自分の娘のような女性とやってくるんです。ご本人はすっかり化けたつもりでいるんでしょうが、付《つ》け髭《ひげ》が歪んでたりして、すぐにわかっちゃうんですよ」

「そんな思いをするぐらいだったら、シティホテルかモーテルを利用すればいいのにな」

「多分、その方は運転免許証を持ってないんでしょ。それから、まともなホテルはあまり刺激がありませんからね」

「情事には向かないってわけか」

「ええ、まあ」

「これ、預からせてもらってもいいですね？」

「ええ、どうぞ。ただですね、その名刺の方にご迷惑がかからないようにしていただきたいんです」

「警察だって、野暮なことはしませんよ。家庭騒動の因《もと》になるような訊き方はしませんから、どうか安心してください」

剣崎は、名刺入れをビニール袋ごと麻ジャケットの内ポケットに入れた。

イメルダを買った男は、日本人と考えてもよさそうだ。名刺は、その男のものなのか。それとも、別人がホテルを出るときにうっかり落としてしまったのだろうか。

剣崎は『ウィズ』を出ると、風林会館《ふうりんかいかん》の方に歩きだした。

斉田刑事と居酒屋で落ち合うことになっていた。約束の時間は六時半だった。斉田に『ワイクル』と『ジープニー』のアジトを探るように頼んでおいたのだ。

剣崎は歩きながら、腕時計を見た。

間もなく六時半になる。区役所通りに出ると、剣崎は足を速めた。

街は活気づきはじめていた。原色のミニドレスをまとった若いホステスたちが辻《つじ》ごとに立ち、客の呼び込みをしている。

まだ不況が尾を曳《ひ》いているようで、すんなりと誘いに乗る男たちはいなかった。

4

冷えたビールは格別だ。

なんとも喉ごしが心地よい。剣崎は、最初の一杯をひと息に飲み干した。

『磯繁《いそしげ》』のカウンターだ。馴染みの居酒屋である。

相棒の斉田刑事は、まだ姿を見せていない。

剣崎は手酌でコップを満たした。突き出しは、つぶ貝の梅肉和《ばいにくあ》えだった。剣崎はビールを傾けながら、ぼんやりと店内を眺め渡した。

客は数えるほどしかいなかった。

六十六歳の店主が額に汗を浮かべながら、すぐ近くで穴子の天ぷらを揚げている。清水繁吉《しみずしげきち》という名で、若いころは築地《つきじ》の魚河岸で働いていたらしい。

カウンターの上には水槽があり、十数尾の鯵《あじ》が泳いでいる。

「剣崎さん、なんか元気がないね。鰻《うなぎ》の肝《きも》でも焼こうか？」

繁吉が言った。

「そうだな。それから、鯵の刺身もくれないか」

「あいよ。まだデスクワークをやらされてるのかい？」

「うん、まあ」

「お偉いさんも惨いことをなさる」

「これも人生さ」

剣崎は微苦笑して、煙草を吹かしはじめた。

この店には、かれこれ三年近く通っている。酒の肴《さかな》が豊富で、料金も手頃だった。

繁吉との無駄話は息抜きにもなった。

「おっと、そうだ！　きのう、沙織《さおり》ちゃんがひょっこり顔を見せたんだよ」

店主が言った。

沙織というのは、ある暴力団の幹部の情婦だった女だ。元クラブホステスで、二十五歳である。

愛人のやくざが殺人容疑で逮捕されてから、沙織は酒と覚醒剤《かくせいざい》に溺《おぼ》れてしまった。

そんな彼女に手錠を打ったのは剣崎だった。二年前のことだ。

沙織は一年七カ月の刑期を務め終え、六月の中旬に出所していた。

「彼女、また新宿に舞い戻っちまったのか」

「そうじゃねえんだ。おれんとこのツケを払いに来たんだよ」

「へえ。あれで、沙織は割に律儀《りちぎ》なとこがあったからね」

「あの娘、郷里《くに》に帰るそうだ」

「そのほうがいいよ。彼女の田舎は、石川県だったっけな?」

「ああ、そう言ってた。親類のやってる漆器製造会社で働くつもりだってさ」

「辛抱して真面目《まじめ》にやってくれるといいがな」

剣崎は少し心配だった。沙織は気立ては悪くなかったが、どこか投げ遣《や》りなところがあった。

「大丈夫だろ。沙織ちゃん、あんたに感謝してたよ。捕まらなかったら、きっと廃人《はいじん》になってただろうって」

「おれは、ただ仕事をこなしただけさ」

「そりゃそうだろうがね。あの娘、あんたを尊敬してるとも言ってたな」

「尊敬してたって⁉　尻《けつ》の穴がむず痒《がゆ》くなってきたな」

「あんた、地検の人にあの娘の刑の軽減を申し出たんだってね。彼女にも被害者の側面があるからってさ」

「昔のことは、もう忘れちまったよ」

「あんたのそういうとこがいいんだよな。転職するんなら、うちに来なよ。悪いようにはしないからさ」

繁吉が真顔《まがお》で言った。

剣崎は笑顔を返し、煙草の火を消した。

斉田が店に駆け込んできたのは、それから間もなくだった。肩が弾んでいる。走ってきたのだろう。

「遅れてすみません！」

「気にしないでくれ。カウンターじゃ、話しにくいな」

剣崎は繁吉に断って、小上《こあ》がりに移った。

テーブルを挟んで斉田と向かい合う。アルバイトの女子大生がビールとグラスを運んできた。

「どうだった？」

剣崎は斉田にビールを注《つ》ぎながら、小声で訊いた。

「『ワイクル』の新アジト、突き止めました」

「やるな」

「いやあ。新事務所は、大久保一丁目にある賃貸マンションの一室です。そこには、タイ人娼婦の見張りをやってる用心棒《シキテン》が五、六人寝泊まりしてるようです。これが住所です」

斉田がメモを差し出し、ビールを半分ほど呷《あお》った。

喉仏が上下に大きく動いた。うまそうな飲み方だった。

剣崎はメモをさりげなく胸ポケットに滑り込ませ、斉田に質問した。

「ボスの名は？」

「サムラントーンという奴です。仲間からは、サムと呼ばれてるようです。二十八、九です」

「現在、『ワイクル』の日本支部はどんな遣り繰《シノギ》りをしてるんだい？」

「タイ人クラブやレストランから、みかじめ料を取ったり、管理売春、賭博、金貸しなんかをやってますね。麻薬や拳銃の密売も手がけてるようですが、まだ裏付《ウラ》けは取れてません」

「金貸しって、タイ人ホステスや売春婦を相手にしてるのか？」

「ええ、そうです。金製品を担保にして、かなり高利で貸し付けてるって話でしたね。タイ人は、たいてい現金を金製品に換えて値上がりを待ってるんですよ」

「そうらしいな。で、八月十二日の奴らの動きは？」

「サム自身は、大久保のアジトにいたようです。しかし、メンバーたちのアリバイまでは調べきれませんでした」

「そうだろうな。何か好きな喰い物を注文してくれ」

剣崎は斉田にそう言い、大声でビールの追加を頼んだ。斉田が献立表を見ながら、肴を二、三品オーダーした。

「『ジープニー』のほうは、どうだった？」

「どうもアジトがはっきりしないんですよ。少し前までは歌舞伎町二丁目のフィリピンパブが溜まり場になってたんですが、そこにはもう出入りしてませんでした」

「そうか」

「メンバーの多くは、百人町《ひゃくにんちょう》のおんぼろアパートに住んでます。それから『ジープニー』の違法カジノは、新大久保のマンションの一室にあります。一応、所在地を両方ともメモっておきました」

斉田が二つ折りにした紙片を差し出した。それを受け取り、剣崎は問いかけた。

「カジノの客は、どんな連中なんだい？」

「大半はフィリピンの不法滞在者のようですが、最近はパキスタン人やイラン人を誘い込んでカモにしてるみたいですね」

「そのことでトラブルは？」

「目立ったトラブルはないようです」

「そう。『ジープニー』の頭《かしら》は？」

「ミゲル・トレンティーノという男で、反政府ゲリラ崩れの流れ者です。三十四、五歳のはずです」

「メンバーの数は？」

「正式のメンバーは二十人前後ですが、シンパがかなりいるようですね」

　斉田が答え、ビールを口に運んだ。

　ちょうどそのとき、鯵の刺身と鰻の肝焼きが届けられた。追加注文したビールも運ばれてきた。

「よかったら、喰ってくれ」

　剣崎は自分の肴を勧めた。

「はい、いただきます」

「両グループは時々、揉めてるようだな。おれも、ちょっとそのあたりのことを聞き込んだんだ」

「そうですか。今月に入ってからは歌舞伎町での喧嘩《ゴタ》はほとんどありませんが、百人町や大久保あたりでは、それこそ毎日のようにいがみ合ってますね」

　斉田がそう言いながら、肝焼きの串《くし》を抓み上げた。

　山手線新大久保駅と中央線大久保駅の間に横たわる百人町は、いまやアジア系不法滞在者のベッドタウン化しつつある。コリアンタウンの韓国人が目立つが、フィリピン人やタイ人も多い。イスラム教徒も住みついている。

　女の大半が新宿で働くホステス、ダンサー、娼婦だった。男たちも怪しげな仕事をしている者が少なくない。コロンビア人男女の数も増えているはずだ。最近は、失業中の日系ブラジル人たちの姿も見かけるようになった。

その三角地帯ではコカイン、マリファナ、覚醒剤の密売が半ば公然と行われている。新宿署がマークしている地域だ。

「ミゲルってボスが、売春ビジネスの縄張りを拡《ひろ》げたがっているという情報は摑んだのかい？」

「いいえ、それは摑めませんでした。しかし、ミゲルがそう考えてることは間違いありませんよ。ここ数年で、フィリピン人街娼の姿がぐっと減ってるんです。『ワイクル』に縄張《シマ》りを喰われたせいです」

「で、『ジープニー』は手間のかかるデートクラブをやらざるを得なくなったってわけか」

剣崎はビールで喉を湿らせた。

「そうなんだと思います。しかし、このままじゃ、彼らは『ワイクル』に喰われちゃいます。だから、『ジープニー』は山西組《やまにしぐみ》の三次下部団体の吉川組《きっかわぐみ》の力を借りて、巻き返しを図る気になったんじゃないのかな？」

「吉川組がバックについたのか」

「ええ。ごく最近の話ですけどね」

斉田が言った。

山西組は神戸に本拠地を置く日本最大の広域暴力団だ。関東の三大勢力との紳士協定で、表立っては首都圏には進出していない。

しかし、山西組系の企業舎弟が都内に二十五、六カ所はオフィスを構えている。吉川組も、その一つだった。組員三十数人は吉川商事の社員だったが、その素顔は極道だ。

「山西組が何か企《たくら》んでるんだろうか」

「それは考えられますよ。暴対法ができてから、関東の御三家はすっかりおとなしくなってしまったでしょ？」

「そうだな。山西組にとっては、勢力を伸ばすチャンスってわけだ」

「ええ。ひょっとしたら、山西組は『ジープニー』をダミーにして、東京に新しい拠点を作る肚《はら》なんじゃないですかね」

「しかし、この時期にいくら山西組だって、危《ヤバ》いことはしないだろう。こっちの御三家だって、ばかじゃないぜ。山西組が吉川組を使って、おかしなことをやりはじめれば、当然、何か勘づくはずだ」

「山西組は関東の御三家をなめきってるんじゃないんですか。御三家が怒って結束しても、自分らには太刀打ちできないだろうって甘く見てるんじゃないのかな？」

「そうだとしても、東西の勢力がぶつかり合えば、収拾がつかなくなる。山西組がそんな愚かなことはしないと思うよ」

剣崎は、鰺の刺身を口の中に放り込んだ。刺身は新鮮だった。

斉田の注文した肴も卓上に並べられた。烏賊《いか》の刺身、白魚の卵とじ、牛肉のたたきの三品だった。

剣崎はさらにビールを追加注文し、斉田に酌《しゃく》をしてやった。

「生意気を言うようですけど、自分はどうしても山西組が何か仕掛けようとしてるような気がするんですよ。吉川組がミゲルを唆《そそのか》して、九日の晩、タイ人のノイ・パランチャイを殺らせたんじゃないのかな。その報復として、『ワイクル』はフィリピン人コールガールのイメルダを殺害した。そう考えると、ちゃんと辻褄《つじつま》が合うじゃないですか」

斉田が熱っぽく言った。

「ちょっと待ってくれ。『モンシェリー』と『ウィズ』で聞き込んだ話によると、二人の被害者《マルガイ》の連れはどうも同一人らしいんだよ。しかも、その男は三十代前半の日本人だったようなんだ」

「ホテル側の証言は、なんかあやふやなんですよね。もしかしたら、意図的《いとてき》に事実と違うことを言ってるのかもしれませんよ」

「犯人に脅されて偽証したってことかい？」

剣崎は確かめた。

「ええ、そういうことも考えられると思うんです」

「それは、どうかね。仮にきみの推測通りだとしても、まだ動くに動けないな」

「サムとミゲルを別件でしょっ引きましょうよ。どうせ奴らは偽造パスポートを使ったにちがいありません。とりあえず、出入国管理法違反で身柄《ガラ》を確保しちゃえば……」

「別件で逮捕《パク》るのは好きじゃないんだ」

「なぜなんです？」

「別件逮捕は邪道だよ。プロの刑事の誇りってやつがあるじゃないか。別件でしょっ引いて自白《ウタ》わせても、自慢にゃならない」

「それはそうでしょうけど」

斉田が下唇を噛《か》んだ。

「犯罪者の中には強《したた》かな奴もいる。だからって、取調室で自白を強要するっていうのは性《しょう》に合わないんだ。そういうやり方は、一種の手抜きだからな。そうは思わないか？」

剣崎は言って、セブンスターをくわえた。

「脅しや暴力で自供させるんじゃなけりゃ、別に問題はないでしょ？」

「殴ったり怒鳴ったりしなくても、何時間もぶっ通しで取り調べるのは心理的な脅迫だよ。捜査員の中にゃ、そういうことを愉《たの》しんでる奴もいるようだが、おれは好きじゃない」

「あなたの言ってることは正論かもしれません。しかし、悠長なことは言ってられないでしょ！　今夜にも、第三の犠牲者が出るかもしれないんですよっ」

斉田が苛立《いらだ》たしげに喚《わめ》いた。

居合わせた客たちの視線が飛んでくる。店主の繁吉も心配顔を向けてきた。

剣崎は苦笑し、黙って手を横に振った。なんでもないというジェスチャーだ。

「大声を出してしまって、すみませんでした」

「いいんだ。きみが先のことを心配する気持ちはよくわかるよ。しかし、おれはおれのスタイルで捜査を進めたいんだ。わがまま過ぎるかな？」

「そうは思いませんけど」

「無理におれにつき合えとは言わない。気に入らなければ、いつでもオリてもらってもかまわないんだ」

「いいえ。このまま、お手伝いさせてください。ちょっと軽率でした。申し訳ありませんでした」

斉田が頭を下げた。

「なにも謝ることはないさ。できるだけ犯罪を未然に防ぎたいという考えも大事だと思うよ。ただ、人にはそれぞれスタイルがあるからな」

「そうですね」

「右寄りの組織で、何か不穏な動きは？」

「いまのところ、目立った動きはありません。一応、不法滞在の外国人たちを排斥したがってる団体はリストアップしておきました」

「ありがとう」

剣崎はリストを受け取った。十近い政治結社の名が書き連ねてあった。

「そちらの収穫は、いかがでした？」

「大きな手がかりは得られなかったんだが、一つだけ収穫があったよ」

「どんな手がかりなんです？」

斉田が身を乗り出した。

剣崎は上着の内ポケットからビニール袋に入った黒革の名刺入れを取り出し、経過をつぶさに語った。口を結ぶと、斉田が言った。

「その長瀬拓磨って人物が、本件に関《かか》わってる可能性はあるんですかね」

「なんとも言えないが、ちょっと調べてみるつもりなんだ」

「そうですか」

「こいつを鑑識に回しとしてくれないか」

剣崎はビニール袋ごと名刺入れを渡した。

斉田がそれを受け取り、すぐに上着の右ポケットに入れた。

「今夜は、ノイとイメルダの周辺の聞き込みをやるつもりだよ」

「何か手伝いましょう」

「いや、きみはあまり派手に動かないほうがいい。強行犯係の連中はともかく、本庁の捜査員に怪しまれるのはまずいからな」

「わかりました。それじゃ、自分が必要なときはいつでも声をかけてください」

「そうしよう。おれはひと足先に出る。きみは少し時間を稼いでから、腰を上げてくれ」

「はい」

「ここはツケだから、勘定の心配はしなくてもいいんだ」

剣崎は言って、ひとりで店を出た。

歌舞伎町の裏通りをたどって、大久保二丁目に急ぐ。『ワイクル』のアジトは、住宅密集地帯の中にあった。三階建てのミニマンションだった。

剣崎は斉田のメモを確かめてから、三階まで駆け上がった。エレベーターはなかった。

三〇二号室のドアをノックする。

ややあって、ドア越しに女の声がした。早口のタイ語だった。言葉の意味は、まるでわからない。

黙っていると、今度は日本語で問いかけてきた。

「誰ですか？」

「ノイの友達だよ。ノイが死んだって？」

剣崎は空とぼけて、そう語りかけた。

「彼女、本当に死んだよ」

「ちょっと話を聞かせてくれないか」

「オーケー」

声とともに青いスチールドアが開き、タイ人の若い女が現われた。二十二、三歳だろうか。

額が広く、唇がやや厚めだ。目も鼻も丸っこい。黄色いタンクトップに、白いショートパンツという身なりだった。

「きみはノイと仲がよかったの？」

「タイ人、みんな友達よ。だから、ノイとも友達ね。ノイとは、この部屋でよくタイの話をした。タイの音楽聴《き》いて、タイの料理も食べた。それ、楽しいことね」

「ノイは誰に殺されたんだろう？」

「わたし、わからない。でも、ここの男の人たち、みんな言ってた。ノイは、フィリピン人の悪い奴に殺されたって」

「ここに、サムラントーンさんはいるのかな」

「あなた、彼のこと、知ってるの?」

「うん、まあ。サムは部屋にいる?」

「いない。ここには、時々、来るだけ」

「どこに行けば、彼に会える?」

剣崎は訊いた。

「わたし、よくわからない。サムラントーンさん、泊まるとこ、いっぱいある。ガールフレンドも大勢いるよ。でも、夜はたいてい東亜会館のそばにある『ロイ』って、タイクラブにいると思う」

「その店のオーナーは、サムなのかい?」

「ううん、そうじゃない。彼はオーナーの友達ね。新宿にいるタイ人、みんな友達!」

女がそう言い、にっこりと笑った。

「そうだったな。それはそうと、ノイは誰かに狙われてなかった?」

「よくわからない。でも、ノイは大久保通りでフィリピンの男に蹴《け》飛ばされたことあるね」

「それはいつのこと？」

「六月の夜ね。ノイ、悪いこと何もしていない。でも、その男にキックされた」

「きみらは、フィリピン人の男たちにいつも何かされてたの？」

「商売《ビジネス》の邪魔されてた。あいつら、タイの女たちを買う。でも、ホテルに行っても何もしない。お金も払ってくれないね」

「客の振りをして、きみらの仕事を邪魔してるわけか」

「そう、そう！　あいつら、やくざ《ギャングスター》みたい。でも、サムラントーンさんがフィリピン人をやっつけてくれる。彼は、みんなのリーダーね。ヒーローなの」

「とにかく、『ロイ』ってクラブに行ってみるよ」

剣崎は軽く片手を挙げ、階段の降り口に向かった。背後で、ドアの閉まる音がした。

一階まで降りたときだった。

闇の中から、若い男が躍《おど》り出てきた。タイ人のようだ。

右手に光っているのは、細長い奇妙な形をしたナイフだった。刃渡りは三十センチ近い。タイ製の刃物だろう。

「何か用か？」

剣崎は身構えた。

「おまえ、なに調べてる？」

「『ワイクル』のメンバーだな。ボスのサムラントーンは、どこにいる？　会って訊きたいことがあるんだ」

「何者か言え。言わないと、おまえを殺す！」

男がやや腰を落とし、刃物を握り直した。暗がりの中で不気味に光る両眼が、どこか野獣めいている。

「ナイフを捨てるんだっ」

剣崎は声を張った。

次の瞬間、刃風《はかぜ》が湧いた。白っぽい光が揺曳《ようえい》する。

剣崎は退《さ》がらなかった。勢いよく地を蹴った。髪が逆立《さかだ》つ。

跳躍しきったとき、剣崎は前蹴りを放った。靴の先が男の顎《あご》を直撃する。骨が重く鳴った。

男は体をくの字に折って、数メートル後方に吹っ飛んだ。尻から地べたに落ちる。

ナイフは手から零《こぼ》れていた。

男が這《は》って、刃物を拾い上げようとした。

剣崎は踏み込んで、男の腹を思うさま蹴りつけた。男が横倒しに転がる。剣崎は素早くナイフを摑み上げ、遠くに投げ放った。

そのとき、男が半身を起こした。剣崎は男の背後に回り込み、右腕を捩《ねじ》上げた。

「サムは『ロイ』にいるのか？」

「おまえ、誰なんだっ」

「いいから、質問に答えろ」

「…………」

男は無言だった。

剣崎は、さらに男の関節を痛めつけた。もう手加減はしなかった。刃物や拳銃をちらつかせる相手には、容赦しない主義だった。

「ボスはどこにいるんだっ」

「自分のプライベートルームにいるよ。この近くだ」

男が痛みを訴えながら、ようやく吐いた。

剣崎は男を摑み起こし、尾骶骨《びていこつ》を膝《ひざ》で蹴りつけた。男が母国語で何か悪態をつく。

「おれをサムのとこに案内するんだ！」

「わかったよ。わかったから、手を放してくれ」

男が哀願する。

剣崎は黙殺して、男の背を押した。男がぶつくさ言いながら、だらだらと歩きはじめた。

導かれたのは、大久保通りの向こう側にある高層マンションだった。

だが、出入口はオートロック・システムではなかった。管理人もいない。

二人はエレベーターで九階まで上がった。

男が足を止めたのは、九〇六号室のドアの前だった。

「ボスを玄関先まで呼んでくれ。妙な真似《まね》をしたら、右腕が使えなくなるぞ」

剣崎は男を威《おど》した。

男がインターフォンを鳴らした。

じきにスピーカーから、タイ語の応答があった。若い女の声だった。

男が何か短く喋った。ややあって、ドアが開けられた。

現われたのは上半身裸の男だった。盛り上がった胸には、鷲《わし》の刺青《いれずみ》が施《ほどこ》されていた。

目つきが鋭く、口髭《くちひげ》をたくわえている。

「サムラントーンさんかな？」

剣崎は先に口を開いた。

「そうだ。あんたは？」

「新宿署の者だが、別に逮捕しに来たわけじゃない。ちょっとノイ・パランチャイのことで訊きたいことがあるだけだ」

「ノイのことか。あの娘《こ》はフィリピン野郎に殺《や》られたんだよ」

サムラントーンの日本語は滑らかだった。

「何か証拠があるのか？」

「そんなものは関係ないね。『ジープニー』の仕業に決まってる。奴らは、おれたちの領地《テリトリー》を侵そうとしてるんだ」

「ノイの仕返しに、イメルダってフィリピン娘を殺らせたんじゃないだろうな」

剣崎は揺さぶりをかけてみた。しかし、相手は少しも狼狽《ろうばい》しなかった。

「ばかを言うな。おれは、女を殺させるほど腐りきっちゃいない」

「その言葉を信じてもいいんだな？」

「もちろんだ。疑うんだったら、おれの仲間たちに訊いてみてくれ」

サムラントーンが昂然《こうぜん》と言った。

「そいつは時間の無駄だろう。あんたの仲間がリーダーの都合の悪いことなんか言うはずないからな」

「おれは嘘なんかついちゃいない。おれたちは弱い者同士が肩を寄せ合って、ひっそりと生きてるだけだ。この国に迷惑はかけてない」

「いや、もう迷惑はかけてるな。しかし、そのことには目をつぶってやろう」

剣崎は相手を見据えた。

サムラントーンが顔を強張《こわば》らせ、何か言いかけた。しかし、結局、言葉は発しなかった。

「青柳組とは手を切るつもりなのか？」

「日本のやくざたちは、いま経済ビジネスをめざしはじめてる。売春も麻薬もリスクが大きすぎるからな」

「それで、あんたは縄張りを青柳組からそっくり譲り受けたってわけか。その見返りは、なんだったんだい？」

「答えられないな、そういう質問には。おれたちプアな外国人は、自分らで生きていかなきゃならないんだ」

「ちょっと部屋の中を見せてもらってもいいか？　捜索令状は持ってないから、断られても仕方ないがね」

剣崎は穏やかに言った。

「見られて困るようなものは何もないよ」

「だったら、あんたのパスポートを見せてくれ」

「いいだろう。入れよ」

サムラントーンが先に玄関ホールに上がる。

剣崎は刃物を振り回した男の手を放し、すぐに靴を脱いだ。言うまでもなく、警戒は怠《おこた》らなかった。

サムラントーンも背後の男も、何も仕掛けてはこない。剣崎は奥に進んだ。

間取りは１ＬＤＫだった。

サムラントーンは剣崎をリビングソファに坐らせると、奥の部屋に母国語で何か言った。寝室らしい部屋から、息を呑むようなタイ美人が現われた。

二十四、五歳だった。円《つぶ》らな瞳は、濡《ぬ》れ濡れと光っている。睫毛《まつげ》が長い。涼しげなホームドレスを着ていた。

剣崎は目顔《めがお》で挨拶した。女が匂《にお》うような微笑をにじませ、サムラントーンに何か言った。

サムラントーンがうなずき、剣崎に話しかけてきた。

「彼女が、あんたと親しくなりたいと言ってる」

「この国じゃ、そういう手に乗る刑事はいないんだよ」

「あんた、金製品に関心は？」

「ないね。早くパスポートを見せてくれ」

剣崎は急《せ》かした。

サムラントーンがきまり悪そうに笑い、愛人らしい女にタイ語で何か命じた。女が溜息をついて、奥の部屋に引っ込んだ。

サムラントーンが長椅子に腰かけ、光沢のある青いシャツを着た。

「美人だな。あんたの情婦《おんな》かい？」

「そうだ」

「自分の情婦を本気でおれに提供する気だったのか？」

「あの女はきれいだが、バンコクのスラム街で育ったんだ。男に抱かれることなんか、なんとも思っちゃいないさ」

「あんたのほうは、どうなんだ？」

「女のスペアは、いくらでもいる」

「根っからの悪党らしいな。偽造パスポートだったら、令状を取って、この部屋を家宅捜索させてもらうぞ」

剣崎は言った。

サムラントーンは薄く笑っただけだった。

背後で、足音がした。女がパスポートを持ってきたらしい。剣崎は上体を捻《ひね》った。手を伸ばしかけたとき、女が缶のような物を突き出した。ほとんど同時に、乳白色の噴霧が迸《ほとばし》った。

剣崎は両眼に尖鋭《せんえい》な痛みを感じた。スプレーで、催涙ガスを噴きつけられたにちがいない。

「何をするんだっ」

剣崎は瞳孔《どうこう》の痛みに耐えながら、勢いよく立ち上がった。

その瞬間、背中に硬い物を押し当てられた。

感触で、銃口とわかった。剣崎はさすがに体が竦《すく》んだ。そのとき、脇腹に回し蹴りを受けた。一瞬、息が詰まる。内臓も熱くなった。

強烈なミドルキックだった。

剣崎は床に転がった。回し蹴りを放ったのは、サムラントーンらしかった。

それを目で確かめることはできなかった。とても瞼《まぶた》を開けられる状態ではなかったからだ。

複数の乱れた足音が聞こえた。

サムラントーンたち三人が逃げる気になったらしい。剣崎は追う気だった。

しかし、まるで目が見えない。三人の足音が遠のき、やがて何も聞こえなくなった。

油断しすぎた。彼らは強制送還を恐れただけなのか。それとも、事件に関わっているのだろうか。

剣崎は起き上がったものの、しばらく動けなかった。

5

深夜だった。

午前二時近い。それでも歌舞伎町には、人波があふれていた。まるで真昼のようだ。

剣崎はシルバーグレイのスカイラインを低速で走らせていた。貸し与えられた専用の覆面パトカーである。

サムラントーンたちを取り逃がしてから、七時間あまり経過していた。

剣崎は大久保のマンションから、『ワイクル』のアジトに引き返してみた。数人の客引き兼用心棒がいるだけで、ボスの姿はなかった。

東亜会館のそばにあるタイクラブにも行ってみた。だが、徒労に終わった。

剣崎はいったん新宿署に戻り、特別に宛《あ》てがわれた覆面パトカーでふたたび歌舞伎町に舞い戻ったのである。

歌舞伎町は日本最大の歓楽街だが、エリアはそれほど広くない。

およそ六百メートル四方だ。一、二時間で逃げたタイ人たちの行方はわかるだろうと高を括《くく》っていた。

しかし、いくら走り回っても、サムラントーンたち三人は見つからなかった。どうやら三人は、仲間のアパートかどこかに身を潜《ひそ》めたらしい。

何か情報が得られるかもしれない。

剣崎はステアリングを操《あやつ》りながら、警察無線のスイッチを入れた。

デジタル回路の最新型無線機だった。もちろん、スクランブル盗聴防止装置付きだ。

旧式のアナログ無線機は、電波マニアたちにたやすく傍受《ぼうじゅ》されてしまう。搭載《とうさい》している機種は、その心配がなかった。

警視庁指令センターと警邏中のパトカーとの慌《あわ》ただしい交信が次々に流れてくる。しばらく耳を傾けてみたが、『ワイクル』に関する情報は得られなかった。

サムたちのことは諦《あきら》めて、少し『ジープニー』の動きを探ってみることにした。

剣崎は警察無線のスイッチを切って、スカイラインを百人町に向けた。

ほんのひとっ走りだった。街路のあちこちに、東南アジア系の男女がたむろしている。蒸し暑い木造アパートでは、なかなか寝つけないのか。立ち話をしている男女は、フィリピン人のようだ。

日本人の姿は、めったに見かけない。自分が他国にいるような錯覚に囚《とら》われそうになる。一種異様な雰囲気だ。

数百メートル先の一画には、イラン人のヒモやコロンビア人街娼が多く住んでいる。その大半はカップルで同棲していた。ヒモたちは用心棒を兼ねている。

剣崎は車を表通りに駐《と》め、アパートや小住宅が軒を接している路地に足を踏み入れた。

『ジープニー』の溜まり場は、二つ目の四つ角の角にあった。朽《く》ちかけた木造モルタル塗りのアパートだった。

築三十年は経っているのではないか。外壁は、ところどころ剝《は》がれ落ちている。窓はサッシではない。古めかしい木枠の窓だった。一、二階合わせて、十室あった。大半の窓が開け放たれていた。

部屋の一室から、フィリピンのポピュラーソングが洩れてくる。軽快な曲だった。住人は全員、フィリピン人なのだろう。

アパートの玄関前の路上に、三つの人影があった。二人は若い男で、ひとりは女だった。三人はタガログ語で何か話し込んでいる。剣崎に気づくと、三人は不意に口を噤《つぐ》んだ。揃って警戒の色を深めた。男のひとりは、チノクロスパンツのポケットに手を突っ込んだ。ナイフを忍ばせているのかもしれない。

「ミゲルさんに会いたいんだがな」

剣崎は三人に声をかけた。

すると、男のひとりが日本語で問いかけてきた。

「あなた、誰？」

「ミゲルさんの知り合いだよ」

「どういう知り合い？」

「吉川組って知ってるかな」

「知ってる。あなた、吉川組の人か？」

「いや、おれは組員じゃない。しかし、吉川組長と親しいんだ。それで、ミゲルさんとも友達になったってわけさ」

剣崎は言い繕《つくろ》った。

三人の男女が顔を和《なご》ませた。斉田の情報は間違ってはいなかったらしい。

「ボスは、このアパートにはいない」

「どこに行けば、会える？」

「大久保二丁目の『スターレジデンス』にいる」

「部屋は？」

「一〇〇一号室、十階ね」

「ありがとう。さっそく行ってみるよ」

剣崎は髪に癖のある男に礼を言い、瞳の大きな女に声をかけた。

「きみ、イメルダを知ってるかい？」

「イメルダ？　ああ、ルースのことね」

女がにこやかに言った。

「彼女、ルースって名前だったのか」

「そう。ルース・ラウロンよ。あたしと同じセブ島生まれね。あなた、ルースとも友達？」

「まあね。彼女、殺されちゃったな」

「彼女、かわいそう。ルースは、タイの奴らに殺されたのよ」

「何か証拠でもあるのかい？」

剣崎は問いかけた。

女が口を開けかけると、それまで黙っていた男が早口で何か喋った。

さきほどチノクロスパンツのポケットに手を滑らせた男だ。その表情は険《けわ》しかった。

男は女を窘《たしな》めたようだった。

タガログ語でも英語でもなかった。セブ島周辺で使われているビサヤ地方の言語なのだろう。

ビサヤ地方は、美人が多いことで知られている。昔からスペイン人、マライ族、中国人の血が混ざり合ってきた土地だ。美女が多いのは、そのことと無縁ではないようだ。

女が怯《おび》えた顔になり、うなだれた。頭髪の縮れた男が慌てて口を開く。

「いまの話、ただの噂ね。確かな話じゃない。だから、忘れてくれ」

「いいとも。しかし、きみらはタイの連中と対立してるんだろ？」

「仲悪いこと、ほんとね。でも、われわれは仕返しなんかしない。平和が一番ね。ミゲル、いつもそう言ってる」

「しかし、それじゃ、吉川組が承知しないんじゃないか。吉川組は『ジープニー』のバックなんだから」

「そういう話、できない。もう行ってくれ」

「わかったよ」

剣崎は三人から遠のき、覆面パトカーの方に引き返しはじめた。

その矢先だった。アパートのあたりで、大きな衝撃音が轟《とどろ》いた。物の壊れる音と女の悲鳴も聞こえた。

剣崎は足を止めた。振り返る。

一台のダンプカーが前後に動きながら、荷台でアパートの外壁を打ち破っていた。荷台は空だ。アパートのガラス戸が砕《くだ》け、室内の蛍光灯が大きく揺れている。

ダンプカーがいったん前進し、ふたたび後方から建物に突っ込んでいった。羽目板や柱の折れる音がした。

アパートから、色の浅黒い男たちが飛び出してきた。

どの顔も殺気立っていた。男の何人かは、フォールディング・ナイフを握っていた。

『ワイクル』のメンバーが殴り込みをかけたのだろうか。

剣崎は横に走り、ダンプカーの運転台を見た。

そこには、くすんだ草色の戦闘服を着た二人の男がいた。どちらも若い。せいぜい二十歳《はたち》前後だろう。

右翼系の政治結社の行動隊員のようだ。増加する一方の不法滞在者に業《ごう》を煮やし、行動を起こす気になったらしい。

フィリピン人の男たちが怒号を放ちながら、ダンプカーを取り囲んだ。

と、ダンプカーの助手席のドアが勢いよく開けられた。路面に飛び降りた男は、日本刀を手にしていた。やや反りの強い段平《だんびら》だった。鍔《つば》のない刀だ。

男は抜き身を振り回しながら、フィリピン人たちを蹴散らした。

アパートの住人は、われ先に逃げ去った。拳銃よりも刃物に恐怖心を煽《あお》られる人間のほうが多い。それは、刑事生活を通じて知った事実だった。

「先輩、ずらかりましょう！」

運転席の男が高く叫んだ。

日本刀を持った男が無言でうなずき、あたふたと助手席に乗り込んだ。ダンプカーが狭い道で、何度もハンドルを切り替えている。

剣崎はスカイラインまで疾駆した。

覆面パトカーに乗り込み、すぐさま発進させる。路地に入ると、すでにダンプカーはだいぶ遠ざかっていた。

剣崎はアクセルを深く踏み込んだ。

サイレンは、わざと鳴らさない。ダンプカーは狭い道を突っ走り、ほどなく北新宿を抜けた。中野《なかの》方面に走っている。どうやら彼らは、追っ手に気がついたようだ。

やがて、ダンプカーは広い表通りに出た。

剣崎は赤色灯を車の屋根《ルーフ》に載せた。

サイレンが鳴りはじめると、ダンプカーはわずかに減速した。それも、ほんの一瞬だった。すぐに加速する。

剣崎は応援を要請しなかった。無線を切ったまま、ダンプカーを追跡しつづける。

数分後、ダンプカーは青梅街道《おうめかいどう》に入った。そのまま杉並《すぎなみ》方面に猛進している。夜更けとはいえ、割に車の量は多かった。

派手なカーチェイスはできない。

剣崎は徐行中の一般車をごぼう抜きにして、ダンプカーと並んだ。すぐにダンプカーが幅寄せをしてきた。

剣崎は幾度もセンターラインを越え、対向車線に逃れなければならなかった。まともに車体を弾《はじ》かれたら、ひとたまりもない。

といって、このまま並走していても埒《らち》が明かないだろう。

剣崎は、際《きわ》どい賭《か》けをする気になった。アクセルを床近くまで踏みつけ、ダンプカーの前に出る。

そのとたん、尻《しり》を煽られそうになった。

剣崎はさらに加速し、車をハーフスピンさせた。タイヤが軋《きし》み、白煙があがった。片側車線を塞《ふさ》ぐ恰好になった。

剣崎は運転席のドアを開けた。片足を路面につけ、いつでも車から離れられる体勢をとった。

そのとき、後ろでパニックブレーキをかける音が響いた。戦闘服の男たちも、覆面パトカーを大破させるだけの度胸はなかったらしい。

剣崎は、ドア・ポケットに差し込んである特殊警棒を引き抜いた。

長さは十五センチほどだが、振り出し式になっていた。伸ばすと、四十センチになる。直径二センチの特殊鋼だ。手錠ケースは腰に括《くく》りつけてあった。

剣崎は車の外に出た。

その直後、ダンプカーの運転台の両側のドアが開いた。二人の男がほとんど同時に車道に飛び降り、別々の方向に逃げた。

方々で、けたたましく警笛が鳴り響いた。罵声《ばせい》も聞こえる。

剣崎は、助手席に坐っていた男を追った。

男は白刃をぶら下げながら、脇道に走り入った。剣崎は追いかけながら、声を張った。

「新宿署の者だ。器物損壊および銃刀法違反で現行犯逮捕する！」

「なんだってんだよ」

男が立ち止まって、刀身を中段に構えた。どうやら開き直ったようだ。

剣崎は足を止め、特殊警棒を伸ばした。男の目に殺気が漲《みなぎ》った。

「抵抗したら、公務執行妨害の罪が加わるぞ。おとなしく手錠《ワッパ》打たれろ」

剣崎は言い諭《さと》した。

「うるせえ！　おれが何したってんだよっ」

「おまえが逃《フ》げ《ケ》た仲間とやったことは一部始終、見てた。もう観念しろっ」

「てめえ！　叩っ斬《き》ってやる」

男が逆上し、日本刀を斜めに薙《な》いだ。

空気が縺《もつ》れる。鋭い一閃《いっせん》だった。だが、剣崎は恐怖は覚えなかった。明らかに、威嚇だった。

刀身が流れた瞬間、剣崎は跳《と》んだ。

特殊警棒で相手の右腕を叩き、さらに顎を打ち砕いた。的《まと》は外さなかった。

男が呻《うめ》いて、横倒れに転がる。

段平が路面に落ち、無機質な音を刻んだ。落ちた瞬間、小さな火花が散った。

剣崎は警棒を横ぐわえにして、素早く男の両手に手錠を掛けた。後ろ手錠だった。警棒を縮め、ベルトの下に差し入れる。

「警官《マッポ》がこんなことしてもいいのかよっ」

男が俯《うつぶ》せになったまま、大声で息巻いた。

剣崎は取り合わなかった。男を摑み起こしたとき、二人の制服警官が駆け寄ってきた。最寄りの交番勤務の巡査たちだった。

付近の住民かドライバーが通報したのだろう。あるいは、警官たちがサイレンを聞きつけたのかもしれない。

「新宿署の者だ」

剣崎は身分を明かし、二人の外勤警官に逃げた男の手配とダンプカーの始末を頼んだ。

警官たちは敬礼すると、青梅街道の方に駆け戻っていった。

剣崎は日本刀を拾い上げ、現行犯逮捕した男を歩かせた。男を覆面パトカーの後部座席に腹這いにさせてから、刑事用携帯電話《ポリスモード》で新宿署の刑事課に連絡を取る。制服警官たちには、Ｐ《ピー》フォンが貸与されていた。

斉田は署内に泊まり込んでいるはずだ。

電話に出たのは、当直の刑事らしかった。剣崎は斉田の友人を装った。

無線機を使わなかったのは、極秘捜査が発覚することを恐れたからだ。捜査本部に直《じか》に電話をしなかったのも、同じ理由だった。

少し待つと、斉田の寝ぼけ声が流れてきた。

「どうもお待たせしました」

「おれだよ」

「あっ、どうも！」

「仮眠室にいたらしいな」

「ええ。どうしたんです？」

「地下の取調室で待機しててくれ。お客さんをお連れする」

剣崎は経過を手短に話し、先に電話を切った。それを待っていたように、手錠の男が言った。

「このまま、おれを連行するのかよっ」

「少しの辛抱だ。独歩行《どっぽこう》なんで、相棒がいないんだよ」

「くそっ」

「どこの右翼だ？」

「おれは何も喋らねえぞ」

「そうかい。なら、好きにしろ」

剣崎はスカイラインの運転席に入った。

赤色灯を点滅させながら、新宿署に向かう。

署に着いたのは、十数分後だった。男を引っ立てて、地下一階の取調室に急ぐ。押収品の日本刀は片手に提《さ》げていた。

さすがに署内の人影は少ない。

しかし、新宿署が無人になることはなかった。二十四時間態勢《たいせい》で、署員たちは犯罪の防止に努《つと》めている。

斉田は取調室の入口に立っていた。ノーネクタイだった。スラックスが少し皺《しわ》になっている。私服のまま、仮眠室のベッドに潜っていたらしい。

剣崎たち三人は、中ほどの取調室に入った。

出入口のドアがあるだけで、窓は一つもない。斉田が男を折り畳み式のパイプ椅子に腰かけさせ、腰縄の端を椅子に結びつけた。

「きみがやってくれ」

剣崎は壁に凭れ、煙草に火を点けた。

斉田がいくぶん緊張した顔で、スチールデスクについた。通常、取り調べの際には、供述書を記録する係官が立ち会わなければならない。

しかし、極秘捜査である。刑事課の誰かを呼ぶわけにはいかなかった。

「まあ、一服しろや」

斉田がショートホープの箱から一本抜き取り、被疑者の口にくわえさせた。

男が挑戦的な薄笑いを浮かべ、煙草を吹き飛ばした。

「煙草《モク》一本で面倒見《メンドウミ》する気かよ。冗談じゃねえぜ」

「そう突っ張るなって」

斉田が苦笑した。面倒見とは、刑事たちの泣き落としを意味する隠語だ。

「前科《マエ》なんかねえよ、おれにゃ」

「だったら、名前と本籍地を教えてくれよ」

「忘れちまったな」

「コーラでも飲むか？」

「飲みたくねえな。カツ丼《どん》も天丼も喰いたくねえ。素っ裸の女を呼んでくれりゃ、名前ぐらいは喋ってやらあ」

男が挑発して、せせら笑った。

斉田が額に青筋を立て、拳で机を叩いた。弾みで、アルミの灰皿が跳《は》ね上がる。

「そんなこと、やってもいいのかよっ」

被疑者が抗議した。

「おまえが、おれを苛《いら》つかせたからだ」

「いまのこと、おれ、弁護士に話すからな」

「勝手にしろ！」

斉田がショートホープを抓《つま》み上げ、男の顔面に投げつけた。

男が怒鳴って、腰を浮かせかけた。

「二人とも熱くなるなよ」

剣崎は短くなったセブンスターを灰皿の中で捻り潰し、斉田の肩を軽く叩いた。斉田が立ち上がる。

剣崎は斉田の坐っていた椅子に腰かけ、黙って相手を射竦《いすく》めた。

「なんだよ、その目は！」

「おまえと睨めっこしたいんだよ」

「ふざけんな！」

男は次第に落ち着きを失い、視線を合わせなくなった。

「おれの顔をまっすぐ見るんだ」

「てめえ、ゲイじゃねえのか。お巡りや自衛官の中にゃ、けっこう多いっていうからな」

「そうかい」

剣崎は表情を変えなかった。じっと男を見据えつづける。

数分が流れた。男が耐えられなくなったらしく、両目をつぶった。

「目を開けてくれ。おまえともっと睨めっこしたいんだからさ」

「いいかげんにしてくれ！　あんたに睨まれてると、神経がおかしくなりそうだぜっ」

「そんなやわな男じゃないだろうが！　おまえは体を張って生きてるタイプに見えるがね」

「まあな」

「『桜仁社《おうじんしゃ》』か、それとも『愛国青雲党《あいこくせいうんとう》』かな？」

剣崎は誘い水を撒《ま》いた。案の定《じょう》、男が反射的に瞼を開けた。

「けっ、あんな連中と一緒にしないでくれ。おれは真の愛国者なんだ。だから、不法滞在の外国人を一掃したかったんだよ」

「で、『ジープニー』のアジトを襲ったってわけだ」

「そうだよ。日本に出稼ぎに来てる奴らは、犯罪者の予備軍ばっかりじゃねえか」

「そう決めつけるのは、どうかね」

「あんた、刑事のくせに、アカがかったことを言うな。奴らは、ろくでなしだよ。売春、麻薬、拳銃の密売、コンビニ強盗、パスポートやビザの偽造、車のかっぱらい、ピッキングによる空き巣、強姦《ごうかん》、殺人となんでも好き放題やってやがる。あいつらを追い出さなきゃ、日本は駄目になっちゃうぜ」

「それで、義のためにダンプをあのアパートに突っ込んだってわけか」

「ああ、そうだよ。おれは、義のためにやったんだ」

「それなら、なにも身分を隠すことはないだろうが。もっと堂々としてろよ」

「それもそうだな。あんたの言う通りだ。なにもこそこそすることはねえんだよな」

男が自分に言い聞かせた。

「そうだよ」

「わかった。喋るよ。おれは松橋昇太《まつはししょうた》、二十一歳だ。『報国皇民党《ほうこくこうみんとう》』のメンバーだよ」

「総裁の諸井雅春《もろいまさはる》は利権右翼だったな」

剣崎は言った。

「おい、総裁を呼び捨てにするな。それに、総裁は利権なんか一度だって漁《あさ》ったことはねえぞ！」

「悪かった。諸井先生の命令で、ダンプをアパートに突っ込んだのか？」

「いや、おれと大下《おおした》の二人で相談してやったんだ」

「大下っていうのは、ダンプを運転してた奴だな？」

「そう。あいつはおれより一つ年下だけど、いい根性してんだよ」

「大下なんて言うんだ？」

「竜太郎《りゅうたろう》だよ。総裁は無関係なんだ。だから、党本部や総裁の自宅には家宅捜索《ガサ》かけないでくれ」

「日本刀《ポントウ》の入手先は？」

「自分の物だよ、半年くらい前に護身用に買ったんだ。嘘じゃねえよ」

男が強く主張した。どうやら組織の誰かを庇っているらしい。

「そのことは、後でじっくり調べてみよう」

「段平は、ほんとにおれの物だって。不良外国人がこんなに多くなっちゃ、物騒《ぶっそう》じゃねえか。タイ人や中国人マフィアの中にゃ、たったの五、六万で殺しをやる奴もいるらしいぜ」

「だからって、日本にいる外国人がおまえを狙ったわけじゃないだろうが！」

「それはそうだけど、いつ襲われるかもしれないじゃねえか。だから、先制攻撃をかけたんだよ。おれは法を犯したかもしれねえけど、間違ったことをやったとは思っちゃいない」

「どう思おうと勝手だが、法は法だ」

「おれは前科しょったって、へっちゃらさ。日本を救うためなら、てめえのことなんかどうなってもいいんだ」

「見上げた心掛けだが、やり方がまずかったな」

剣崎は言った。

松橋は何か言いたげだったが、口は開かなかった。

「共犯者《レツ》の緊急手配をしたほうがいいな。後は、きみに任せよう」

剣崎は斉田に言って、椅子から立ち上がった。

「あなたは、どうされるんです？」

「『ジープニー』の違法カジノに行ってみる」

「ひとりじゃ、危険ですよ」

斉田が心配顔になった。

「大丈夫だ」

「しかし……」

「心配するなって」

剣崎は取調室を出た。覆面パトカーに乗り込み、すぐさま大久保二丁目に向かう。

ほんの数分で、『スターレジデンス』に到着した。十一階建ての洒落《しゃれ》たマンションだった。

剣崎は車を暗がりに駐め、マンションの表玄関に足を向けた。

オートロック・システムになっていた。無断で建物の中には入れない。集合インターフォンに歩み寄り、テンキーに指を伸ばした。部屋番号を押す。

ややあって、男の声で応答があった。訛《なまり》の強い英語だった。『ジープニー』の一員だろう。

「わし、吉川組の者《もん》や。そこに、ミゲルがおるやろ？」

剣崎は、とっさに思いついた手を使った。

一拍置いてから、たどたどしい日本語が返ってきた。

「いま、ボスと代わる。それ、問題ありますか？」

「いや、代わらんでもええわ。その代わり、ミゲルにエントランスまで降りてくるよう言うてんか。うちの組長《オヤジ》が、ミゲルを呼んでこい言うてんねん」

「ボス、すぐ階下《した》に行く。それで、オーケーね？」

相手の声が途切れた。

剣崎は玄関脇の暗がりに身を潜めた。数分待つと、長髪の男がロビーから出てきた。彫りが深い。上背もあり、それほど肌の色は黒くなかった。スペイン人の血を引いているようだ。

クリーム色のスーツを着ている。なかなかのダンディーぶりだ。

男は通りに走り出ると、気忙《きぜわ》しく左右を見回した。剣崎はアプローチの石畳を走り、男に声をかけた。

「ミゲル・トレンティーノさんだね？」

「そうです。あなたはどなた？」

ミゲルが体を反転させ、澱《よど》みのない日本語を操った。

「新宿署の剣崎という者です」

「ご用件は？」

「殺されたイメルダ、いや、ルース・ラウロンさんのことで、ちょっと話をうかがいたいんですよ」

「ルースのこと？」

ミゲルが警戒心を露《あらわ》にした。

「彼女は、あんたの管理下にあったコールガールだね」

「わたしを逮捕するつもり？」

「いや、とりあえず、話を聞きたいと思ってね」

「わかりました」

「日本語がうまいな」

「二十代の前半に、日本の大学に留学してましたんでね。海洋工学の勉強を二年ばかりしたんですよ」

「それから国に戻って、反政府ゲリラになったわけか」

剣崎は言った。

「そこまで知ってるんですか⁉　驚きました。わたしが反政府派の活動をしてたことは事実です。おかげで、少し民主的な政権が誕生しました。しかし、すぐにわたしは失望してしまいました」

「なぜ？」

「期待していた閣僚たちも、所詮は恵まれたエリートたちでした。彼らでは、貧しい国民の絶望感は救えないと思ったんです。それで、わたしは政府に興味を失ってしまったんですよ。どの大統領もフィリピン人を救えませんでした。いまの大統領も、おそらく庶民の味方にはなれないでしょう」

「話の腰を折るようだが、あんたと国家論をやる気はない。おれは、ルース・ラウロンを殺した犯人の見当はつきません。状況からタイ人マフィアの仕業と考えてる仲間が多いのは事実ですが、確かな証拠があるわけじゃないんです」

「わたしには、犯人を見つけたいだけなんだ」

ミゲルが分別のある言い方をした。

「『ワイクル』と対立してることは認めるね？」

「ええ。彼らは力ずくで、われわれフィリピン人を排除しようとしてます。だから、われわれは闘う気になったわけです」

「で、あんたは吉川組の力を借りたんだな？」

「そうです。自慢できることじゃありませんが、やむを得なかったんですよ。『ワイクル』のバックには、青柳組が控えてます。それに対抗するためには、日本のやくざに頼るほかなかったんですよ」

「吉川組はあんたの組織を利用して、新しい拠点を作る気なんじゃないのか？」

剣崎は単刀直入に訊いた。

「それは考えられません。吉川組の組長は、頭のいい人です。東京のやくざと喧嘩《けんか》する気はないですよ」

「なのに、なんで『ジープニー』のバックになったんだい？　何かメリットがなきゃ、やくざは動かないもんだ」

「吉川組にメリットはあります。わたし、吉川組組長がやってる芸能プロに、マニラで集めたストリッパーやシンガーを送り込んでるんですよ」

「それだけかい？　麻薬や銃の供給も引き受けてるんじゃないのかっ」

「そういうことはやってません。それから、タイ人の女性も殺してませんよ。われわれは非合法な手段でお金を稼いでますが、人殺しは固く禁じてます。武器も自己防衛にしか使わせてないんです」

ミゲルが誇らしげに言った。

「そんなに簡単に吉川組を信じてもいいのかい？　関西の極道は強《した》かだぜ。吉川組が『ジープニー』の犯行と見せかけて、ノイ・パランチャイって売春婦を消した可能性もないとは言いきれないんじゃないのかね？」

「そんなことはないと思うが……」

「ちょっと探《さぐ》りを入れてみたほうがいいぜ」

「わかりました。そうしてみましょう」

「それから、ついでに忠告しておこう。このマンションにある違法カジノを早く畳まないと、あんたたちは強制送還されるか、日本の刑務所にぶち込まれるぜ」

剣崎は言って、覆面パトカーに歩を進めた。

背後で、ミゲルが小声で礼を言った。『ジープニー』は数日中に、アジトの違法カジノをどこかに移すだろう。

それにしても、事件の背景がいっこうに見えてこない。

吉川組が何も企んでいないとしたら、斉田の推測はたちまち崩れてしまう。『ワイクル』と『ジープニー』が反目し合っていることは事実だが、どちらも連続猟奇事件と関わっているという証拠は何もない。

『報国皇民党』が本件に関わっているのかどうか。まだ何とも言えない。回り道をしている気もする。

剣崎はそんな不安を覚えながら、スカイラインに乗り込んだ。

第二章　追跡行の迷路

1

鳩《はと》が一斉に舞い上がった。

羽音が重なる。人間の足音に驚いたのだろう。新宿中央公園だ。

剣崎は園内のベンチに腰かけていた。

四日後の午後三時過ぎである。地に落ちた影は、まだ濃かった。

剣崎は顔を上げた。

駆け寄ってくる斉田の姿が見えた。首筋に汗が流れている。きょうも、うだるような暑さだ。

「ご苦労さん！　呼び出して悪かったな」

剣崎は斉田刑事を犒《ねぎら》った。

「いいえ。ここなら、人目につかないですね」

「ああ。しかし、野郎同士が落ち合う場所じゃないやな」

「それは言えてますね」

斉田がベンチに坐《すわ》り、ハンカチで首の汗を拭《ぬぐ》った。

「『報国皇民党』の二人は、どうだった？」

「松橋も大下も、本件には絡《から》んでないようです。二人とも、八月九日と十二日のアリバイがありました」

「そうか。おれもこの四日間、青柳組と吉川組の周辺を洗ってみたんだが、どちらも『ワイクル』や『ジープニー』をけしかけてる様子はなかったよ。それに、青柳組と吉川組は友好関係を保ってるようだったな」

「それじゃ、代理抗争の線は考えられないってことですね？」

「ああ、まずな。それから、サムラントーンとミゲルの潰《つぶ》し合いってことも……」

「考えられませんか？」

「と思うね」

「でも、サムもミゲルもアジトを替えて、地下に潜ったままなんですよ」

「二人が潜伏する気になったのは、オーバーステイや非合法ビジネスで逮捕《パク》られるのを恐れたからだろう」

剣崎はそう言い、脚《あし》を組んだ。

「そうなんですかね」

「まだ自分の勘を信じたいような口ぶりだな」

「そういうわけじゃないんですが……」

「捜査本部は、相変わらず変質者の犯行と考えてるのか？」

「ええ。きのうの事件《ヤマ》はご存じでしょ？　新大久保のハレルヤ通りでコロンビア人街娼のパトリシアが、客を装った日本人の男に服の上から胸や尻《しり》をカッターナイフで切られた事件です」

「ああ、無線で聴《き》いたよ。女が騒いだんで、犯人《ホシ》は逃げたんだったな？」

「そうです。被害者のパトリシアや用心棒のイラン人の証言で、逃げたのは上背のある三十代前半の男だとわかったんですよ。それで組対《そたい》課の協力を得て、目下、そいつの行方を追ってるとこなんです」

斉田がショートホープをくわえた。

「年恰好《としかっこう》は本件の被疑者《マルヒ》と一致するな」

「ええ。しかし、手口が違います。きのうの加害者は路上で襲いかかってますし、凶器もカッターナイフです」

「そうだな。本件の犯人《ホシ》は被害者《マルガイ》を密室で嬲《なぶ》り殺しにしてる。残忍さの度合も違ってるよな」

「そうなんですよ。だから、自分は本件の犯人とは別人と思ってるんですがね」

「預けた例の名刺入れ、鑑識から返してもらったか？」

　剣崎は問いかけた。

　斉田がうなずき、抱えている上着のポケットを探《さぐ》る。剣崎は、ビニール袋にくるまった黒革の名刺入れを受け取った。

「二つの現場から採取された指紋《モン》と合致するものは、一つもなかったそうです。もっとも犯人は現場には指紋を一つも遺《のこ》してませんから、それが事件に無関係とは断定できないと思いますけどね」

「そうだな。やっぱり、この名刺の主に会ってみるか。何か引っかかるものがあるんだ」

「刑事の勘ってやつですか？」

　斉田が煙草《たばこ》の火を踏み消した。

「まあね。ところで、関課長はだいぶやきもきしてるんじゃないのか？」

「口には出しませんけど、そんな感じでしたね。課長も署長も本庁の阿久津警部たちに先を越されるんじゃないかと気が気じゃないんでしょう」

「だろうな。そりゃそうと、きみは本庁の誰とコンビを組まされてるんだい？」

「矢島厚夫《やじまあつお》警部補です。ご存じでしょ？」

「よく知ってるよ」

剣崎は答えた。矢島刑事は苦労人だった。もう五十歳近い。

「すごく気さくな人で、よかったですよ。エリート意識の強い奴と組まされたら、それこそ最悪ですからね」

斉田が苦笑した。

捜査本部が設けられると、本庁捜査一課の刑事と所轄署の捜査員がコンビを組む場合が多い。初動捜査には総勢百数十人の捜査員が投入されるが、その後は捜査班のメンバーが地道な捜査活動をつづける。

一期は通常、一カ月だ。所轄署の刑事はそれぞれの持ち場に戻る。二期には本庁の殺人犯捜査係が追加投入されて、最初に捜査本部に出張った者たちと協力し合う。三期に入ると、さらに本庁から別班が送り込まれるわけだ。

捜査本部長や指揮を執《と》る管理官は、現場に出ることはなかった。

「矢島さんはベテランだから、頼りになるよ。しかし、その分、勘も鋭いぜ」

「そういう印象を受けました」

「矢島の旦那《だんな》にはどう言って、ここに来たんだい？」

「虫歯が痛んで堪《た》えられないから、ちょっと歯医者に行ってくると言って出てきたんですよ」

「その調子で、うまく芝居をしてくれ。おれは、これから京和銀行赤坂支店に行ってみるよ。別々に出よう」

剣崎は立ち上がって、公園の出口に向かった。大気は、どんよりと澱《よど》んでいた。微風さえなかった。陽射《ひざ》しは少しも衰えていない。園内の樹木は潮垂《しおた》れている。

剣崎は顔をしかめながら、大股《おおまた》で歩いた。

専用の覆面パトカーは出入口のそばに駐《と》めておいた。ほどなく剣崎は、スカイラインに乗り込んだ。車内には、粘りつくような温気《うんき》が籠《こも》っていた。

剣崎は冷房を強めてから、車をスタートさせた。

超高層ホテル街を抜け、甲州街道《こうしゅうかいどう》に入った。街道は新宿通りに繋《つな》がっている。四谷見附《よつやみつけ》から外堀通《そとぼりどお》りに入り、赤坂見附《あかさかみつけ》まで走った。

二十分弱で目的地に着いた。

京和銀行赤坂支店は、一流ホテルの建ち並ぶ一画にあった。すでにシャッターは降りていた。

剣崎は覆面パトカーを銀行の駐車場に入れ、通用口に走った。

インターフォンを鳴らし、身分を明かす。むろん、交通課に所属していることは言わなかった。通用門を潜《くぐ》ると、すぐ左側に守衛室があった。初老の男が所在なげに窓口に坐っていた。

「融資課の長瀬拓磨さんにお目にかかりたいんですがね」

剣崎は警察手帳を呈示《ていじ》した。

守衛が大きくうなずき、社内電話機に腕を伸ばした。幾分、連絡に手間取った。守衛が受話器を置いたのは数分後だった。

「どうもお待たせしました。あいにく長瀬は体調がすぐれないとかで、きょうは欠勤しているようです」

「そうですか。それじゃ、また出直しましょう」

「いま、支店長がこちらに向かっていますので、少々、お待ちください」

「支店長にお会いしても仕方ないんですよ。きわめて個人的な事情聴取ですのでね」

剣崎は戸惑いを覚《おぼ》えた。

帰りかけたとき、奥から四十二、三歳の男が小走りにやってきた。長身で、髪の毛は豊かだ。眉《まゆ》も太い。

男が会釈《えしゃく》し、名刺を差し出した。

支店長の八雲純貴《やぐもすみたか》だった。剣崎は警察手帳を見せ、姓だけを名乗った。

「長瀬が何か法に触れるようなことをしたのでしょうか？」

八雲が当惑した表情で問いかけてきた。

「いいえ、そうじゃありません。ある場所に、長瀬氏の名刺入れが落ちてたんですよ。

それがご本人のものかどうか、ちょっと確認したかったんですがね」

「それでしたら、彼の自宅の方にいらしてみたら、いかがでしょう？」

「しかし、長瀬氏はご病気だと……」

「なあに、たいしたことはないんですよ。夏風邪をひいたとかで、体がだるいんだそうです。別に熱はないらしいんです」

「それじゃ、ご自宅の住所を教えていただこう」

剣崎は手帳を開いた。

支店長の八雲が、すぐに住所録を取り出した。剣崎は長瀬の自宅の住所をメモした。世田谷区用賀《せたがやくようが》二丁目だった。

八雲に礼を言って、外に出る。

病気で欠勤している未知の人間を自宅に訪ねるのは、いささか失礼な気がした。しかし、剣崎は気持ちが急《せ》いていた。

スカイラインに乗り込み、長瀬の自宅に向かう。

青山通り《あおやまどお》りに出て、そのまま玉川通り《たまがわどお》りを進んだ。長瀬の家は、新玉川線の用賀駅のそばにあった。

あたりは閑静な住宅街だった。

長瀬の自宅は、まだ新しかった。洋風の小ぎれいな二階家だった。敷地は七十坪前後だろうか。白い塀には、青々とした蔦《つた》が這《は》っている。

剣崎は車を長瀬宅の少し手前に駐め、門柱に歩み寄った。

インターフォンを鳴らすと、しっとりとした女の声で応答があった。どこかで聞いたことのある声だった。しかし、とっさに思い出せなかった。

「新宿署の者です。長瀬拓磨さんはご在宅ですね？」

「はい」

「少しお尋《たず》ねしたいことがあるんですが、お取り次ぎ願えますか」

「はい。少々、お待ちください」

相手の声が途切れた。

剣崎は門柱から少し離れ、低い門扉《もんぴ》越しに内庭を覗《のぞ》いた。

左手前にガレージがあった。車はパーリーシルバーのクラウンだった。車庫の横には、庭木が形よく植えられている。樹木の種類はわからなかったが、どの木も葉が繁《しげ》っていた。

玄関のドアが開き、二十八、九歳の女が門扉の方に駆けてきた。白地に青い模様の入ったワンピース姿だった。

剣崎は一瞬、わが目を疑った。

なんと目の前にいるのは、三年前に別れた昔の恋人だった。露木彩子《つゆきあやこ》という名で、剣崎よりも六つ若かった。四年近くつき合った女だった。

彩子も剣崎に気づき、声をあげそうになった。見開かれた瞳《ひとみ》は少しの間、微動だにしなかった。二人は見つめ合った。

「きみは長瀬拓磨氏の奥さんだったのか⁉」

「ええ、一年半ほど前に長瀬と結婚したんです」

彩子が言って、長い睫《まつ》毛《げ》を伏せた。

「そうか。それにしても、びっくりしたよ。きみがインターフォンで喋《しゃべ》ったとき、聞き覚えのある声だと思ったんだがね」

「わたしも信じられない気持ちよ」

「なんだか妙な気分だな」

剣崎は照れ笑いをし、改めて彩子の顔を見た。

三年ぶりに見る昔の恋人は、一段と美しくなっている。気品のある瓜実顔《うりざねがお》は、いくらかふくよかになっていた。杏子型《あんずがた》のよく光る目は以前のままだ。

「お元気そうで何よりです」

「きみも元気そうじゃないか。それに、とてもきれいになったな。人妻の色気もある」

「からかわないで。そんなことより、さっき、新宿署とおっしゃらなかった？」

「半年ほど前に本庁から新宿署に転属になったんだ」

「そうだったの。それで、長瀬にどんなご用なのかしら？」

彩子が恐る恐る訊《き》いた。

剣崎は来訪の目的を語った。むろん、余計なことは言わなかった。

「主人、名刺入れをなくしたなんて話はしていなかったけど」

「そう。長瀬氏は寝てるのかな？」

「ううん。居間にいます」

「夏風邪をひいたらしいね」

「銀行の人にはそう言っといたんだけど、本当は……」

「狡《ずる》休みか？」

剣崎は問いかけた。

彩子が曖昧《あいまい》に笑って、返事をはぐらかす。表情が暗かった。

「きみとのことは旦那に覚《さと》られないようにするから、安心してくれ」

「お願いします」

彩子が他人行儀に言い、門扉の掛け金を外した。

ポーチまでのアプローチは、煉瓦《れんが》敷《じ》きになっていた。彩子に導かれ、家の中に入る。

玄関ホールの横に、リビングがあった。

「いま、主人を呼んできますので」

彩子がそう言って、居間に吸い込まれた。

剣崎は玄関ホールを眺めた。

白壁には、二十号ほどの油絵が掲《かか》げてあった。照明器具も安物ではなさそうだ。暮らし向きは豊からしい。

居間のドアが開く。

彩子が夫とともに現われた。長瀬拓磨はブランド物のポロシャツに、綿の白いスラックスという恰好だった。背が高く、甘いマスクをしている。三十二、三歳に見えた。

「長瀬です」

「新宿署の剣崎です。どこかで名刺入れをなくされませんでした？」

「いいえ」

「そうですか。これなんですがね」

剣崎は懐から、黒革の名刺入れを摑《つか》み出した。長瀬がビニール袋越しにしげしげと眺めてから、きっぱりと言った。

「わたしのものじゃありません。似てはいますが、革の感じが違います」

「そうですか」

「なんでしたら、わたしの名刺入れをお見せしましょうか？」

「いいえ、結構です。この中に、あなたの名刺が十三枚も入ってたんですよ」

「なんですって⁉」

「これです」

剣崎は名刺を抓《つま》み出し、扇状に拡《ひろ》げる。長瀬夫妻が同時に身を屈《かが》めた。

「あなたが使っている名刺とまったく同じね。活字の大きさやレイアウトもそっくりだわ」

彩子が夫に言った。

「そうだね。しかし、名刺入れを落とした覚えはないんだ」

「なんだか気味が悪いわね。誰かが何か企《たくら》んで、その名刺をこしらえたのかしら？」

「そうとしか考えられないな。しかし、ぼくは他人《ひと》に恨まれるようなことは何もしていないよ」

「だけど、逆恨みってこともあるでしょ？」

「きみは黙っててくれっ」

長瀬が眉根を寄せた。彩子が小声で詫《わ》び、口を噤《つぐ》む。夫に口答えできないのだろう。

重苦しい空気が漂ってきた。

あまり夫婦仲はよくないのだろうか。剣崎は少し気がかりだった。

「刑事さん、それはどこで見つけたんです？」

長瀬が訊いた。

「新宿のある場所です」

「なんだか含みのあるおっしゃり方だな。もっと具体的に言ってくれませんか」

「それは……」

剣崎は言い澱んだ。まさか彩子の前で、歌舞伎町のラブホテル名を挙げるわけにはいかない。

どう切り抜けるべきか。思考を巡らせる。妙案が閃《ひらめ》いた。

「奥さん、お水を一杯いただけませんか」

「はい。いま、お持ちします」

彩子は怪しむことなく、ダイニングキッチンの方に歩み去った。スリッパの音が聞こえなくなると、長瀬がもどかしげに促《うなが》した。

「どこなんです？」

「歌舞伎二丁目の『ウィズ』というラブホテルの非常階段の下に落ちてたんです。これが発見されたのは、八月十三日の早朝でした」

「そんなホテルには行ったことないな」

「そうですか」

剣崎は、彩子の夫を見据えた。

すると、長瀬が目を逸《そ》らした。視線の外し方が不自然だった。

犯罪者の多くが疚《やま》しさを覚えたとき、しばしば同じ反応を示す。長瀬は『ウィズ』を知っているにちがいない。

「わたしは結婚してるんですよ。ラブホテルになんか行くはずないでしょ！」

「参考までにうかがいますが、八月十二日の晩から翌朝まで、どこにいらっしゃいました？」

「それ、アリバイ調べですね。いったい、どういうつもりなんですっ」

長瀬が気色《けしき》ばんだ。

「そう喧嘩腰《けんかごし》にならないでください。あくまでも参考までにうかがったんですから」

「そのホテルで何があったんです？」

「十三日の昼前に『ウィズ』の一室で、フィリピン人コールガールの死体が発見されたんですよ。事件のことはご存じでしょ？　テレビや新聞で派手に報じられましたからね」

「その事件なら、知ってます。しかし、わたしはそんなホテルには行ってない」

「さっきの質問に答えてもらえませんか」

剣崎は穏《おだ》やかに言った。

「十二日も十三日も、ずっと家にいました」

「夏休みを取られたんですか？」

「ええ。五日から十四日まで、夏の休暇をもらったんです」

「あなたが、ご自宅にいたことをご家族以外の方が証明できますかね？」

「そんなこと、無理ですよ。わたしは家内と二人だけで暮らしてるんですから。十二日も十三日も、ここにいましたっ」

長瀬が吼《ほ》えるように言った。

「わかりました。どうか気を悪くなさらないでください。なんでも一応、疑ってみるのがわれわれの仕事なんでね」

「………」

「それじゃ、きっと誰かがあなたの名刺を悪用したんでしょう」

「悪用って？」

「誰かがあなたになりすまして、キャバクラのホステスか誰かを『ウィズ』に連れ込んだのかもしれません。それで帰り際に、こいつをうっかり落としたんでしょう」

剣崎は小声で言い、ビニール袋ごと名刺入れを上着のポケットに戻した。

ちょうどそのとき、彩子が氷を浮かべた清涼飲料水を運んできた。

「お水でよかったのに。せっかくですから、いただきます」

剣崎はタンブラーを受け取り、ふた口で飲み干した。うまかった。

「この季節は大変ですよね。どうもご苦労さまでした」

「いえ、いえ。かえって旦那さんに迷惑をかけてしまったようです」

「いいえ、そんなことはありません」

彩子が首を振った。長瀬が不快そうな表情で言った。

「刑事さん、もういいんでしょ？」

「ええ。どうもありがとうございました」

剣崎は頭を下げた。長瀬が無言で居間に入り、ドアを固く閉ざした。

「二、三分、時間をもらえないか」

剣崎はタンブラーを返しながら、彩子に囁《ささや》いた。

「家の外で待ってて。ちょうど買物に出るつもりだったの」

「それじゃ、車を少し離れた場所に移しておこう」

「わかりました」

彩子が短く答えた。

剣崎はことさら大声で挨拶《あいさつ》し、先に玄関を出た。表に出て、すぐに覆面パトカーを三、四十メートル後退させる。

待つほどもなく、手提《さ》げ袋を持った彩子がやってきた。剣崎は車を降りた。

「何か訊きたいことがあるんでしょ？」

向き合うと、彩子が先に口を開いた。

「きみがさっき言いかけたことは、何だったんだい？　昨夜《ゆうべ》、旦那の身に何か起こったんじゃないのか？」

「鋭いのね、相変わらず。いいわ、お話しします。きのうの晩、主人は帰宅途中に無灯火の車に轢《ひ》かれそうになったらしいの。それで、きのうは寝つかれなくて、朝、いつもの時刻に起きられなかったんです」

「そうだったのか。で、怪我《けが》は？」

剣崎は問いかけた。

「ううん、どこも……」

「どんな車だったって？」

「黒っぽい四輪駆動車だったらしいわ」

「ナンバーは？」

「とても見る余裕はなかったというの」

「それじゃ、ドライバーもよく見てないんだろうな」

「男だったことは確からしいんだけど、そのほかのことは……」

彩子が語尾を呑《の》んだ。

「旦那は、なぜ狙《ねら》われたんだろう？」

「主人は心当たりがないって言ってたわ。でも、最近、ちょっと様子がおかしいの」

「どんなふうに？」

「気のせいか、何かに怯《おび》えてるようなの。仕事で何かトラブルでもあったのかしら？　長瀬の銀行も、不良債権の回収がうまくいってないようなの」

「厭《いや》がらせの電話が自宅にかかってきたことは？」

「それは一度もないけど、半月ほど前に主人宛《あ》てに差出人不明の郵便小包が届けられたの。中身は、新品のサバイバル・ナイフだったわ」

「そのナイフは、いまも家にある？」

剣崎は訊いた。

「もうないと思うわ。先日、長瀬が処分したと言ってたから」

「そう。妙なことを訊くが、この八月十二日と十三日の両日、長瀬氏はずっと家にいた？」

「十二日の夜は新宿に出かけたわ。学生時代の同窓会があって、午前二時ごろに帰宅したと思うけど。主人に何かの嫌疑がかかってるの？」

彩子の顔が、にわかに引き締まった。

いまの証言が事実なら、長瀬は嘘をついたことになる。なぜ、嘘をつかなければならなかったのだろうか。

剣崎は訝《いぶか》しく思った。

「ねえ、何か言って」

「さっき見せた名刺入れは、ある殺人事件の現場近くで発見されたんだよ」

「ええっ⁉　それじゃ、夫に殺人容疑がかかってくるのね？」

「少し落ち着けよ。別にわれわれは、そう考えてるわけじゃないんだ。ただ、もしかすると、誰かが長瀬氏を陥れる気だったのかもしれないと……」

「そんなことは考えられないと思うけど」

「きのう、轢き殺されそうになったという話と考え併《あわ》せると、どうもそんな気がするんだ」

「いったい、誰が主人を陥れるつもりだったのかしら？」

彩子が顔を曇らせた。

「念のため、旦那の交友関係を教えてもらいたいんだ」

「長瀬には、特別に親しくしている友人はいないの。学生時代の友達とは年賀状の遣《や》り取りをするくらいで、個人的なつき合いはしてないんです」

「十二日の夜に開かれたのは、大学の同窓会かな？」

「ええ。城南大学《じょうなんだいがく》の同窓会よ。会場は新宿プリンスホテルだったと思うわ。その後、歌舞伎町のスナックとカラオケ店に行ったはずよ。どちらも、店の名前までは教えてくれなかったけど」

「それは、こっちで調べてみるよ」

剣崎は話題を変えた。

「旦那、前途有望なエリート銀行マンみたいだな。若いながら、たいしたもんだ。こんなに立派な家を構えてるんだから」

「この家は長瀬の親の物なの、主人の両親はのんびりと老後の生活を愉《たの》しみたいって、去年の秋に伊東のマンションに転居したんです」

「そうだったのか。どっちにしても、幸せそうでよかったよ。長瀬氏とは、どんな縁で?」

「あなたと別れてから、わたし、あるテニスクラブに入ったの。そのクラブで夫と知り合ったんです」

「そうか。後《おく》れ馳《ば》せながら、おめでとう！」

「あなたに祝福されるなんて、なんだか辛《つら》いわ」

彩子が目を伏せた。

剣崎も複雑な気分になった。彩子とは喧嘩別れしたわけではなかった。彼女の拘《こだわ》りが別離を招いたと言ってもいい。

彩子は警官嫌いだった。反原発運動に関わっていた彼女の実兄が機動隊員の放った催涙弾をまともに右目に受け、失明してしまったからだ。

そのことが理由で、彩子は剣崎の熱い想《おも》いを全面的に受け入れることができなかったようだ。剣崎は二者択一を迫られ、真剣に思い悩んだ。しかし、やはり職を棄《す》てることはできなかった。

そんな経緯《いきさつ》があって、二人は未練を残しながらも、それぞれ別の生き方を選ぶことになったのだ。

「まだ独りなの？」

彩子が訊いた。

「ああ。笹塚《ささづか》のマンションで、相変わらずの暮らしをしてるよ」

「無器用ねえ。もうとっくに父親になってると思ってたのに」

二人は小さくほほえみ合った。

彩子が話の途中で、はっとした顔つきになった。剣崎は首を巡らせた。彩子の視線の先には、二十五、六歳の美女がいた。

キャリアウーマン風に見えた。髪はショートボブだった。サンドベージュのパンツスーツが似合っている。

「主人の従妹《いとこ》よ。高取遥《たかとりはるか》って名で、ファッション関係の仕事をしてるの」

「そう」

「あなたに紹介するのも変ね。悪いけど、ここで失礼させてもらうわ」

「何か困ったことがあったら、いつでも相談に乗るよ」

剣崎は彩子に自分の個人用名刺を渡し、覆面パトカーの運転席に入った。

長瀬の従妹は、道端にたたずんでいた。彩子が何か言いながら、遥に駆け寄った。女たちが立ち話をしはじめた。

剣崎はイグニッションキーを捻《ひね》った。エンジンが勢いよく唸《うな》りはじめた。

2

エレベーターが停止した。

三階だった。笹塚の自宅マンションだ。

剣崎はエレベーターホールに降りた。少し酔っている。

長瀬の家から新宿の『磯繁』に直行し、看板の十一時まで飲んでしまったのだ。思いがけない場所で彩子に会ったことで、心の中に微妙な揺らめきが生まれていた。といっても、ジェラシーや恨みを感じているのではなかった。失ったものが妙に大きく思え、いささか感傷的な気分に陥ったにすぎない。

彩子が夫に大事にされていないように見受けられたことも、なんとなくショックだった。自分が強引にでも彼女を繋ぎ留《と》めておくべきだったのではないのか。そういう思いも、頭から消えなかった。

しかし、もう遅い。これも人生だろう。

剣崎は三〇五号室に向かった。立ち直りは速《はや》いほうだった。

歩きながら、自分の部屋の鍵《キー》を取り出す。三〇五号室には電灯が点《つ》いていた。

氏家真弓《うじいえまゆみ》が来ているようだ。

真弓とは他人ではなかった。週に一度は、彼女を部屋に泊めている。剣崎も月に幾度か、真弓のマンションで朝を迎えていた。

二十七歳の真弓は、航空会社のグラウンド・コンパニオンだ。

羽田空港の搭乗カウンターで働いている。離婚歴のある女だった。

やや勝ち気だが、気立ては悪くない。一年数カ月前に銀座のカウンターバーで知り合って以来、大人同士のつき合いをつづけている。

剣崎はドアのロックを解いた。

玄関に入ると、真弓が奥から姿を見せた。個性的な容貌《ようぼう》で、プロポーションが抜群によかった。

「お帰りなさい」

「いつ来たんだ？」

「一時間ぐらい前かな。預かってる合鍵《あいかぎ》で勝手に入っちゃったの。迷惑だった？」

真弓が問いかけてきた。

剣崎は首を横に振った。真弓は生成《きな》りのシャツブラウスに、若草色のスカートを身につけていた。

ウエストが深くくびれ、腰は豊かに張っている。脚はすんなりと長い。

「だいぶ飲んでるみたいね」

「ちょっと酔っ払っちまったよ」

剣崎は玄関マットの上に坐り込み、両脚を投げ出した。

真弓が両膝《りょうひざ》をつき、さりげなく剣崎の肩を両腕で抱えた。押しつけられた乳房の感触が優しかった。量感も伝わってくる。

「何か辛いことがあったんでしょ？」

「いや、別に」

剣崎は否定した。

「隠したって駄目よ。あなたとはもう一年以上もつき合ってるんだから、たいがいのことはわかるわ」

「たいしたもんだな。おれは、まだ真弓のことはほとんどわからない。それだけ、きみはミステリアスな女なんだろうな」

「何を言ってるの。わたしなんか、実にわかりやすい女よ」

「そうかな」

「わかろうとしてくれないから、摑みどころがないように見えるのよ。つまり、あなたはわたしにのめり込んでないってことね」

真弓が歌うように言った。

「手厳しいことを言うんだな」

「思い当たることがあるんでしょ？　でも、いいの。小娘みたいなことは言わないから、安心して」

「なんか絡まれてるようだな」

「考え過ぎよ」

「そっちこそ、職場で何かあったんじゃないのか？」

剣崎は上体を振った。

「別にどうってことじゃないわ。上司のセクシュアル・ハラスメントに、ちょっぴり情けない思いをしただけ」

「露骨に口説《くど》かれたらしいな」

「まあ、そんなとこ。バツイチの女だからって、軽く見てるのよ。わたし、それが悔しくってね。で、なんとなく剣崎さんの顔が見たくなっちゃったわけ」

「生きてりゃ、いろんなことがあるさ。理不尽だと感じたら、尻《けつ》を捲《まく》りゃいい」

「そうね、そうするわ。ねえ、一緒にシャワーを浴びない？」

「シャワーか。面倒だな」

「駄目よ、汗かいたんでしょ？　わたしが体を洗ってあげる。はい、立って！」

真弓が母親のような口調で言い、剣崎の腋《わき》の下に両腕を差し入れた。

剣崎は立ち上がって、ローファーを脱いだ。

ダイニングキッチンに入ると、ほどよく冷房が効いていた。散らかっていた奥の寝室は、きれいに整えられている。

「待ってるわよ」

真弓が陽気に言って、先に浴室に消えた。

剣崎はシンクに寄り、コップで水を二杯飲んだ。いくらか気分がしゃっきりとした。一服してから、着ているものを脱ぎ捨てる。

浴室のドアを開けると、ちょうど真弓がボディーソープの泡を洗い落としているところだった。白い肌は、わずかに色づいている。

真弓の肉感的な肢体《したい》を見たとたん、剣崎は欲望を覚えた。体に反応が生まれた。

剣崎は浴室に入るなり、真弓の裸身を引き寄せた。

鳩尾《みぞおち》のあたりで、たわわに実った乳房が平たく潰《つぶ》れた。それは、ラバーボールのように弾んだ。いい感触だった。

剣崎は背を大きく屈《かが》め、真弓の官能的な唇を貪《むさぼ》りはじめた。口紅の味が甘い。真弓も情熱的に応《こた》えてきた。

二人は舌を深く絡めた。いつものように真弓が、剣崎の肩や背を撫《な》で回しはじめる。情熱の籠った手つきだった。

剣崎も舌を乱舞させながら、真弓の肌を愛撫《あいぶ》した。湯滴をまとわりつかせた肌は、充分に瑞々《みずみず》しい。肌理《きめ》が濃《こま》やかで、まるでビロードのような手触りだ。弾む柔肌も男の官能をそそる。

濃厚なくちづけを中断させると、真弓が剣崎の全身にボディーソープの泡を塗りつけた。

剣崎は子供のように突っ立っていた。

真弓はタオルもスポンジも使わなかった。ぬめった掌《てのひら》で、剣崎の体をいとおしげに洗う。剣崎は時々、真弓の体にいたずらを仕掛けた。乳首は早くも硬く張りつめ、体の芯《しん》は熱く潤《うる》んでいた。真弓が幾度か嬌声を洩《も》らした。

ほどなく二人は浴室を出た。

裸のままで、寝室に向かう。メインライトの光量は、いくらか絞られていた。それでも、かなり明るい。

「電気、もう少し暗くして」

真弓が体を寄せてきて、甘やかな声で言った。

剣崎は無言で寝具をはぐり、真弓をシーツの上に優しく横たわらせた。

二人は、ひとしきり唇をついばみ合った。

剣崎はそうしながら、真弓の痼《しこ》った乳首を指の間に挟みつけた。そのまま隆起全体を揉《も》む。真弓は、そうされることが好きだった。胸の感度も悪くない。

胸をまさぐりはじめると、真弓が喘《あえ》ぎだした。息の匂《にお》いが、わずかに強くなった。草花のような匂いだった。

欲情が深まった証《あかし》だ。それを感じ取った剣崎は、一段と昂《たか》まった。

二人は烈《はげ》しく求め合った。

剣崎は全身を駆使して、真弓の体を慈《いつく》しんだ。真弓は間断《かんだん》なく愉悦《ゆえつ》の声を洩らし、火照《ほて》った裸身を幾度も震わせた。剣崎の射精感も鋭かった。放った瞬間、頭の芯が痺《しび》れた。

唸りは長く尾を曳《ひ》いた。

二人は余韻をたっぷりと味わってから、結合を解いた。数秒後、ナイトテーブルの上で私物のスマートフォンが鳴った。

剣崎は呼吸を整えてから、スマートフォンを取った。

「わたしです。こんな夜更けにごめんなさい」

彩子だった。声には、ためらいが感じられた。

「昼間はどうも！」

「もうお寝《やす》みだったのかしら？」

「ベッドに入ったとこだが、まだ眠っちゃいなかったよ」

「それなら、よかったわ」

「何か？」

「実はお願いがあるの。お仕事の合間でいいんだけど、長瀬が何に怯えているのか調べてほしいんです」

「あれから、また何かあったのか？」

剣崎は腹這いになって、スマートフォンを握り直した。

「ううん、そうじゃないの。ただ……」

「なんだい？」

「なんだか厭な予感がして仕方ないの」

彩子の声は、ひどく小さかった。夫に内緒で、こっそり電話をしてきたのだろう。

ベッドのマットがわずかに弾む。真弓が、そっとベッドを降りたせいだ。彼女は全裸のまま、抜き足で寝室を出ていった。どうやら気を利《き》かせたつもりらしい。

「あまり神経質に考えないほうがいいな」

「でも、きのうの無灯火の車は、ただの警告じゃなかったと思うの」

「そうかもしれないが……」

「きっと夫は誰かに命を狙われてるんだわ」

「旦那に、轢き殺されそうになった理由《わけ》を訊いてみたかい？」

「ええ、訊いてみたわ。でも、長瀬は人違いされただけだと言い張って、それ以上のことは何も喋ろうとしなかったの」

「そうか」

「虫のいいお願いだけど、やってもらえない？」

「冷たいことを言うようだが、おれは私立探偵じゃないんだ。そういう個人的な相談には応じられないな」

剣崎は、つい突き放すような言い方をしてしまった。

「そうよね。公私を混同するわけにはいかないわよね？」

「うん、まあ」

「わたしが軽率でした。お願いしたこと、忘れてくださいね」

彩子の語調がよそよそしくなった。

「個人的な相談には応じられないが、少し長瀬氏のことを探ってみよう。事件に少しでも関連のありそうなことは調べてみる。それが刑事の仕事だからな」

「剣崎さん、ありがとう」

「勘違いしないでくれ。別段、きみのためにやるんじゃない」

「わかってます。お寝みなさい」

電話が切れた。

剣崎はスマートフォンをナイトテーブルに戻し、仰向《あおむ》けになった。天井をぼんやり見つめていると、真弓が寝室に戻ってきた。

「今夜はわたし、来なかったほうがよかったんじゃない？」

「つまらないこと言うなって。電話の相手とは、なんでもないんだ」

「嘘ばっかり。わたしだって、二十七年も生きてきたんだから、電話の遣り取りで相手ぐらい見抜けるわ。あなたは、電話の女性に特別な感情を懐《いだ》いている。図星でしょ？」

真弓が茶化すように言った。

「勝手に決めつけないでくれ」

「別に嫉妬《しっと》してるんじゃないの。いまの相手のことで、あなた、何か辛い気分になったんじゃない？」

「いいかげんにしろよ」

「ごめんなさい。そこまで立ち入るのはルール違反ね」

「少し眠ろう」

剣崎は真弓の勘の鋭さに舌を巻きながらも、努《つと》めて平静な顔でベッドの端に寄った。真弓がおかしそうに笑い、剣崎のかたわらに身を横たえる。

剣崎は、二人の体を肌掛け蒲団《ぶとん》で覆った。

真弓が二本の煙草に火を点《つ》け、一本を剣崎の口にくわえさせた。キャスターだった。真弓の煙草だ。ニコチンの含有量が少ないせいか、煙草を喫《す》っている気がしない。

「交通課の仕事、相変わらず退屈なの？」

真弓が煙を吹き上げ、唐突に訊いた。

「まあね」

「いっそ転職したら？」

「転職か」

「わたしの知り合いが危機管理コンサルタント会社に勤めてるの。ほら、財政界人や商社の駐在員の誘拐を防いだり、人質を救出する専門会社があるでしょ？」

「あるな」

「その彼、元自衛官で三十一歳なんだけど、年収は一千万円なんだって」

「ふうん」

「あなたは国家権力側で働くタイプじゃないわよ。枠の中には納まってられない男性《ひと》だもの」

「おれをはぐれ者扱いしないでくれ。別にアウトローを気取ったことはないと思うがな」

「でも、そういう面があることは確かだわ。この際、民間会社で伸び伸びと犯罪防止の仕事をしたほうがいいんじゃないの？」

「民間会社じゃ、拳銃は持てない」

剣崎は灰皿を胸の上に置き、二人分の煙草の火を消した。

「あなた、拳銃を持ち歩きたくて刑事になったわけ⁉」

「半分は冗談だが、半分は本気だよ」

「呆《あき》れた。男って、いくつになっても子供なのね。こんなに立派なピストルを持ってるくせに」

真弓が笑顔で言い、いきなり夜具の中に潜り込んだ。

剣崎は、下腹に真弓の熱い息を感じた。次の瞬間、分身を含まれた。

真弓の舌は巧《たく》みに動いた。性感帯を的確に刺激してくる。手の動きにも無駄がなかった。力を失っていたものは、たちまち勢いづいた。

「また欲しくなっちゃった」

真弓が肌掛けを撥《は》ねのけ、剣崎の上に跨《また》がってきた。

体と体が繋がる。

真弓のはざまは熱くぬめっていた。それでいて、密着感が強い。

剣崎は片腕を伸ばし、真弓の飾り毛を掻《か》き分けた。木の芽に似た突起に指を添える。

それは膨らみ、硬く尖《とが》っていた。

敏感な芽を抓んで揺さぶると、真弓はなまめかしく呻《うめ》いた。甘やかな声だった。芯の塊《かたまり》をほぐすように圧《お》し転がすと、真弓が切なげに腰をくねらせはじめた。

はざまの肉を圧し潰すようなダイナミックな動きだった。

グレープフルーツ大の乳房がゆさゆさと揺れ、閉じた瞼《まぶた》の陰影が少しずつ濃くなっていく。たわんだ眉がセクシーだ。

剣崎は、痼った部分に熱の籠った愛撫を施《ほどこ》しつづけた。

真弓が腰を沈めるたびに、剣崎の指は姿を隠した。湿った淫靡《いんび》な音が煽情的《せんじょうてき》だった。

剣崎はそそられ、下から真弓を突き上げた。そのたびに、真弓の体は不安定に傾《かし》ぐ。

その光景も刺激的だった。

やがて、真弓は極《きわ》みに駆け昇った。

悦《よろこ》びの声を迸《ほとばし》らせ、裸身をリズミカルに震わせた。襞《ひだ》の息づきが剣崎の昂まりに伝わってくる。緊縮感は鋭かった。

剣崎は愛撫の手を休めなかった。強弱をつけながら、指を動かしつづける。

数分経《た》つと、また真弓は快感の海に溺《おぼ》れた。

堰《せき》を切ったように憚《はばか》りのない声を轟《とどろ》かせ、柔肌を硬直させる。真弓は唸りに近い声を発しながら、剣崎の胸にのしかかってきた。

剣崎は全身で真弓を抱きとめ、乱れたウェービーヘアに顔を寄せた。リンスの匂いが馨《かぐわ》しい。真弓の体は、うっすらと汗ばんでいた。

剣崎は時々、腰を旋回させた。そのつど、真弓の脇腹と内腿《うちもも》に漣《さざなみ》に似た震えが走った。淫《みだ》らな声も洩らした。

「お願い、少し休ませて」

真弓が息たえだえの様子で、訴えるように言った。

剣崎は体の動きを止めた。真弓が剣崎の胸に顔を埋め、肩で呼吸している。

蠢《うごめ》く襞は、剣崎の昂まりを捉《とら》えて離さない。搾《しぼ》り上げるような動きを繰り返している。快感のビートは規則正しかった。

二、三分が流れたころ、今度は刑事用携帯電話《ポリスモード》が軽やかな着信音を奏《かな》ではじめた。

その瞬間、真弓がびくりとした。ひどい驚きようだった。

「このままでいよう」

剣崎は優しく言って、ポリスモードを耳に当てた。

電話をかけてきたのは斉田刑事だった。

「非常識な時間にすみません」

「何があったんだ?」

「例のカッターナイフの男が数分前に緊急逮捕されました。職安通りで中国人娼婦《しょうふ》の胸をカッターナイフで傷つけて、警邏中《けいらちゅう》の警官に押さえられたんですよ」

「そうか」

「本庁の阿久津さんたちは、そいつが真犯人《ホンボシ》と睨《にら》んでるようです。剣崎さんは、どう思われます?」

「そいつが本件の加害者とは思えないな。手口が違いすぎる。本件の犯人《ホシ》は、もっとサディスティックな傷つけ方をしてるじゃないか」

剣崎は言った。

「そうですね」

「本庁の連中は早く手柄を立てたいんだろうが、阿久津警部が勇み足をしなきゃいいがな」

「強引に自白《ウタ》わせたりしたら、マスコミや市民に突き上げられますからね。ただでさえ警察は世間から疎《うと》まれてるんですから、ますます立場が悪くなっちゃいます」

「それはともかく、誤認逮捕や冤罪《えんざい》は警察の恥だよ」

「ええ。それからですね、ついさっき、『ワイクル』のサムラントーンから刑事課に電話があったんです」

「それで？」

「イメルダ、いや、ルース・ラウロン殺しには関わってないと言ってきたんですよ。居所は教えてくれませんでした」

「そうか。『ジープニー』のミゲルも、ノイ・パランチャイの事件には関与してないと強く言ってた」

「やっぱり、自分の推測は見当外れだったようですね」

斉田の声のトーンが落ちた。

「気の毒だが、そう考えたほうがよさそうだな」

「あなたに余計なことを喋ってしまって、申し訳ありませんでした。何も言わなければ、遠回りしなくても済んだのに」

「いいんだよ。おれだって、きみの勘におんぶして、楽をしようと考えてたんだから。どっちもどっちさ」

「先入観を捨てて、振り出しから考えてみます」

「おれは差し当たって、長瀬拓磨の周辺をもう少し調べてみるよ。何か事態が変わったら、また情報をくれないか」

剣崎は先に電話を切った。

すると、真弓が怪訝《けげん》そうに問いかけてきた。

「あなた、交通課でデスクワークをやらされてるんでしょ？」

「そうだよ」

「なのに、なんで現場捜査の話なんかしてるわけ？」

「あんまり退屈なんで、新米刑事の手助けをしてやってるんだ」

「好きねえ」

「こういうことも嫌いじゃないよ」

剣崎は転がって、真弓を組み敷いた。

分身はだいぶ硬度を弱めていたが、抜け落ちなかった。真弓が膝を立てる。

剣崎は真弓の両脚を肩に担《かつ》ぎ上げ、腰を躍《おど》らせはじめた。

3

レンズの焦点が合った。

被写体は長瀬だった。

長瀬はボンゴレを食べている。浅蜊《あさり》とマッシュルーム入りのスパゲッティだ。

京和銀行赤坂支店裏手にあるイタリアン・レストランだった。店の窓は嵌《は》め殺しのガラス張りになっている。通りから、店内は丸見えだ。

剣崎は望遠レンズ付きデジタルカメラのシャッターを切りはじめた。

自分の車の中だった。ドルフィンカラーのＢＭＷだ。

覆面パトカーでは、張り込みに不都合な場合もあった。

無線機を搭載《とうさい》した車が同じ場所に長いこと駐まっていたら、当然、怪しまれてしまう。そのことを考え、プライベートカーを使う気になったのだ。

剣崎は五、六度シャッターを押し、カメラを助手席に置いた。

濃いサングラスをかけ、左手首の時計を見る。午後二時十八分だった。

銀行員が昼食を摂《と》る時刻は、まちまちらしい。長瀬が銀行から出てきたのは、およそ二十分前だった。

剣崎は午前中に新宿プリンスホテルに出向いた。

十二日の夜、ホテルの宴会場で城南大学の同窓会が開かれたのは事実だった。幹事のひとりがホテルの近くの損害保険会社に勤めていることがわかり、剣崎はその人物に会ってみた。

その結果、長瀬が同窓会に出席したことは確認できた。しかし、幹事の話によると、長瀬は二次会にも三次会にも出ていないという。

彩子の証言では、その日、長瀬は午前二時ごろに帰宅したという話だった。同窓会が終わったのは、午後七時半だったらしい。

それからの六時間半、長瀬はどこで何をしていたのか。

そんな小さな疑惑に引きずられて、剣崎は正午前から銀行の前で張り込んでいたのである。長瀬の顔を盗み撮りしたのは、今後の聞き込みに必要だったからだ。

長瀬がスパゲッティを食べ終えた。

ペーパーナプキンで神経質に口許《くちもと》を拭い、煙草に火を点けた。ラークだった。パッケージは肉眼でも、はっきりと見えた。

長瀬は、薄茶のスーツをきちんと着込んでいた。食事中、一度もネクタイの結び目を緩めなかった。

長瀬がふた口ほど煙草を喫ったとき、ウェイトレスがエスプレッソを運んできた。ランチセットのメニューに入っているのだろう。

長瀬はコーヒーを飲むと、おもむろに立ち上がった。そろそろ職場に戻る気になったようだ。

剣崎は車を数十メートル前進させた。

少し待つと、長瀬がイタリアン・レストランから出てきた。車とは逆方向に歩きはじめる。

剣崎は四つ角で車首を変え、徐行運転で長瀬を追尾《ついび》した。

長瀬は、まっすぐ勤め先に戻った。それを見届けると、剣崎はBMWを新宿に向けた。歌舞伎町で昼食を摂る。

『ウィズ』の駐車場に滑り込んだのは、三時半ごろだった。

剣崎はサングラスを外し、フロントに急いだ。先日のフロントマンがロビーの観葉植物に水を与えていた。ベンジャミンとゴムの木だった。昼間の客は、それほど多くないのだろう。

「あっ、どうもご苦労さまです」

フロントマンが剣崎に気がつき、腰を伸ばした。飴色《あめいろ》の水差しは、ほとんど空になっていた。

「先日はご協力ありがとうございました」

「どういたしまして。それで、きょうはどのような……」

「この男が、このホテルに来たことはありませんかね？」

デジタルカメラの画像を再生させた。

フロントマンが喰《く》い入るようにディスプレイを見る。

「どうです？」

「この方なら、何度かお見えになりましたよ」

「やっぱり、そうか。八月十二日の夜は？」

「事件のあった晩ですね？」

「ええ」

「あの夜はいらっしゃいませんでしたね。というより、本格的な夏になってからは一度も来てません」

「そうですか」

剣崎は少し気を落とした。事件当夜、長瀬がここに来たような気がしていたからだ。

「最後にお見えになったのは、六月の中旬ごろだったと思います。この方、あの事件と何か関わりがあるんでしょうか？」

「いや、事件そのものには関わってないでしょう」

「ひょっとしたら、写真の方が名刺入れを落としたんじゃありませんか？」

フロントマンがそう言った。剣崎はデジタルカメラを上着のポケットに突っ込んだ。

「写真の男が名刺の名の人物なんですが、本人は名刺入れを落とした覚えはないと言ってるんですよ」

「というと、誰かが名刺の主を嵌める目的で、わざと……」

「その可能性はあるでしょうね。写真の男の連れのことなんですが、プロの商売女のようでした？」

「いいえ、素人の女性ですよ。二十三、四の髪の長い娘《こ》です。来るときは、いつもその彼女と一緒でした。多分、上司と部下の不倫カップルでしょう」

フロントマンが言った。自信ありげな口調だった。

「二人は泊まることもあったのかな」

「いいえ、それはありませんでした。毎回、二、三時間の休憩でしたね」

「二人が非常階段を使って帰ることは？」

「ありませんでした」

「ほかに印象に残ってることは？」

「連れの女性は若いながら、きちんとした娘でしたよ。帰るときは、きまって寝具を整えてくれましたからね。そういう女性は案外、少ないんですよ。たいていは、乱れたベッドをそのままにして帰ってしまうんです」

「そうでしょうね」

「ですから、ちゃんとした躾《しつけ》を受けた娘だと思います。そういうことから、商売女ではないと思ったわけです」

「なるほどね」

剣崎は礼を述べ、駐車場に戻った。

事件の夜、長瀬は同窓会に出席した後、若い愛人とどこかで密会していたのかもしれない。そうでなかったとしても、長瀬が彩子を裏切っていることは間違いなさそうだ。

彩子は夫の浮気を知りながら、じっと耐えているのか。あるいは、まだ夫の背信に気づいていないのだろうか。

どちらにしても、彩子が不憫《ふびん》に思えた。

長瀬を選びとったのは彼女自身だ。自分に責任があるわけではない。そう思いながらも、やはり剣崎は冷淡にはなれなかった。

しばらく長瀬をマークしてみることにした。あの男の背後に何かあるはずだ。しかし、退行時刻まで、まだ少し間《ま》がある。

剣崎は思い立って、車を新宿署に向けた。

六、七分で、署に着いた。剣崎はBMWを車道に駐め、交通課に入った。

課長の人見が女性警察官たちと何か話し込んでいた。男の同僚は誰もいない。一斉取り締まりでもやっているのだろう。

「やあ、剣崎警部補！　なんだか忙しそうだね」

人見がそう言いながら、歩み寄ってきた。

「持ち場を離れっぱなしで申し訳ありません」

「いいんだ、あんたは署長の特命で動いてるようだから。しかし、交通課絡みの捜査とは思えないんだけどね。そのへんはどうなの？」

「その質問には答えられないんですよ。すみません」

剣崎は軽く頭を下げた。

「そこまで口止めされてるのか。わかったよ。それにしても、署長も水臭いね。あんたの直属の上司に何も言ってくれないんだから」

「ご不満でしょうが、署長には署長のお考えがあるんだと思います」

「それはそうだろうがね。ま、いいか。署長に貸しを作っといて、損はないからな」

人見課長が狡《ずる》そうな笑みを浮かべた。

「わたしの仕事、誰かに引き継いでいただけたんですか？」

「ううん、それはしてない。それほど急を要する報告書じゃないんでね。署長に頼まれたことを片づけてから、のんびりやってくれないか」

「わかりました」

剣崎は自席には坐らずに、すぐに交通課を出た。

玄関ロビーを出ようとすると、前方から斉田と本庁の矢島刑事がやってきた。矢島はハンカチで額の汗を拭っていた。小太りだった。

「よう、しばらく！」

矢島が片手を挙げた。

斉田はポーカーフェイスで目礼しただけだった。剣崎も空とぼけて、矢島に話しかけた。

「捜査本部の打ち上げも近そうですね」

「それはどうかな。一応、重参（重要参考人）は確保したんだが、クロと断定する材料がないんだよ」

「引っ張った重要参考人、変質者か何かなんですか？」

「その線は薄いね。加藤勝正《かとうかつまさ》って証券会社の営業マンなんだが、今年の春、タイ人街娼に枕探《まくらさが》しをやられてるんだ。それで頭にきて、どうも腹いせにコロンビア人と中国人売春婦を襲ったらしいんだよ」

矢島が言った。

「本件の連続殺人に関しては、どう供述してるんです？」

「頑強に否認してる。ただ、加藤は八月九日と十二日の晩、歌舞伎町二丁目のラブホテル街をうろついてたんだよ」

「裏付《ウラ》けは？」

「複数の目撃証言を得てる。しかし、加藤は本件のほうはシロだろう」

「そう思われる根拠は何なんです？」

剣崎は、つい口走ってしまった。

「まず凶器が違う。それに加藤が認めてる二つの犯行は衝撃的なものだが、本件の連続殺人はきわめて計画的だ。犯行現場には、まったく遺留《リュウ》品がなかったからね」

「そうなんですか」

「妙に本部の事件《ヤマ》に関心を示すんだな」

　矢島が、にやりとした。

「交通課は暇だから、つい殺人事件に関心が……」

「ふうん。同一人の犯行なら、もっと共通点があるはずだよ」

「そうでしょうね」

「例によって、阿久津警部は自信満々だが、おれの勘じゃ、加藤はシロだな」

「矢島さんの勘は冴《さ》えてますからね」

「そうでもないさ」

「わたしが本庁の組対にいたとき、捜一《そういち》と合同で台湾の殺し屋を逮捕《パク》ったことがあったでしょ？」

　剣崎は言った。

「ああ、あったな。こっちのヤー公を三人も殺《や》った奴ね。確か四海幇《シーハイパン》を破門された蘇《スウ》って男だった」

「そうです。われわれは蘇が台湾クラブのホステスのマンションに潜んでると睨んでたのに、矢島さんは被疑者は台湾マフィアの地下銀行の東京エージェントの自宅に匿《かくま》われてると主張して……」

「あれは、たまたま当たっただけさ」

「いや、まぐれ当たりなんかじゃなかったはずです。今度も、あのときのように勘が働いてるんでしょ?」

「おれは、そんな優秀な刑事じゃないよ。ただ、物事を常識的に考えてるだけさ」

「謙虚だな、矢島さんは」

「買い被《かぶ》りだよ、そんなの。それより、おたくら、もう少しうまくやりなよ」

矢島が剣崎と斉田を等分に見ながら、意味ありげに笑った。斉田がうろたえながらも、すぐに切り返した。

「矢島さん、なんの話なんです?」

「きみは虫歯が痛いとか言ってたが、押さえてた頬《ほお》が後で逆になってたぞ」

「えっ⁉」

「きみが剣崎警部補を知恵袋にしてることぐらい、こっちはとうにお見通しさ」

「そ、そんなこと、自分、してませんよ」

「隠すなって」

矢島が笑顔で言った。

「そ、そう言われても、自分、思い当たることがないですよ。ね、剣崎さん?」

斉田が口ごもりながら、助け船を求めてきた。

剣崎は斉田と調子を合わせた。口を結ぶと、矢島が柔和な表情で言った。

「本庁の連中に告げ口する気はないんだ。斉田君が手柄を立てたいって気持ちは、よくわかるよ。それから、剣崎警部補がなんらかの形で現場の仕事に関わりたいって気持ちもな」

「矢島さん、それは誤解ですよ。わたしと斉田刑事は酒を飲んだり、飯を喰ってるだけだ。仕事でコンビを組んでるわけじゃないんです」

剣崎は冷汗をかきながら、必死に弁解した。

「そっちが斉田君にいろいろアドバイスしてたとしても、別に悪いことじゃない。斉田君が本庁の人間と張り合う気になるのは自然なことさ。おれだって、所轄にいりゃ、本庁の刑事になんか負けたくないと思うだろうしな」

「矢島さん……」

「阿久津に点数稼がせるよりは、若い斉田君に健闘してもらいたいと思ってるんだ。だから、余計なことは言わないよ。それじゃ、また！」

矢島が、せかせかとした足取りでエレベーターホールに向かった。斉田が剣崎に何か言いかけ、慌《あわ》てて矢島の後《あと》を追った。

矢島は、剣崎が署長の特命で動いてることまでは見抜けなかったようだ。それでも、少し慎重に動くべきだろう。

剣崎は表に走り出て、ＢＭＷに乗り込んだ。サングラスで目許《めもと》を覆い、エンジンを始動させる。剣崎は車内の空気が冷たくなってから、車を走らせはじめた。

明治通りに出て、新宿通りを左に折れる。外堀通りをたどり、またＢＭＷを長瀬の勤務先の近くにパークさせた。通用口の見える路上だった。

午後四時を二十分ほど回っていた。

陽《ひ》は西に傾きかけていたが、まだ陽光は眩《まばゆ》い。京和銀行赤坂支店の通用口は西陽に照らされ、うっすらと赤く染まっていた。

剣崎はセブンスターを吹かしながら、退行時刻が訪れるのを待った。

張り込みは、いつも自分との闘いだった。退屈さに耐えられなくなったら、それで負けだ。皮肉なことにマークした相手は、張り込みを解いたときに行動を起こす場合が少なくない。

剣崎は、ひたすら待ちつづけた。

五時を過ぎると、女子行員や若い男子行員が通用口から出てきた。髪の長い娘は幾人か見かけた。だが、その中に長瀬の浮気相手がいたのかどうかは確かめようがなかった。

長瀬が現われたのは、六時半過ぎだった。

夕闇は、それほど濃くなかった。長瀬は表通りに出ると、タクシーを拾った。

剣崎は尾行を開始した。

長瀬を乗せたタクシーは青山通りを進み、渋谷《しぶや》の宮益坂《みやますざか》の途中で停《と》まった。タクシーをせっかちに降りると、長瀬はすぐ近くにあるコーヒーショップに入っていった。

誰かと待ち合わせることになっているようだ。

剣崎は車をガードレールに寄せた。少し間を取ってから、外に出る。剣崎は通行人を装って、コーヒーショップの中をうかがう。

長瀬は中ほどの席にいた。

髪の長い細面《ほそおもて》の若い女と向き合っている。京和銀行赤坂支店の預金窓口に坐っていた娘だ。浮気相手にちがいない。

店は、あまり広くなかった。店内に入るわけにはいかない。剣崎は車に戻り、コーヒーショップの出入口を注意深く眺めつづけた。

長瀬たちが姿を見せたのは、小《こ》一時間後だった。

ストレートヘアの女は、長瀬に身を寄り添わせていた。もう親密な間柄のようだ。

長瀬は女の腰に腕を回していた。二人は宮益坂を下《くだ》りはじめた。

剣崎は車のドアをロックして、二人を急ぎ足で追った。

長瀬たちは渋谷駅前を抜け、道玄坂《どうげんざか》を登りはじめた。『109』ビルのある側を歩いていた。

二人は、有名なクレジットデパートの数軒先にある活魚料理の店に入った。大型店だった。剣崎は舗道で一服してから、店内に入った。

長瀬と連れの女は、奥のテーブル席についていた。差し向かいだった。

剣崎は出入口に近いカウンター席に坐り、生ビールを頼んだ。つまみは枝豆、鯒《こち》の薄造り、鮪《まぐろ》の中落ちの三品だった。

長瀬たちは舟盛りの刺身を肴《さかな》に、白ワインとレモンサワーを傾けている。

連れの女は、よく笑った。笑うと、まだ小娘にしか見えない。

長瀬も罪な男だ。

剣崎は、長瀬の前に立ちたい衝動に駆られた。そうしたら、長瀬はどんな反応を示すだろうか。おおかた空とぼけて、連れを単なる部下だと紹介するだろう。

家で待っている彩子のことを考えると、なにやら腹立たしかった。

剣崎は苦々しい思いで、生ビールを呷《あお》った。

長瀬たちが腰を上げたのは八時過ぎだった。剣崎は顔を伏せた。

二人が店を出ていった。

剣崎は大急ぎで勘定を払い、すぐに長瀬たちを追った。

二人は百軒店《ひゃっけんだな》を通り抜け、円山町《まるやまちょう》に向かった。ラブホテル街だ。四十年ほど前までは花街として知られていたが、いまはファッションホテルが圧倒的に多い。

あたりを歩いているのは、若いカップルばかりだった。

剣崎は落ち着かない気分になった。それでも尾行はやめなかった。

数分後、長瀬たちが九階建てのホテルの門を潜《くぐ》った。『パラダイス』という名のホテルだった。

通い馴《な》れた様子に見えた。少なくとも二人は、二時間は外に出てこないだろう。今夜の尾行は、これで打ち切りだ。

剣崎は踵《きびす》を返した。

4

生欠伸《なまあくび》が止まらない。

頭の芯も重かった。二日酔いのせいだ。

剣崎はダイニングテーブルの椅子《いす》に深く凭《もた》れかかり、紫煙をくゆらせていた。

午前十一時過ぎだった。

目覚めてから、数分しか経《た》っていない。まだパジャマ姿だ。

昨夜、円山町で尾行を打ち切った後、剣崎は古巣の渋谷署に立ち寄ってみた。昔馴染みの池端《いけはた》という老刑事が署内に残っていた。

その老刑事に誘われ、午前三時近くまで安酒場を飲み歩いたのだ。最後は恵比寿《えびす》の屋台だった。

剣崎は煙草を灰皿に捨て、テレビの遠隔操作器《リモート・コントローラー》を摑《つか》み上げた。

何度か選局ボタンを押すと、ニュースが報じられていた。飛行機事故のニュースだった。ほどなく画面が変わり、見覚えのある家屋が映し出された。世田谷区用賀にある長瀬の自宅だった。

何があったのか。剣崎は画面を凝視した。

「今朝《けさ》八時ごろ、東京・世田谷区用賀二丁目の銀行員宅で、ガレージの乗用車が爆破されました。燃えた車は京和銀行赤坂支店勤務の長瀬拓磨さん、三十二歳のもので、長瀬さんが車に乗り込む寸前に爆発した模様です」

男性アナウンサーが言葉を切った。

剣崎は音量を上げ、耳をそばだてた。

「幸い長瀬さんには怪我はありませんでしたが、焼け焦《こ》げた車内から、爆破装置とリード線の燃え滓《かす》などが発見されました。警察は殺人未遂事件として、捜査に乗り出しました。詳しいことはまだわかっていません。次のニュースです」

画像が変わった。海難事故のニュースだった。

剣崎はテレビのスイッチを切り、奥の寝室に駆け込んだ。ベッドに浅く腰かけ、電話帳で彩子の家のナンバーを調べた。すぐに電話をかけたが、あいにく話し中だった。

五、六分経《た》ってから、かけ直してみた。しかし、まだ通話中だった。用賀に行ってみることにした。剣崎は手早く着替え、急いで部屋を出た。

黒いポロシャツに、下はベージュのスラックスだった。オリーブグリーンの綿ジャケットは腕に抱えていた。

マンションの駐車場には、覆面パトカーのスカイラインとBMWの両方があった。剣崎は短く迷ってから、捜査車輛に乗り込んだ。

スカイラインを急発進させ、警察無線をオープンにする。

さまざまな交信が響いてきた。だが、用賀の事件に関する交信は一件もなかった。すでに現場検証が終わり、初動捜査員たちは引き揚げてしまったようだ。

剣崎は速度を上げた。

甲州街道を大原《おおはら》交差点まで進み、環七通《かんななどお》りに入る。割に車の量は多かった。

剣崎は赤い回転灯をルーフに載《の》せた。サイレンを響かせながら、用賀まで突っ走る。

長瀬宅の百メートルほど手前で、赤色灯を車内に取り込んだ。むろん、サイレンも鳴らさなかった。

やがて、長瀬の家が見えてきた。

剣崎は覆面パトカーを長瀬宅の石塀の横に停めた。車を降り、ポロシャツの上にジャケットを羽織《はお》る。

剣崎はガレージに目をやった。クラウンが無残に焼け爛《ただ》れている。

ほとんどフレームしか残っていない。道路側には青いビニールシートが掛かっていたが、全体を隠せるほどの大きさではなかった。

剣崎は大股で門柱に近寄り、インターフォンのボタンを押した。

ややあって、彩子の声で応答があった。剣崎は名乗り、早口で喋った。

「さっき、テレビのニュースで車のことを知ったんだ。大変だったな」

「ええ、びっくりしてしまって」

「少し訊きたいことがあるんだ」

「どうぞお入りになって、門の扉、開いてますんで」

彩子の声が沈黙した。

剣崎は門扉を押し、アプローチを進みはじめた。そのとき、ポーチから彩子が走り出てきた。白いブラウスに、下はペイズリー模様のフレアスカートだ。いかにも若奥様といった身なりだった。

「車、まだ新しかったようだったが……」

「ええ。買って一年かそこらだったの」

彩子もアプローチにたたずんだ。

「ひどいことしやがる。しかし、旦那に怪我がなくてよかったな」

「それが不幸中の幸いね。もう少し早く運転席に入っていたら、おそらく長瀬は大《おお》火傷《やけど》を負ってたでしょう。運が悪ければ、死んでいたかもしれないわ」

「長瀬氏はちょくちょく車で通勤してたのかい？」

「週に二回ぐらいね」

「曜日は決まってたのかな」

剣崎は畳みかけた。

「特に気をかけたこともなかったけど、火曜日と金曜日はたいてい車で通勤してたわ」

「きょうは金曜日だな。きのうか、一昨日《おととい》の晩に、誰かが庭に侵入した気配は？」

「そういうことは感じなかったわ。もっとも、その気になれば、真夜中に塀か門の扉を乗り越えることはできると思うの」

「そうだな。庭やガレージに不審な足跡は？」

「気づかなかったわ。車のドアはちゃんとロックしてあったのに、犯人はどうやって時限爆破装置を車内に仕掛けたのかしら？」

「車のドア・ロックなんか、薄い曲尺《かねじゃく》一つで解除できるんだ。ウインドーシールドとフレームの隙間《すきま》に突っ込んで、ロックを外すんだよ」

「そんなに簡単に外せるの!?」

　彩子が驚きの声をあげた。

「ああ。手馴れた奴なら、十秒もあれば外せる」

「怖い話ね」

「おそらく犯人は、旦那が車を使う曜日を知ってたんだろう。となると、ある程度、犯人は絞れるな。職場の連中、この近所の人たち、身内、親しい知人……」

「その中に犯人がいたとしたら、なんだか遣りきれないわ」

「旦那を車で轢こうとした奴の仕業《しわざ》と考えていいだろう。そういえば、長瀬氏はどうしたんだい？」

「出勤したの、事情聴取のすぐ後に。わたし、欠勤したらって言ったんだけど、大事なお得意さんと会うことになってるからって職場に向かったのよ」

「そうか」

「どうぞ家の中に入って。ちょうど主人の従妹が来てるの。遥さんもテレビニュースを観《み》て、駆けつけてくれたのよ」

「そう」

　剣崎は彩子の後から、家の中に入った。

先客の高取遥は居間にいた。淡い水色のスーツをまとっている。やや目がきついが、その美しさは際立《きわだ》っていた。

「こちら、新宿署の剣崎さんよ」

彩子が遥に声をかけた。遥がすぐに立ち上がり、礼儀正しい挨拶をした。

剣崎も自己紹介し、籐《とう》のリビングソファに腰を下《お》ろした。少し遅れて、遥が斜め前に坐る。二十畳ほどの居間は冷房が効き、肌寒いほどだった。

「遥さん、ちょっと刑事さんのお相手をしていただける？」

彩子がそう言いながら、居間から出ていった。何か飲みものを用意するためだろう。

剣崎は遥に断ってから、煙草に火を点けた。

深く喫いつけたとき、遥が口を開いた。

「わたしの従兄《いとこ》が誰かに陥れられそうになったんですってね？」

「まだ断定はできませんが、そんな節があるんですよ」

「なんだか信じられません」

「信じられない？」

剣崎は反問した。

「はい。自分の従兄を誉《ほ》めるのも変ですけど、彼は他人に恨まれるような男性《ひと》じゃないと思います」

「しかし、逆恨みってこともありますよ」

「ええ、そうですね。従兄は超一流の大学を出て、仕事もエネルギッシュにこなしてるようだから、逆恨みされることもあり得るかもしれません」

遥が、ほっそりとした脚を組んだ。

「長瀬さんご自身は誰かに逆恨みされるようなことはないとおっしゃってたが、あなた、そのような人物は思い当たりませんか？」

「具体的に誰とはわかりませんけど、従兄は支店長に特別に目をかけられてるようですから、同僚に妬《ねた》まれてるのかもしれません」

「長瀬さんは、そんなに支店長に可愛がられてるんですか」

剣崎は呟《つぶや》きながら、短くなったセブンスターの火を揉み消した。

「そうみたいですよ。いつか従兄は、百万円近いゴルフクラブのセットを支店長から貰《もら》ったなんて自慢してましたから」

「そりゃ、凄《すご》いプレゼントだな。なんでまた、そんな高価な贈物を貰うことに？」

「従兄の話によると、彼は焦げつきかけてた融資金を粘り抜いて、ほぼ全額回収したらしいんです。それで、ご褒美《ほうび》として貰ったそうですよ」

「一支店長が、そんな大盤振る舞いできるんだろうか」

「よく知りませんけど、メガバンクの支店長ともなれば、いろいろ余録《よろく》もあるんじゃありません？　貸付枠を拡げたり、融資の審査を甘くしてやれば、感謝する取引先もあるでしょうから」

「なるほど」

「あら、いけない。刑事さんにこんな話をしちゃって」

遥が白いしなやかな指を口に当てた。パーリーピンクのマニキュアが美しい。

「その程度の不正で、どうこう言う気はありません。われわれだって、聖人君子じゃないんです。軽法《けいほう》（軽犯罪法）に触れる程度のことは、たいていの警察官がやってますよ」

「あなたも、そのうちのおひとりなのかしら？」

「もちろん、そうです」

「正直な方なのね。わたし、法の番人と言われている人たちは、すべて偽善者だと思ってましたけど」

「辛辣《しんらつ》なことをおっしゃる」

剣崎は苦く笑った。

会話が途絶えたとき、折よく彩子が戻ってきた。四角い洋盆《トレイ》を捧《ささ》げ持っている。アイスコーヒーのタンブラーが三つ載っていた。

彩子は冷たい飲みものをコーヒーテーブルに移すと、遥の前のソファに腰かけた。

「いま、拓磨さんが支店長に目をかけられてるって話をしてたとこなの」

遥が彩子に言った。

「そうなの。確かに長瀬は、八雲支店長によくしていただいてるわ」

「拓磨さん、もうじき課長ね」

「世の中、そんなに甘くないわよ」

彩子が首を振った。

遥がアイスコーヒーをひと口啜《すす》って、急に立ち上がった。

「わたし、そろそろ行かなければ。午後から、いくつか打ち合わせがあるの」

「そうだったの。忙しいのにわざわざ来ていただいて、ありがとう」

彩子も腰を上げ、夫の従妹を玄関先まで見送った。

剣崎はアイスコーヒーに口をつけた。シロップが少なめで、ほどよい甘さだった。

「遥さん、フリーでファッション・アドバイザーをしてるの。アパレルメーカーやブティックの企画の相談に乗ってるみたいよ」

彩子がそう言いながら、ソファに腰を沈めた。

「道理でファッションセンスがいいはずだ」

「それに美人でしょ？　彼女、頭もいいのよ。遥さんの父親が、長瀬の母の弟なの」

「それで姓が違ってたのか。二十五、六かな？」

「もう二十七歳になったはずよ。でも、まだ独身なの。恋人はいるようだけど」

「だろうね。ところで、旦那が支店長から百万円近いクラブセットを貰ったんだって？」

「遥さん、そんなことまで話したの⁉　いやだわ。でも、その話は事実よ」

「旦那が高価な物を貰ったとき、きみは何か感じなかった？」

剣崎は問いかけ、二本目の煙草をくわえた。

「ご褒美にしては高価すぎるんで、わたし、最初は長瀬が何か悪いことをしたんじゃないかと疑ってしまったの」

「悪いことって？」

「長瀬、割に出世欲が強いの。それで、支店長の女性関係か何か調べ上げて、そのことをちらつかせたんじゃないかと思ったんです」

「つまり、高級ゴルフクラブのセットは口止め料だったのではないかと考えたわけだ？」

「ええ。でも、そうじゃなかったの。わたし、夫に問い質《ただ》したのよ」

「そうしたら？」

「不良債権の発生を未然に防いだらしいの。それで、特別に八雲支店長から高価なプレゼントをいただいたんだと言っていたわ」

彩子は、いくらか誇らしげだった。

高取遥の話と矛盾はない。しかし、剣崎はなんとなく引っかかるものを感じていた。

常識で考えると、支店長が一介の貸付係にそこまで気を配るのは不自然だ。支店長は何か長瀬に弱みを握られたのではないか。

「支店長は、ずいぶん気前がいいんだな」

「何がおっしゃりたいの？」

彩子が表情を強張《こわば》らせた。

「失礼を承知で言おう。さっき、きみが口にした疑いは間違ってなかったんじゃないだろうか」

「長瀬が何かで支店長を脅して、口止め料代わりに高級クラブセットをせしめたと言うの？」

「脅す前に、八雲支店長が自発的にクラブセットを贈ったのかもしれない」

「いくらあなたでも、わたし、赦《ゆる》せないわ。どんな根拠があって、そんな失礼なことを言うんですっ」

「怒らないで、ちょっと冷静になってくれ。きみの旦那が誰かに命を狙われてることは、もはや疑いの余地はないんだ」

「ええ、それはね」

「旦那は、何か知ってはならない秘密を知ってしまったんだと思う」

剣崎は煙草の火を消しながら、はっきりと言った。

「だから、人殺しの容疑者に仕立てられそうになったり、命を狙われたと言うの？」

「ああ、おそらくね。支店長のプレゼントはどう考えても、高価すぎるよ」

「………」

彩子は何も言わなかった。二人の間に、気まずい空気が流れた。

剣崎は短い沈黙を突き破った。

「旦那は何年も前から、支店長に目をかけられてたのかい？」

「ううん。赤坂支店に移ったばかりの二年前は、むしろ冷遇されてたようね」

「だとしたら、八雲の変わりようが解《げ》せないな。そうは思わないか？」

「言われてみると、ちょっと変ね」

「長瀬氏が不良債権を増やさなかったことは、確かに大きな手柄だろう。不況になってから、どの銀行も巨額の焦げつきに苦しめられてるからな」

「その話は長瀬から何度も聞かされたわ」

彩子が言って、アイスコーヒーをストローで吸い上げた。

「そうした厳しい状況のときに、一行員の手柄に支店長がビッグな褒美を与えるなんてことは考えられない」

「そうね」

「おそらく八雲はポケットマネーで、高級クラブセットを購入したんだろう。旦那から、支店長のスキャンダルめいた話を聞かされたことは？」

「一度もないわ」

「そうか。それじゃ、旦那や支店長がどんな酒場で客の接待を受けてるかなんてこともわからないだろうな」

「ええ、まったく知らないわ」

「旦那が高級クラブや料亭のマッチや贈答品を家に持ち帰ったことはあるかい？」

「ううん、そういうことはないわ」

彩子が首を振って、哀《かな》しげな目つきでテーブルの一点を見つめた。

また、二人の間に重苦しい沈黙が横たわった。剣崎は彩子を励まし、数分後に辞去した。

覆面パトカーに乗り込み、いったん自宅に戻る。シャワーを浴び、午後三時半過ぎに京和銀行赤坂支店にスカイラインを走らせた。

剣崎は四時十分ごろから、通用口の見える場所で張り込みはじめた。例によって、サングラスで顔を隠した。支店長の八雲純貴の動きを探ってみる気になったのだ。

時間の流れは遅かった。

少し気を緩《ゆる》めると、睡魔に襲われそうになった。しかし、瞼を閉じるわけにはいかない。

八雲が姿を見せたのは、七時過ぎだった。

連れはいなかった。八雲は砂色のスーツをきちんと身につけている。

いったん地下鉄の赤坂見附駅に向かいかけたが、途中で引き返し、鮨屋《すしや》に入った。馴染《なじ》みの店らしい。

剣崎は車から降りなかった。

八雲は四十分ほど経つと、慌ただしく店から出てきた。ひとりだった。単に腹ごしらえをしただけらしい。後から誰も姿を現わさなかった。

八雲は外堀通りに出ると、空車を拾った。

そのタクシーが停まったのは、銀座の並木通《なみきどお》りだった。七丁目のあたりだ。通りの両側には、飲食店ビルが連なっている。

八雲が磁器タイル張りの飲食店ビルの中に入っていった。

剣崎は覆面パトカーを降り、すぐ八雲を追った。八雲はエレベーターを待っていた。彼のほかに、人影は見当たらない。

剣崎はビルの出入口の陰に身を潜《ひそ》めた。

待つほどもなく、八雲がエレベーターに乗り込んだ。剣崎はホールまで走った。移動中の階表示ランプを見上げる。

ランプは七階で停止した。

八雲が降りたようだ。剣崎は案内板に目をやった。

七階のテナントは三軒のクラブだった。その気になれば、八雲が三軒のうちのどの店に入ったのかは造作なく調べられる。

剣崎は車に戻った。

煙草を灰にしながら、張り込みをつづける。

数十分が流れたころ、築地署のミニパトカーが違法駐車のチェックにきた。

若い女性警察官がウインドーシールドをノックしかけ、焦って敬礼をした。無線機を見て、覆面パトカーと察したらしかった。

ミニパトカーが走り去って、五十分あまり経過したころだった。

八雲が消えた飲食店ビルの前に、ブリリアントシルバーのメルセデス・ベンツが横づけされた。ステアリングを握っているのは、ひと目で暴力団員だとわかる男だった。

少し経つと、数人のホステスに囲まれた五十年配の男が飲食店ビルから出てきた。なんと青柳組の青柳嘉章《よしあき》組長だった。

六、七年前まで、武闘派やくざとして暴れ回っていた男だ。剣崎は本庁勤務時代に幾度も青柳に会っている。

青柳組長の後ろから現われたのは、八雲支店長だった。

八雲も厚化粧の女たちに取り巻かれていた。ホステスたちは艶《あで》やかだったが、どこか生活の澱《おり》のようなものを体に漂わせている。一様《いちよう》に物憂《ものう》げだった。

青柳と八雲はベンツの後部坐席に並んで腰かけた。

二人は上機嫌な様子で、何か談笑している。どちらが、どちらをもてなしたのか。気配から察すると、どうやら八雲が接待されたようだ。八雲は、いったい青柳に何をしてあげたのか。

長瀬は、あの二人の黒い関係を嗅《か》ぎつけたのかもしれない。

剣崎は、喫いさしの煙草の火を消した。

ベンツが動きだした。滑るような発進だった。

剣崎は細心の注意を払いながら、尾行しはじめた。筋者《すじもの》たちは誰も用心深い。絶えず警察や対立組織の影に怯えているからだ。

ベンツは日比谷《ひびや》を抜け、市谷《いちがや》まで走った。そこから靖国通《やすくにどお》りに入り、新宿区役所通りに折れた。

青柳組の組事務所は、風林会館の裏手にある。ベンツは、そこに向かっているのか。

おおかた八雲は、青柳に巧みに取り込まれたのだろう。

スカイラインを進めながら、剣崎はそう思った。青柳は荒くれ者だが、なかなか目《め》端《はし》も利く。金融、風俗営業、不動産、重機リースなど手広く事業をやり、裏では覚醒《かくせい》剤《ざい》や合成麻薬の密売も手がけていた。

それだけではなかった。タイ人マフィアやチャイニーズ・マフィアを傘下に収め、管理とばく売春やいかさま賭博《とばく》の収益の上前をはねていた。

ベンツが風林会館の横で停止した。降りたのは、なぜだか八雲だけだった。ベンツはすぐに走り去った。八雲が新宿コマ劇場跡地の方向に足を向けた。

剣崎は車で追尾しはじめた。

酔っ払いやキャッチガールが道を塞《ふさ》ぎ、すんなりとは進めない。何度か、八雲を見失いそうになった。それでも、なんとか尾行しつづけることができた。

八雲が吸い込まれたのは、マンモス交番のそばにあるタイクラブだった。美人ホステスを揃《そろ》えていることで知られた店だ。高級クラブと言っても差し支えないだろう。剣崎は車を暗がりに駐め、店の前まで歩いた。重厚なドアを開けると、黒服のタイ人が走り寄ってきた。二十五、六歳だった。

「いらっしゃいませ」

「いま入っていった男は、ここの常連なのかな」

剣崎は低く訊いた。相手が警戒した表情で、すぐに問い返してきた。

「あなた、誰ですか？」

「新宿署の者だ。おれの言ってること、理解できるね」

「はい、だいたい。八雲さん、とってもいいお客さんです。よく来てくれる。お金もいっぱい払ってくれます」

「月に何回くらい飲みに来てるんだ？」

「六、七回ね。もっと多いときもあります。でも、お店の女の子たち、あまり八雲さん好きじゃありません」

「なんでかな。上客じゃないか」

「上客？　それ、なんですか？」

「お店にとって、いいお客さんって意味だよ」

「ああ、わかりました。でも、八雲さん、よくない癖があります」

剣崎は説明した。

「どんな？」

「八雲さん、女の子をホテルに連れていって、部屋でいじめます。ナイフで女の子の体を撫で回す。それでホステスさんが怖がると、あの人、とっても嬉《うれ》しがるそうです」

「つまり、八雲にはサディストの気《け》があるってことだね？」

「はい、そうです。タイの女の子たち、とっても辛く悲しい。八雲さん、女の子たちをばかにしてます」

黒服の男が言った。

「どういうことなんだい？」

「女の子たち、お客さんとデートするのも仕事です。でも、八雲さんはいつもセックスしないで、彼女たちをいじめるだけ」

「なぜなんだろう？」

剣崎は首を捻《ひね》った。

「八雲さんはタイ人の女、みんな、エイズに罹《かか》ってると思ってるらしい。それで、何時間も女の子たちを怖がらせてる」

「ほんとかい？」

「はい、嘘じゃありません。タイにエイズ患者がたくさんいることは、ほんとの話です。でも、この店にいる女の子たちは全員、病気じゃありません。みんな、ちゃんと検査を受けてます」

「八雲はタイクラブばかり飲み歩いてるのかな？」

「いいえ、フィリピンパブ、韓国クラブ、中国クラブにも行ってます。八雲さん、外国人パブが好きね。でも、あの人、日本に働きに来てるアジア人を見下《みくだ》してます。だから、どの店でも本当はノーサンキューです」

男が皮肉っぽい笑みを浮かべた。

「八雲は、いつもひとり？」

「最初に来たときは、新宿のやくざ《ギャングスター》と一緒でした」

「そのやくざって、青柳組の組長のことなんじゃないのか？」

「そうです。青柳さんは、タイ人といろいろ商売《ビジネス》してる人です。だから、女の子たちは八雲さんに文句言えません」

「ここは、『ワイクル』が経営してる店なのかい？」

剣崎は訊いた。

「違います。店のオーナーは台湾人です。でも、『ワイクル』も青柳組に世話になってます。だから、青柳さんの友達の八雲さんにも文句言えないんです」

「なるほどね。きみも『ワイクル』のメンバーなのか？」

「わたしはメンバーじゃありません。でも、知り合いが何人もいるね」

「八雲が最初にこの店に来たのは、いつごろなんだい？」

「半年ぐらい前です」

「そう。きみは、ノイ・パランチャイってタイ人女性のことを知ってるかい？」

「ノイのこと、よく知ってます。彼女、昔、この店で少し働いてたことがあるんです。でも、ダンスとカラオケが下手でした。それで、ここをやめた」

男が言った。

「そうすると、八雲とノイは顔見知りだったのかな」

「はい、そう。二人は会ってます、この店で。ノイは八雲さんとホテルに行ったこともあるはずです。一度だけ」

「そうか、八雲と親密なタイ人ホステスはいるの？」

「そういう女の子はいません。どのホステスも、八雲さんを気味悪がってる。あの人、クレージーです。わたしも嫌いです！」

「参考になったよ。ありがとう」

剣崎は謝意を表し、そのまま店を出た。

八雲がノイ・パランチャイやルース・ラウロンをサディスティックに殺したのだろうか。

髪型や服装を少し変えれば、十歳ぐらい若く見えるかもしれない。

長瀬がそのことをなんらかの方法で知り、八雲を脅したのか。話の辻褄《つじつま》は一応、合うことは合う。しかし、殺人口止め料が百万円にも満たないクラブセットとなると、首を傾げたくなってくる。

長瀬は多額の金を強請り取り、どこかに隠しているのか、そのことで、八雲に命を狙われることになったのだろうか。

よく考えると、まだ八雲の犯行と断定できるものは何もない。彼のアリバイを調べる前に、青柳を揺さぶってみることにした。

剣崎は覆面パトカーに駆け戻った。署に寄って、武装するつもりだった。

5

人影はなかった。

拳銃保管室は、ひっそりとしていた。自分の靴音が、やけに高く響く。

剣崎はガン・ロッカーの前で立ち止まった。

扉を開けて、自分のシグ・ザウエルＰ230Ｊを掴み上げる。ニューナンブＭ60の後継拳銃として、二〇〇七年から貸与されていた。

命中率はそれほど高くない。それでも、丸腰で青柳組に乗り込むよりはましだろう。

一般の警察官は、チーフズ・スペシャルというリボルバーを使用している。

極秘捜査官やＳＰ《セキュリティ・ポリス》は、グロック26を携行することが多い。一部の女性警官は二十二口径の小型ピストルを腰のホルスターに納めている。

当然のことながら、口径が大きいほど銃声は重くなる。

四十五口径クラスになると、腸《はらわた》に響くような発射音が轟く。逆に二十二口径のような小型銃の銃声は甲高《かんだか》いだけで、あまり凄みはない。

剣崎は五発の実包を込めた。ホルスターに納める。

ロッカーにはショルダーホルスターも入っていたが、普段はウエストホルスターを使っている。

ロッカーの扉を閉めたとき、足音が近づいてきた。斉田刑事だった。

「無理を言って悪かったな。取引材料、うまく持ち出せた？」

剣崎は小声で尋ねた。

斉田が指でVサインを作り、上着のポケットから数葉の写真を抓み出した。組織犯罪対策課からこっそり持ち出してきた証拠写真だ。

写真には、青柳組の組員たちが覚醒剤や合成麻薬を密売しているところが鮮明に写っている。組織犯罪対策課の刑事が内偵中に隠し撮りしたものだ。写真には日付も入っていた。

「こいつをちらつかせて、青柳に八雲との関係を吐かせるつもりなんですね？」

「そんなとこだよ。この写真を取引の材料に使ったと知ったら、組対課の奴らは怒るだろうな」

「それは当然でしょう。しかし、あなたは署長の特命で動いてるんですから、なんとか収拾がつくでしょう」

「何かまずいことになったら、おれが責任を取る」

「そんなことより、ひとりで青柳組に行くのは危《ヤバ》いですよ。あいつら、荒っぽいですからね。自分も一緒に行きましょう」

「気持ちは嬉しいが、きみを連れていくわけにはいかない」

剣崎は右手を小さく振った。

「しかし……」

「おれひとりで大丈夫さ。別に青柳を逮捕《パク》りに行くわけじゃないんだ」

「気をつけてくださいね」

「ああ。それはそうと、例の加藤って奴は相変わらず本件のほうは否認してるんだな？」

「ええ。いま、阿久津さんが加藤を嘘発見器《ポリグラフ》にかけてるとこです」

「阿久津警部は体面《メンツ》を気にするタイプだから、何がなんでも加藤って奴をクロにしたいんだろう」

「そんな感じでした」

「早く真犯人《ホンボシ》を挙げないと、加藤って奴は傷害以外の濡衣《ぬれぎぬ》を着せられることになるな」

剣崎は呟き、渡された写真を上着の内ポケットに突っ込んだ。

「あっ、そうそう！　ついさっき、おかしな事件が発生したんですよ」

「おかしな事件って？」

「歌舞伎町のダンスクラブで踊ってた女子大生やＯＬが、次々に注射されたんですよ。東亜会館の中にあるクラブです」

斉田が報告した。

「チンピラが面白半分に、女の子たちに覚醒剤《シャブ》を射《ズ》けたんだな？」

「それが違うんですよ。注射器の中身は、血液と精液だったそうです。犯人は逃亡したらしいんですが、そいつ、頭がおかしいんですかね」

「血液と精液か。おそらく犯人は、何か悪い病気を持ってるんだろう」

「性病か何かでしょうか？」

「いや、もっと深刻な病気に罹ってるんじゃないか。それで絶望的になって、行きずりの人間に病原菌を感染させたかったんじゃないのかな」

「深刻な病気っていうと、癌《がん》でしょうか？」

「精液を注入したことを考えると、癌よりも後天性免疫不全症候群《エイズ》のウイルス臭いな」

剣崎は反射的に答えた。

「それ、きっと正解ですよ！　犯人は自分がエイズウイルスの感染者《キャリア》とわかって、他人を巻き添えにする気になったんでしょう」

「その可能性はありそうだな」

「エイズウイルスに冒されると、カリニ肺炎、敗血症、それからカポジ肉腫《にくしゅ》なんていう悪性腫瘍《あくせいしゅよう》なんかで、発病後三年かそこらで死亡するなんて言われてますからね」

「以前はそうだったな。しかし、いまは不治の病《やまい》なんかじゃない。かなり効果のある抑制剤ができたんで、もっと長く生きられるはずだよ」

「世の中には卑劣な奴がいるもんだな。いくら自分が死の恐怖に取り憑かれたからって、なんの罪もない人間を同じ病気にしようと考えるなんて、赦せないですよ。変な注射をされた女の子たちがエイズウイルスに感染してたら、自分、犯人をぶっ殺してやりたい気持ちです」

斉田が興奮した面持《おもも》ちで吼えた。

「あんまり過激なことを言うなよ。おれたちは刑事なんだぜ」

「すみません！　ついエキサイトしちゃいました」

「それが若さってもんさ」

剣崎は斉田の肩を叩き、先に拳銃保管室を出た。

専用の覆面パトカーは、署の外の路上に駐めてある。剣崎は通用口から表に出て、素早くスカイラインに乗り込んだ。

すぐに歌舞伎町二丁目に向かう。

歌舞伎町界隈《かいわい》には、大小併《あわ》せて百八十近い組事務所がある。広域暴力団の二次団体クラスは自社ビルを構えているが、三次、四次団体や弱小組織の大半は雑居ビルの一室を借り受けていた。

青柳組の事務所も、雑居ビルの六階にあった。これまでに何度も訪ねている。

いくらも走らないうちに、めざす雑居ビルが見えてきた。十一階建てだ。

剣崎は雑居ビルの前に車を駐め、エレベーターで六階に上がった。青柳組は、そのフロアをそっくり借りている。

組事務所の出入口には、監視カメラが取り付けられていた。代紋は見当たらない。暴力団対策法で、組の看板や提灯《ちょうちん》を掲げることは禁じられているからだ。ドアには、『青柳商事』という金文字が見えるだけだった。

剣崎はノックとともに、事務所の中に入った。衝立《ついたて》で遮《さえぎ》られ、中の様子はうかがえない。

「新宿署の者だ」

剣崎は大声で告げた。

すると、髪をつるつるに剃《そ》り上げた大男が現われた。舎弟頭の神原《かんばら》だった。

「なんです?」

「組長は?」

「いませんよ。用件は何なんですっ」

神原が挑むように言った。

「青柳はどこにいるんだ?」

「捜査令状《オフダ》を見せてもらいてえな」

「ただの事情聴取だよ」

「だったら、断ってもいいわけだね？」

「ああ。しかし、突っ張らないほうがいいぜ。その気になりゃ、いつでも令状は取れるんだ」

剣崎は上着の内ポケットから、組織犯罪対策課の捜査員が隠し撮りした写真を取り出した。それを突きつけると、神原の顔が歪《ゆが》んだ。

「組長の居所を教えてくれ」

「知らないね」

「手間をかけさせるな。おまえと遊んでる暇はないんだ」

「知らねえもんは知らねえんだよっ」

神原が喚《わめ》いた。

その声で、若い組員が四、五人、飛び出してきた。しかし、男たちは剣崎の顔を見ると、すぐに奥に引っ込んだ。

剣崎は薄く笑って、ホルスターの留具を外した。

神原が、ぎょっとした。剣崎はおもむろに拳銃を引き抜いた。

「こいつは、よく暴発するんだよ。そんなことは通常、起こらないんだがな。撃鉄《ハンマー》の発条《ばね》がおかしくなってるんだろう」

「な、なんの真似《まね》だよ⁉　そんな威《おど》しにビビるかよっ」

「威しと思ってるのか」

剣崎はシグ・ザウエルＰ230Ｊの銃口を神原に向けた。

「本気なのか⁉」

「暴発なら、おれは罰せられない。おい、どうする？」

「汚《きたね》えことをしやがる」

「法の向こう側で悪さをしてる連中には、おれは遠慮しないことにしてるんだよ。もうじき暴発しそうな予感がするな」

「よせ！　撃《ハジ》かねえでくれ。組長《オヤジ》は歌舞伎町の『マリアンヌ』で飲んでるよ」

神原が震え声で言った。

剣崎は、ほくそ笑《え》んだ。静かに拳銃をホルスターに入れ戻す。『マリアンヌ』は、歌舞伎町で五指に入る高級クラブだった。

「青柳に連絡したら、写真の男たちを明日にも検挙《アゲ》るぞ」

剣崎は言い捨て、青柳組の事務所を出た。

覆面パトカーを区役所通りに向ける。めざすクラブは歌舞伎町一丁目にあった。新宿区役所の裏通りに面している。

剣崎は車を路上に駐め、『マリアンヌ』のある飲食店ビルに入った。

十階まで昇る。目的の店に入ると、フロアマネージャーが歩み寄ってきた。三十七、八歳だった。整髪料のにおいがきつい。

「青柳、いるね？」

剣崎は警察手帳を呈示し、勝手に奥に進んだ。

通路は狭かったが、奥は広々としている。深々としたソファセットが十組ほどあり、ほぼ半分は客で埋まっていた。

二十人前後のホステスがいた。揃って美人だ。スタイルもいい。店内には、酒と香水の匂いが籠っていた。

青柳は奥まった席にいた。

両脇に、二人のホステスを侍《はべ》らせている。その手前の席には、護衛役の組員が三人いた。

剣崎の姿に気づくと、三人の組員が一斉に腰を浮かせた。

三人は険《けわ》しい顔つきで、剣崎の前に立ち塞がった。いずれも体軀《たいく》は逞《たくま》しい。

「いきり立つな。組長《オヤジ》に手錠《ワッパ》掛けにきたんじゃない。ちょっとした聞き込みだよ」

剣崎は男たちを押しのけ、青柳の席に近づいた。

青柳が目配せして、三人の組員をそれぞれの席に坐らせた。

「ちょっと時間をくれないか」

「日本の警察も金回りがよくなったもんだな。こんな店で聞き込みをやれるほど捜査費が出るようになったのかい？　たいしたもんだ。ここは席に坐っただけで、五万円だぜ」

「いい写真を見せてやろう」

剣崎はポケットから取り出し、証拠写真を見せた。とたんに、青柳の顔が引き攣《つ》った。

「隠し撮りされてるのは、おたくの若い者《もん》だよな？」

「どいつも、もう破門したよ。だから、組とは関係ねえ連中ばかりだ。引っ張りたきゃ、引っ張れや。もっともあんたは交通課らしいから、てめえで点数は稼げねえだろうがな」

「京和銀行の八雲純貴とは、よく銀座で飲んでるようだな」

剣崎は揺さぶりをかけた。

「あんた、何を嗅ぎ回ってるんだ!?　そうか、八雲を尾《つ》けてやがったんだな」

「そういうことだ。いま、八雲はタイクラブで遊んでる。やくざと銀行の支店長が飲み歩いてりゃ、誰だって何かあると思うぜ」

「ちょっと席を外してくれ」

青柳がうろたえ、両側のホステスに言った。

二人のホステスが緊張した顔で、相前後して立ち上がった。

「おれの席料は、新宿署に請求してもらってもいいぜ」

剣崎はにやつきながら、青柳の横に腰かけた。

「八雲が何か喋ったのか？」

「そいつは想像に任せよう」

「あいつが何を言ったか知らねえけど、おれは刑事《デコスケ》につきまとわれるようなことなんかしてねえぜ」

青柳が怒気を孕《はら》んだ声で言い、飲みかけのブランデーを呷った。

レミー・マルタンのルイ十三世だった。デパートの洋酒売り場で買えば、十万円近くする高級品だ。この店では、七、八十万円はふんだくられるだろう。

「不景気でどこも遣り繰《シノギ》りが苦しくなってる時期に、贅沢《ぜいたく》なブランデーを飲んでるな。京和銀行のスキャンダルでも摑んで、五億か六億、脅し取ったのかい？」

「冗談じゃねえや。おれは、真っ当な金で飲んでるんだ」

「八雲が吐いたんだよ、あんたに脅されたことをな」

剣崎は鎌をかけた。

「あの野郎、いいかげんなことを言いやがって。このおれを誰だと思ってやがるんだ」

「強請《ゆすり》の手口を教えてくれ。おれは、その件でどうこうする気はない。八雲の周辺を洗ってるんだよ」

「あいつ、轢き逃げでもやらかしたのか？」

青柳が訊いた。剣崎は話を合わせることにした。

「ああ、その疑いが濃いな。八雲はあんたに何かされるんじゃないかって強迫観念に取り憑《つ》かれてて、運転が疎《おろそ》かになったのかもしれないな」

「ちょっと待てや。おれは京和銀行から銭なんか脅し取っちゃいねえぞ」

「じゃあ、何をした？」

「おれは、ただ早目に担保を抜いてもらっただけだ」

青柳が不快そうに言って、チューリップグラスにブランデーを無造作に注いだ。

「担保だって？　あんた、京和銀行から事業資金を借りてたのか？」

「ちょっと面倒見てやってる女に、赤坂にミニクラブを持たせてやったんだよ。融資を受けるとき、おれは上落合《かみおちあい》の家《ヤサ》を担保に入れたんだ」

「なるほど」

「女房《バシタ》にゃ、もちろん内緒だったんだ。自宅の権利証が銀行に長く押さえられてたら、女房にバレちまうだろうが。それで八雲に頼んで、早目に担保を外してもらったんだよ」

「八雲のどういう弱みを押さえたんだ？」

剣崎は訊いた。

「そいつはちょっと言えねえな」

「女関係か？」

「もう勘弁してくれや」

「協力してくれなきゃ、組対課が動くことになるぜ」

「覚醒剤《シャブ》も合成麻薬も現行犯が原則だろうが。そんな写真なんか……」

「なら、いますぐに組対課に家宅捜査《ガサ》かけさせよう」

「わ、わかった。協力するよ。八雲は、架空名義で預金して税金逃れをしてる連中を脅して、口止め料をせびってたんだ。預金者リストを国税局に送りつけるとかなんとか言っててな」

「典型的な小悪党だな」

「まあ、そうだな。それから、奴は不良債権の取り立て《キリトリ》に大阪の極道どもを使ってたんだよ。メガバンクがそんなことやってることが世間に知れたら、大変な騒ぎになっちまう。そのあたりのことをちょいとな」

「その情報源《ネタモト》は？」

「そこまでは言えねえな。裏社会にいりゃ、いろんな情報が入ってくるんだよ。そういうことで、勘弁してくれ」

「その話をちらつかせて、あんたは自分の担保を抜かせたってわけか」

「ああ。しかし、それだけだ。ほかに悪さはしてねえよ。それどころか、むしろ、おれのほうが奴を接待してるくらいだぜ。銀行屋とつき合っといて、損はねえと思ってさ」

青柳が狡辛《こすから》そうに笑った。

「八雲がそこまで危《ヤバ》いことをやってるんだったら、当然、内部の誰かに勘づかれてそうだな」

「そのへんのことはわからねえ。別に、奴は何も言ってなかったしな」

「そうか。ところで、八雲は外国人パブが好きらしいな」

剣崎は誘導尋問を試みた。

「ああ、よくフィリピンパブやタイクラブなんかに行ってるよな。でも、女が好きなのかどうかね」

「どういう意味なんだ?」

「八雲は、どっかおかしいよ。あいつはタイやフィリピンの女をホテルに連れ込んでも、抱く気はねえみたいなんだ。女を嬲るだけで、セックスはしてねえらしい。エイズや梅毒が怖《こえ》えのかもしれねえな」

「その話は、ほかでも聞いたよ」

「ふうん。あいつ、東南アジア系の女に、なんか恨みがあるんじゃねえのか。そうじゃなきゃ、本物《モノホン》のサド野郎だな」

「八雲は、刃物を持ち歩いてたか？」

「さあ、どうだったかな」

青柳が考える顔つきになった。

「この九日の夜、ノイ・パランチャイってタイ人娼婦が歌舞伎町のラブホテルで殺された事件があっただろう？」

「そういえば、そんな事件があったな」

「八雲は、そのノイって女と顔見知りだったそうじゃないか」

「あんた、八雲がノイって女を殺《や》ったと思ってるの⁉　いくら変態でも、銀行屋がそんな事件踏《ヤマ》むだけの度胸はねえよ」

「そうかね。最近は堅気が、けっこう大胆なことをやってるぜ」

「しかし……」

「話は飛ぶが、あんた、最近、『ワイクル』と少し距離を置いてるようだな。なぜなんだい？」

剣崎は問いかけた。

「奴らの面倒を見てやっても、たいした銭にならねえからな。べったりつき合ってると、警察《サツ》に痛くもねえ腹を探られるからね」

「いまも『ワイクル』の本部から、麻薬《クスリ》を回してもらってるんだろ？」

「そいつは、もう昔の話さ。いまは正業しかやってねえよ」

青柳がにやついて、マスカットを口の中に放り込んだ。

「よく言うな」

「嘘じゃねえよ」

「なら、これはどう説明する？」

剣崎は言って、卓上の写真を掻き集めた。

「それはさっき言ったように、破門した奴らが勝手にやったことで、おれには関係のねえ話さ」

「そうかい」

剣崎は立ち上がりざまに、青柳のこめかみを肘《ひじ》で弾いた。骨が鈍く鳴る。

青柳が呻いて、目を剝《む》いた。

飛び散ったブランデーが点々とスラックスに染《し》みを作った。青柳がいきり立った。

「てめえ！　どういうつもりだっ」

「すまん。ちょっと立ち眩《くら》みがしたんでな」

剣崎は唇を歪め、大股で歩きだした。

第三章　新たな疑惑

1

月曜日の夜である。

剣崎は、円山町のラブホテル街で張り込んでいた。『パラダイス』の近くだった。

長瀬が髪の長い浮気相手とホテルに入ったのは、かれこれ二時間前だ。

そろそろ二人は出てくるだろう。

剣崎はリクライニングシートを起こした。覆面パトカーだ。

セブンスターに火を点《つ》け、無線のスイッチを入れる。剣崎は煙草《たばこ》の火を消すまでの間、交信に耳を傾けた。しかし、役に立つような情報は得られなかった。

剣崎は昼間、八雲の自宅に行ってみた。

車庫には、パジェロが納まっている。四輪駆動車だ。長瀬を轢《ひ》き殺そうとした無灯火の車も、４ＷＤだったらしい。

剣崎は八雲の家から京和銀行赤坂支店に回り、何人かの行員に接触してみた。

その結果、八雲がナイフの蒐集家《しゅうしゅうか》であることがわかった。ただ、事件当夜の九日と十二日の夜の八雲の行動については、なんの証言も得られなかった。

八雲と長瀬の関わり方についても、もちろん聞き込みをした。

何人かの行員は、急に八雲が長瀬に目をかけるようになったことを訝《いぶか》しんでいた。ほぼ同時期から、長瀬のほうも八雲に対して少し尊大な態度を見せるようになったらしい。そうした話を繋《つな》ぎ合わせると、八雲が長瀬に弱みを握られたことは間違いなさそうだ。

また剣崎は、長瀬の不倫相手のことも調べた。

髪の長い女は、今城郁代《いまじょういくよ》という名だった。二十三歳で、入行して三年目らしい。同僚たちは、郁代と長瀬の関係には気づいていなかった。

長瀬が結婚早々に郁代と深い関係になったのだとしたら、彩子が哀れだ。

剣崎は、そう思った。

その直後、『パラダイス』から一組のカップルが出てきた。

剣崎は目を凝《こ》らした。長瀬と郁代だった。

二人は体を寄せ合いながら、ゆっくりと近寄ってくる。長瀬が張り込みに気づいた様子はうかがえない。

剣崎は二人がすぐそばまで来ると、覆面パトカーから出た。長瀬たちが驚いて、その場に立ち竦《すく》んだ。

「わたしですよ」

剣崎は声をかけながら、二人の前に進み出た。

「あなたは確か新宿署の刑事さんだったな」

「ええ、剣崎です。あなた、若い女性に好《す》かれてるんですね」

「何が言いたいんです？」

長瀬が目を伏せた。

「実は、あなた方がホテルに入るところから見てたんですよ。お連れの方は、預金係の今城郁代さんでしょ？」

「そ、そんなことまで調べ上げてたのか⁉　いったい何を探《さぐ》ってるんですっ」

「八雲さんとあなたのことを少しうかがいたいんですよ」

「別の日にしてください。今夜は、もう遅いから」

「まだ十時半です。お手間は取らせません」

剣崎は長瀬に言い、郁代に顔を向けた。

「あなたは先に帰りなさい」

「でも……」

「心配ありません。長瀬さんには、ただ話を訊《き》くだけです」

「あのう、わたしたちのこと、もう長瀬さんの奥さんは知ってるんでしょうか？」

郁代が問いかけてきた。

「いや、知らないでしょう」

「そうですか。それを聞いて、ちょっぴり安心しました。わたし、奥さんには申し訳ないと思ってるんですよ。でも、長瀬さんとは別れられなくて」

「恋愛感情ってやつは自分では抑《おさ》えが利《き》かないんだろうが、あまり女房持ちにのめり込まないほうがいいね」

「頭ではそう思ってるんですけど」

「とにかく、きみは先に家に帰りなさい」

剣崎は言い諭《さと》した。

郁代は何も答えなかった。長瀬が説得しつづけると、彼女は素直に遠ざかっていった。

「車の中のほうが涼しいから、どうぞ入ってください」

剣崎は、スカイラインの後部坐席のドアを開けた。

「いえ、外で結構です」

「そうですか」

「どんなことを知りたいんです？」

長瀬が促《うなが》す。剣崎は覆面パトカーのドアを閉め、いきなり核心に触れた。

「あなたは八雲支店長の弱みを何か握ってますね？」

「えっ、なんのことなんです⁉」

「八雲が架空名義で預金してる連中を脅して、小遣いをせびってたことですよ。もっとも八雲は、ほかにも不正をやってるようだが……」

「どうして、それをご存じなんです？」

「警察は調べることが仕事です。で、どうなんですか？」

「浮気の証拠まで摑《つか》まれちゃったんだから、協力しないわけにはいかないいな。確かに八雲支店長は税金逃れをしてる架空名義預金者から、お金を無心してました」

「そのことは、今城郁代さんが教えてくれたのかな？」

「郁代は、彼女は関係ありませんよ。わたし自身がたまたま支店長の専用電話を取って、そのことを知ったんです。相手は、わたしを支店長と思い込んで、『あんたの口座に、例の口止め料を振り込んどいたから』と言ったんですよ」

長瀬が言った。

「それで、あなたは八雲が何か不正をしてると察し、調べてみたわけか」

「そうです。支店長は約三十人の大口預金者から、口止め料をせしめてるようでした。せびった金額までは調べようがありませんでしたけどね」

「ほかのことも嗅《か》ぎつけたんでしょ？」

剣崎は探りを入れた。

「ええ、まあ。証拠は摑めませんでしたが、融資審査を甘くして謝礼を貰《もら》ってるようでした。それから、貸金の回収に関西の暴力団員を使ったりもしてるみたいでしたね」

「あなたは、それで八雲を脅したのか」

「そうじゃありませんよ。わたしが架空名義預金者をリストアップしてたら、支店長のほうから目をつぶってくれと言ってきたんです」

「で、百万円近いゴルフクラブのセットをプレゼントされたってわけだ」

「そうです。クラブセットのことをあなたに教えたのは、家内なんですか？」

「いや、最初に教えてくれたのは高取遥さんですよ。遥さんは、あなたが支店長に目をかけられてると言ってね」

「遥のやつ、余計なことを喋《しゃべ》って」

長瀬が忌々《いまいま》しそうに呟《つぶや》いた。

「あんたの従妹《いとこ》や奥さんは、焦《こ》げつきを防いだご褒美《ほうび》だと信じてたようだったな」

「急にぞんざいな口を利くようになったね」

「黙って聞け！　それで味をしめて、その後、あんたは八雲を強請《ゆす》る気になった」

「失礼なことを言うな。わたしは、そんなことしてないっ」

「じゃあ、なぜ、罠《わな》に嵌《は》められそうになったり、命を狙《ねら》われたりしたんだ？」

「そんなこと、わかりませんよ。わたしが教えてもらいたいぐらいだ」

「あんた、八雲の致命的な弱みを握ったんじゃないのかっ」

「致命的な弱み？」

「そう。たとえば、八雲が人を殺した現場を目撃したとかな」

「何を言ってるんですか。支店長が人殺しなんかするわけないでしょ」

「人間なんて上辺《うわべ》だけじゃ、わからないもんだ。現にあんたは奥さんを裏切って、若い女と不倫を愉《たの》しんでる。それに嘘もついてる」

剣崎は言葉に棘《とげ》を含ませた。

「わたしがどんな嘘をついたって言うんです？」

「あんたは十二日の晩、ずっと家にいたと供述した。しかし、実際にはその日、新宿プリンスホテルで開かれた城南大学の同窓会に出席してる」

「えっ⁉」

「奥さんには旧友たちと飲み歩いてたと言って、午前二時ごろ帰宅してるが、あんたは二次会や三次会には出ていない。ホテルを出たのは午後七時半ごろだ。それからの六時間半、あんたはどこにいた？」

「ひとりで新宿の街をぶらついてたんですよ」

長瀬が苦しげに言い訳した。

「そうじゃないはずだ。おそらくあんたは、さっきの女性と会ってたんだろう。違うかな？」

「実は、そうでした。妙な疑いを持たれたくなかったんで、つい……」

「やっぱり、そうだったか。そんなふうに人間ってやつは、いろいろ裏面を持ってるもんだ」

「しかし、八雲支店長が人を殺しただなんて、とても考えられませんよ。いったい誰を殺したと疑ってるんです？」

「まだ捜査中だから、それには答えられないな。ただ、八雲がある殺人事件に関わってる可能性はある。それから、あんたの命を狙ったとも考えられなくもない」

「そんなばかな。わたしは支店長を強請ってもいないよ。ただ、口止め料代わりにクラブセットを貰っただけなんです。それで命を狙われたんじゃ、たまらない」

「あんたが事実だけを喋ったんだとしたら、誰かに頼んで八雲があんたを葬りたがると考えるのは少し飛躍があるかもしれない。しかし、あんたが何か隠してるとすれば、八雲に殺しの動機も生まれるかもしれないわけだ」

「推測だけで物を言わないでほしいな。おたくの言い方だと、まるでわたしが支店長の致命的な弱みを握ってるような口ぶりじゃないですかっ」

「そうじゃないのかな？」

剣崎は、長瀬を睨《にら》みつけた。長瀬が顔を背《そむ》ける。

「これじゃ、人権問題だっ」

「確かに、少し言葉が過ぎたかもしれない。しかし、このままじゃ、あんたの身にもっと危険なことが起こるだろう」

「放っといてください。わたしがどうなろうと、あなたには関係ないでしょっ」

「怒らせてしまったようだな」

剣崎は苦く笑った。

「当たり前でしょ！」

「それじゃ、もう一つだけ教えてくれないか。あんたを轢こうとした車は、パジェロだったんじゃないのかな？」

「もう何も喋りたくない。これ以上、わたしにつきまとったら、こっちもそれなりの手段を取るぞ」

長瀬が高く叫び、駆け足で遠ざかっていった。

焦《あせ》りすぎて、まずい訊問をしてしまった。剣崎は車に乗り込んだ。

自宅に向かう。井《い》の頭線《かしらせん》の神泉駅《しんせんえき》の脇を通り、山手通りに出た。

富ヶ谷の交差点の手前で、剣崎は不審な車に尾《つ》けられていることに気がついた。

白いマークXだった。その車は、円山町から追尾《ついび》しつづけているのかもしれない。ドライバーは女のようだ。ほかには誰も乗っていない。

何者か探ってみる気になった。

剣崎は井の頭通りを左折するつもりだったが、わざと右に曲がった。代々木競技場の前で、代々木森林公園側に寄る。そこに車をパークさせて、剣崎は森林公園に入る振りをした。

暗がりに潜んでいると、マークXが覆面パトカーの四、五十メートル後ろに停《と》まった。

すぐに運転席のドアが開き、ドライバーが降りた。やはり、女だった。顔かたちは判然としなかったが、動きは若々しい。

剣崎は、じっと動かなかった。

少し経つと、女が剣崎のいる方に走ってきた。剣崎は息を殺した。

女が立ち止まり、木立《こだち》の暗がりに目をやる。剣崎は女の片腕を摑んだ。女が体を強《こわ》張《ば》らせ、喉《のど》を軋《きし》ませた。

「なぜ、おれを尾けてる?」

「尾けてるだなんて、誤解よ」

女が言い訳して、剣崎の手を振り切ろうとした。だが、無駄だった。

「何者なんだ？」

「あたし、何も悪いことなんかしてないわ」

「運転免許証は車の中か？」

「何よ、偉そうに」

「われわれは、挙動不審な人間に職務質問できるんだよ」

剣崎は言った。と、女が素《す》っ頓狂《とんきょう》な声をあげた。

「あんた、刑事さんなの⁉」

「なんだ、おれの身分を知らなかったのか」

「ほんとに刑事さん？」

「ああ」

剣崎は懐から警察手帳を取り出した。

「暗くてよく見えないわ」

「なら、きみの車まで行こう」

「いいわよ。わざわざそんな……」

「きみの免許証を見たいんだよ」

「何もおかしなことはしてないんだから、このまま帰らせて！」

女が哀願した。

　剣崎はそれを無視して、女をマークXまで引っ張っていった。女をリア・シートに坐《すわ》らせ、ルームランプを点ける。剣崎は警察手帳を見せ、女の横に坐った。女が助手席のバッグを摑み上げ、中から運転免許証を抓《つま》み出した。山科麻紀《やましなまき》という名で、二十二歳だった。現住所は目黒区中根《めぐろくなかね》一丁目だ。

「誰に頼まれたんだ？」

　剣崎は運転免許証を返しながら、麻紀に訊いた。

「言わなかったら、どうなるの？」

「署に来てもらうことになるな」

「そんなの、いやよ。言うわ。あたし、八雲さんに頼まれたの」

「京和銀行赤坂支店の八雲純貴のことだな？」

「うん、そう。あたし、彼から長瀬拓磨って部下の女性関係を調べろって言われたのよ。それで、長瀬って男が女とラブホテルに入るとこを高感度フィルムで撮ったの。すぐに帰るつもりだったんだけど、おたくの車が張り込んでるようだったから、なんか気になってね」

「で、おれを尾行する気になったわけか？」

「そうだったの。別に八雲さんは、おたくのことなんか何も言ってなかったわ。ただ、あたしが気になったのよ」

麻紀が一気に言った。

「なぜ、気になったんだ？」

「なんとなくよ。あたし、昔、探偵社に勤めてたの。いまは水商売《オミズ》関係の仕事をしてるんだけどね」

「キャバクラかどこかで働いてるのか？」

「ううん、六本木にあるSMクラブよ」

「店の名は？」

「『ブルーナイト』よ。八雲さんとは、お店で知り合ったの」

「きみはマゾ役なんだな、八雲とプレイするときは？」

剣崎は訊いた。

「ええ、そう。でも、お客さんによって、鞭《むち》を持った女王様にもなるの。店の女の子たちの大部分は、ノーマルなのよ。だから、SにもMにもなれるわけ。どうせお遊びだもん」

「八雲は、どうなんだ？　真性《しんせい》のサディストって噂《うわさ》もあるんだよ」

「それって、正解かもしれない。あたしと個人的にプレイするとき、かなり危ない目をしてるから」

「個人的なプレイ？」

「うん、そう。あたしさ、月に二、三回、自分のマンションで八雲さんのお相手をしてやってんのよ。一回七万円でね。いつだったか、八雲さんが『百万円やるから、おっぱいを二、三センチ切らせてくれよ』なんて言ったの。マジだったみたいだから、あたし、ぞーっとしちゃった」

「プレイには、ロープや鞭なんかも使ってんだろ？」

「もちろんよ。それから、サンドペーパーでも肌を擦《こす》られるの。だけど、どの責め具を使うときも手加減はしてくれるわ。そうじゃなきゃ、体が保《も》たないでしょ？」

麻紀が笑いながら、そう言った。

「そりゃそうだな。きみとプレイするとき、八雲はやることはやるのか？」

「それって、セックスのこと？」

「ああ」

「ちゃんとやるわよ。でも、いっつも最後は〝顔面シャワー〟ね。あれをやられると惨《みじ》めになるけど、あたし、自分のランジェリーショップを持ちたいから、我慢してきたの」

「八雲は、長瀬拓磨のことをどんなふうに言ってた？」

「詳しいことは言わなかったけど、八雲さん、長瀬って男に何か弱みを知られちゃったらしいの。だから、長瀬って男の浮気の証拠を押さえてくれって頼まれたのよ」

「きみは長瀬の写真を見せてもらって、尾行したんだな？」

「そうよ。社内旅行のときの写真かなんかだったわ」

「謝礼は？」

「画像データと引き換えに、十万円払ってくれるって約束なの」

「証拠写真は撮れなかったことにしてくれないか」

剣崎は頼んだ。

「十万円、ふいにしろってわけ？」

「その画像データが悪用されたら、きみも間接的に犯罪に加担したことになるんだぜ。場合によっては、書類送検されるだろう」

「いやよ、そんなの。いいわ、八雲さんには尾行に失敗したって言っとくわ」

「そうしてもらえると、ありがたいな」

「八雲さん、何をしたの？」

麻紀が不安げに訊いた。

「それは教えられないが、もう八雲とは手を切ったほうがいいな」

「そうするわ。あたし、なんか悪い予感がしてたのよね。いくら支店長だからって、ちょっと遊び方が派手だったもん。きっとかなり危《ヤバ》いことをしてるわよ」

「早く別のパトロンを探すんだな」

剣崎はマークXを降りた。

2

遠くで何かが鳴っている。

インターフォンだった。剣崎は完全に眠りから覚めた。翌朝である。

ナイトテーブルの腕時計を見ると、まだ十時二十分過ぎだった。新聞の勧誘か何かだろう。

剣崎は肌掛け蒲団《ぶとん》を引っ被《かぶ》った。もう少し眠りたかった。

チャイムは、いっこうに鳴り熄《や》まない。眠気を殺《そ》がれてしまった。

剣崎は跳《は》ね起き、寝室を出た。

インターフォンの受話器は、ダイニングキッチンの壁に取りつけられている。受話器を摑み、剣崎はぶっきら棒に訊いた。

「どなた?」

「朝早くから、すみません。わたしです」

彩子だった。

「ああ、きみか」

「長瀬が昨夜《ゆうべ》、家に帰ってこなかったの。わたし、なんだか厭《いや》な予感がして」

「ちょっと待ってくれ。いま、起きたとこなんだ」

剣崎は受話器をフックに戻すと、手早く洗顔を済ませた。

パジャマを脱ぎ捨て、素肌に黒いポロシャツをまとう。下は、綿と麻の混紡《こんぼう》スラックスだった。色はグリーングレイだ。

剣崎は玄関に走り、ドアを大きく開けた。

「ごめんなさいね」

「いいんだ。中に入ってくれ」

剣崎は、客用のスリッパを玄関マットの上に揃《そろ》えた。

彩子は白っぽいワンピース姿だった。上瞼《うわまぶた》が少し腫《は》れぼったい。昨夜は一睡もせずに、夫の帰りを待ちわびていたのだろう。

剣崎は先にダイニングキッチンに戻り、サッシ戸を開け放った。澱《よど》んでいた温気《うんき》が、まるで生きもののように抜けていく。エア・コンディショナーを作動させ、すぐにサッシ戸を閉める。

彩子をダイニングテーブルの椅子《いす》に坐らせ、剣崎は話しかけた。

「旦那《だんな》が無断外泊をしたことは？」

「一度もないの。最近、厭なことばかりつづいてたから、なんだか悪い予感がして」

　彩子がうつむいた。

「考え過ぎだよ。飲み過ぎて、サウナかどこかで夜を明かしたんだろう」

「それだったら、電話ぐらいしてくると思うの。それに、銀行も無断欠勤してるらしいのよ。九時過ぎに、銀行から問い合わせの電話がかかってきたの」

「銀行も休んでるのか」

　剣崎は暗い気分になった。

　きのうの晩のことで、長瀬は妻の許《もと》に戻れなくなってしまったのか。そして、今城郁代の住まいを訪れたのだろうか。

「警察に捜索願を出すべきよね？」

「大の大人がひと晩、無断外泊したぐらいで、大げさに騒ぎたてるのはどうかな」

「でも、長瀬は轢かれそうになったり、爆殺されそうになったのよ。わたし、とっても心配なの」

「きみの不安な気持ちはわかるが、もう少し様子を見たほうがいいな。旦那は、ひょっこり帰ってくるさ」

「そうだといいんだけど」

「とにかく、家に戻ったほうがいい。旦那が戻ってきたときに困るじゃないか」

「ええ、そうね」

「車で家まで送ってやろう。ちょっと待っててくれ」

剣崎は寝室に入り、外出の支度をした。

といっても、上着のポケットに財布と煙草を突っ込んだだけだ。空調装置のスイッチを切り、彩子と一緒に部屋を出る。

剣崎は覆面パトカーの助手席に彩子を乗せ、すぐ用賀に向かった。

「長瀬は、わたしと結婚したことを後悔してるのかもしれないわ」

彩子が唐突に言った。

「なんだい、急に？」

「主人には、好きな女性がいるみたい……」

「つまり、浮気をしてるってことだね」

剣崎は内心の狼狽《ろうばい》を隠して、ことさら軽い口調で問い返した。

「ええ、おそらくね。時々、主人の服に白粉《おしろい》や香水の匂《にお》いがついてたりするの」

「仕事のつき合いで、クラブにでも行ってるんだろう」

「そういうこともあるでしょうね。でも、いつも匂いが同じなのよ。そういう日は、きまって帰宅時間が遅いの」

「いつから、そういうことが……」

「もう一年近く前からね」

「思い過ごしだよ、結婚半年かそこらで浮気するような奴はいないさ」

「たったの半年で、長瀬はわたしに飽きてしまったのかもしれないわ。わたしたち、お互いのことをよく理解し合わないうちに結婚してしまったから」

彩子の声は暗かった。

「後悔してるんじゃないのか？」

「きみこそ、後悔してるというより、なんだか悲しいの。それなりに努力してるんだけど、それが相手にわかってもらえないわけだから」

「きみは、こんなにも旦那のことを心配してるんだ。必ず相手に伝わるさ」

剣崎は、通りいっぺんの励まし方しかできない自分を呪《のろ》いたかった。

「つまらないことを言い出しちゃって、ごめんなさい」

「いいんだ。気にするほどのことじゃないさ」

「ありがとう。それはそうと、あなたの部屋、三年前と少しも変わってないのね」

「おれは無精だからな。部屋の模様替えなんか、面倒臭くてね。あそこは、ただの塒《ねぐら》だしな」

「懐かしかったわ。そして、ちょっぴり……」

彩子は言葉を濁した。ちょっぴり辛《つら》かったと言おうとしたにちがいない。

しかし、剣崎はそれを確認しようとは思わなかった。彩子も口を噤《つぐ》んだきり、じっと正面を見つめている。

やがて、車は用賀の住宅街に入った。

それから間もなく、前方から薄茶のボルボがやってきた。ドライバーは三十二、三歳の男だった。

その男を見て、彩子が小さな声をあげた。

「あら、羽佐田《はさだ》さんだわ」

「近所の人？」

「ううん。主人の学生時代の友人よ。グロリア交通って、タクシーの会社の専務さんなの」

「グロリア交通っていったら、準大手じゃないか。まだ若いのに、たいした出世だな」

「羽佐田さんは創業者の息子なのよ。彼、用賀に何しに来たのかしら？」

「グロリア交通の営業所が、この近くにあるんじゃないのか」

「いいえ、ないはずよ。もしかしたら、長瀬を訪ねてきたのかもしれないわ。あっ、でも、変ね。用があるんだったら、銀行のほうに行くはずだわ」

「そうだな。きょうは平日だからね」

剣崎はミラーを覗《のぞ》いた。さきほど擦れ違ったボルボは、だいぶ遠のいていた。

「羽佐田さん、わたしたちの結婚式でお祝いのスピーチをしてくれたの。大学のゼミで一緒だったらしいのよ」

「それじゃ、きみの家にもよく遊びに？」

「遊びに来たのは一度か二度ね。友達は友達だけど、主人と羽佐田さんはタイプが違うから、あまり行き来はしてないの。羽佐田さんは派手なことが好きで、人生をエンジョイしたいってタイプなのよ」

「享楽《きょうらく》主義ってやつだな」

「それに近いでしょうね。いろいろ女性関係もあるようだけど、まだ当分、結婚する気はないみたい」

「そう」

「家にお寄りになる？」

彩子が訊いた。

「いや、遠慮しておこう。少し仕事もあるんだ」

「そうなの。わざわざ送っていただいて、すみませんでした」

「いや、なに。そうだ、車のことで所轄署から何か言ってこなかった？」

「一度、電話があったわ。でも、犯人はまだ浮かび上がってこないって話だったわね」

「そうか」

剣崎は車を停めた。長瀬宅の真ん前だった。

彩子が礼を言って、車を降りた。剣崎は彩子に軽く手を挙げ、覆面パトカーを走らせた。玉川通りに出て、長瀬の勤め先に向かう。

京和銀行赤坂支店に着いたのは、三十数分後だった。銀行の駐車場にスカイラインを入れ、私物のスマートフォンを手に取る。

剣崎は銀行に電話をかけ、今城郁代を呼び出してもらった。

「お待たせしました」

郁代の声が流れてきた。

「昨夜、円山町で会った者です。わたしの質問に短く答えてくれないか」

「はい、わかりました」

「きのうの晩、長瀬さんからきみに何か連絡がなかった？」

「いいえ、ありませんでした」

「嘘じゃないね？」

「はい」

「彼が無断欠勤してることは知ってるのかな」

剣崎は訊いた。

「はい」

「長瀬さんの居所に心当たりは？」

「ありません」

「八雲支店長はいるかい?」

「はい。電話、回しましょうか?」

郁代が言った。

「いや、いい。直接、訪ねよう。実は、おたくの駐車場にいるんだよ」

「そうなんですか」

「ありがとう」

剣崎は通話を切り上げ、すぐに車を降りた。銀行に入り、居合わせた案内係の男に声をかける。

「新宿署の者です。八雲支店長にお目にかかりたいんですがね」

「少々、お待ちください」

男が緊張気味に答え、カウンターの奥に消えた。

一分ほど待つと、八雲がやってきた。

「ちょっとうかがいたいことがありましてね」

「長瀬君のことでしょうか。奥さんの話によると、なんでも昨夜から行方がわからないと……」

「らしいですね。きょうは長瀬氏のことじゃなく、あなた自身のことを少しうかがいたいんですよ」

「わたしの何をお調べになるおつもりなんです？」

「どこか部屋で話したほうがいいでしょう」

剣崎は言った。

八雲が慌《あわ》てて案内に立つ。通されたのは会議室のような部屋だった。黒板があり、長い机がコの字形に置かれている。

二人は、後ろのドアに近い場所に坐った。机の角を挟む恰好《かっこう》だった。

「まだ架空名義で預金してる連中から、口止め料をせびってるのかな」

剣崎は、のっけから言った。

「おっしゃってる意味がよくわかりません」

「青柳は何も言わなかったらしいな。青柳組の組長のことですよ。先日、あんたは青柳と銀座のクラブで飲んでましたね？」

「青柳さんとおっしゃられても、わたしには思い当たる方がおりませんが……」

「シラを切っても時間の無駄だな。あの晩、あんたを尾行してたんですよ。あんたは青柳のベンツで新宿に行き、ひとりでタイクラブに入った。あの店は馴染《なじ》みらしいね」

「うっ」

八雲が蒼《あお》ざめた。頬《ほお》の筋肉が、ぴくぴくと痙攣《けいれん》しはじめた。

「青柳が観念して、わたしに話してくれたんですよ。あんたは、預金者を強請ってたことや債権回収に大阪のやくざを使ってたことを種《ネタ》に脅されて、青柳の担保を早目に抜いてやった。そうですね？」

剣崎は確かめた。

「わたし、青柳さんが怖かったんです。それに、自分のやったことが発覚するのも……」

「口止め料は総額でいくらなんです？」

「約一千万円です。あれはなんとか返しますから、刑事さん、わたしを逮捕しないでください。それに、相手の方たちも事が公《おおやけ》になることは望まないと思うんです」

「それはそうでしょうが、罪は罪です」

「どうかお目こぼしを。こ、この通りです」

八雲が床《フロア》にひれ伏した。

「脅し取った金は、本当に返す気があるのかな？」

「もちろん、お返しします。なんなら、この場で誓約書を書いても構いません」

「それじゃ、書いてもらいましょう」

「わかりました。いま、用箋《ようせん》と印鑑を取ってきます」

「それは後でいい。とにかく、椅子に坐ってください」

剣崎は言った。八雲が子供のようにうなずき、椅子に腰かけた。

「あんたは架空名義で預金してる連中から口止め料をせびってることを長瀬氏に覚《さと》られそうになって、彼に百万円近いゴルフクラブのセットをやったね？」

「は、はい。一種の口止め料のつもりでした」

「その後、長瀬氏から何か要求されたんじゃないのか？」

「いいえ、別に何も」

八雲が首を横に振る。

「それが事実だとしたら、彼はずいぶん欲のない男だな」

「本当に長瀬君は何も要求してきませんでした。だから、かえって不安になって、わたしは彼を高級クラブに連れてったり、仕事面でも優遇してやったんです」

「それでも不安だったんで、あんたは長瀬氏のスキャンダルを押さえようと考えた」

「わたしは、そんな陰険な人間じゃありませんよ」

「だとしたら、山科麻紀はなぜ長瀬氏の後を尾けてたんだろう？」

剣崎は自問口調で言って、セブンスターに火を点けた。

「麻紀のことまで知ってるのか」

「八雲さん、あんたは長瀬拓磨に脅迫されてたんでしょ？　だから、山科麻紀を使って、なんとしてでも何か切り札を摑みたかったんじゃありませんか？」

「長瀬君のスキャンダルを押さえようとしたことは事実ですが、彼から何か要求されたことはないんですよ。ただ、そうされたときのことを考えて、手を打っておきたかったんです」

八雲が真剣な顔つきで言った。嘘をついているようには見えなかった。

「それはそれとして、あんた、ナイフ集めが趣味らしいね」

「誰から聞いたんです？」

「それは言えないな。で、どうなんです？」

「ナイフを集めたり、自分でこしらえたりしてることは確かです。でも、そのことが、どうして問題になるんです？」

「あんたはタイやフィリピンの女の子たちをホテルに連れ込んで、サディスティックなゲームを愉《たの》しんでるそうじゃないか」

「そ、それは……」

「そういうときに、ナイフを使ってるようだね」

剣崎は八雲を睨《ね》めつけ、煙草《おび》の火を灰皿で揉《も》み消した。

「単なる遊びですよ。女が怯えると、すごく興奮するんです。だから、ちょっとナイフをちらつかせて……」

「興奮するのに、なんで女たちとセックスしないんです？」

「性病やエイズが怖いからです。それに、スキンをつけるのが嫌いなんですよ。だから、東南アジア系の女たちとは寝ないことにしてるんです」

「八月九日に殺されたノイ・パランチャイってタイ人娼婦《しょうふ》を知ってますね？」

「ええ、知ってます。その娘《こ》とは一度遊んだことがありますんで」

「そのとき、あなた、ノイと何か揉めたんじゃないですか？」

「ゲームの途中で、ノイが怒り出したことはありますが……」

八雲が訝しげな目を向けてきた。

「ニュースでご存じだろうが、ノイは『モンシェリー』って歌舞伎町のラブホテルでサディスティックな殺され方をしてる。凶器はナイフだった。しかも、犯人はノイと交わってなかった」

剣崎は八雲の顔を見据えた。

「もしかしたら、わたしを疑ってるんですか⁉　冗談じゃありませんよ。わたしは、ノイなんか殺しちゃいません」

「参考までに、八月九日の夜はどこでどうされてました？　ノイの死亡推定時刻は、午後八時半から九時四十分の間でした」

「八月九日の晩は、確か麻紀の店にいましたよ」

八雲がビジネス手帳を繰りながら、自信に満ちた声で答えた。

「店の名は『ブルーナイト』だったかな？」

「そうです。俳優座ビルの横の道を入った所にあります。その店に行けば、わたしが八時ごろから十時近くまでいたことはわかるはずですよ」

「調べてみましょう。ついでに、十二日の晩はどこでどうされてました？」

「お盆休みを取って、群馬の実家に行ってました」

「実家の住所を教えてください」

剣崎は手帳を開いた。八雲が前橋市内にある生家の連絡先を明かす。剣崎はメモを執《と》って、立ち上がった。

「さっそく確認させてもらいましょう」

「ええ、そうしてください。わたしも疑われたままじゃ、心外ですからね。そうだ、誓約書を書きましょう」

「そいつは、もう結構です。ただし、さっき約束したことを反故《ほご》にしたら、あんたはここにいられなくなる」

「わたしも男です。約束したことは、きちんと守りますよ」

八雲が立ち上がった。

剣崎は会議室を出た。車に戻ると、私物のスマートフォンを手に取った。八雲の実家に電話をかける。

受話器を取ったのは八雲の兄嫁だった。

剣崎は身分を明かして、八雲のアリバイを確かめた。八雲の供述通りだった。

しかし、剣崎は話を鵜呑《うの》みにはしなかった。身内の人間が口裏を合わせるケースはよくあるからだ。

剣崎は『ブルーナイト』の電話番号を調べ、すぐさま電話をした。だが、コール音が虚《むな》しく返ってくるだけだった。

夜になったら、店に行ってみることにした。

剣崎はエンジンをかけ、なんの気なしに警察無線のスイッチを入れた。

信号音が響き、警視庁指令センターからの呼びかけが流れてきた。

――警視庁より各移動、麻布《あざぶ》管内へ。殺人事件の通報。現場は港区南麻布五丁目、有栖川宮公園内《ありすがわのみやこうえん》。近い局、応答願います。

――麻布三、現在、北青山付近。

――警視庁、了解！　ほかに現場付近の車はありませんか？

――はい、警視二七〇、現場付近。

――警視庁、了解！　麻布三、警視二七〇へ。ただちに現場に向かってください。現場は有栖川宮公園内北側の繁《しげ》みの中、三十二、三歳の男性が血塗《まみ》れで死んでいるとの通報。至急現場で調査願いたい。

──麻布三、了解！

──警視二七〇、現場急行中！

──警視庁、了解しました。なお、通報によると、被害者《マルガイ》は刃物で首や胸部を刺されている模様です。被疑者《マルヒ》の視認はありません。

通信指令センターから通報受付番号、指令時刻、担当官名などが伝えられ、交信が途絶えた。

被害者の年齢が気になる。ひょっとしたら、長瀬拓磨なのかもしれない。現場に行ってみる気になった。

剣崎はスカイラインを急発進させ、赤い回転灯に片腕を伸ばした。

3

通夜の弔《とむら》い客は少なかった。

剣崎は覆面パトカーの中から、長瀬家の門を見ていた。時刻は午後八時近い。

きのう有栖川宮公園で殺されたのは、やはり長瀬拓磨だった。

長瀬は鋭利な刃物で、喉と左胸を突かれていた。凶器は発見されていない。

死体はいったん麻布署に運ばれ、きょうの正午過ぎに東京都監察医務院で司法解剖された。亡骸《なきがら》が自宅に戻ったのは夕方だった。

剣崎は、さきほど弔問を済ませた。

彩子は変わり果てた夫に取り縋《すが》って、泣きじゃくっていた。声をかけることさえ、何か憚《はばか》られた。

剣崎は故人の両親や縁者から事情聴取をすると、すぐに暇《いとま》を告げた。そして、車の中で弔問客の動きを探りはじめたのである。

剣崎は煙草をくわえた。

そのとき、近くで車の停まる音がした。剣崎は振り返った。タクシーだった。慌《あわ》ただしく降りた客は、故人の従妹の高取遥だ。

遥はそのまま、あたふたと長瀬家の中に入っていった。彼女も突然の不幸に、さぞ驚いたことだろう。

剣崎はセブンスターに火を点けた。

半分近く喫《す》ったとき、車の横を女が通り過ぎていった。剣崎は何気なく女の顔を見た。

今城郁代だった。

郁代は黒っぽいワンピースを着て、花束を抱えている。いったん彼女は門柱の前に立ったが、インターフォンは鳴らさなかった。

携《たずさ》えてきた花束を石塀に凭《もた》せかけ、その前にしゃがみ込んだ。郁代は五分ほど合《がっ》掌《しょう》してから、おもむろに立ち上がった。

剣崎は煙草を灰皿に捨て、静かにスカイラインから出た。

郁代がハンカチで目頭を押さえながら、うつむきがちに歩いてくる。

「辛いよな」

剣崎は話しかけた。郁代が立ち止まって、小さく目礼する。

「こんなときに気が引けるが、少し訊きたいことがあるんだ。いいかな？」

「は、はい」

「きのう、長瀬氏が有栖川宮公園で刺殺されたことをどう思う？」

「ただただ信じられない気持ちです」

「そうだろうな。彼は誰かと現場で落ち合うことになってたんじゃないだろうか。現場には、ほとんど争った痕跡《こんせき》がなかったんだ」

「というと、犯人は長瀬さんと親しかった人なんでしょうか？」

郁代が涙声で問いかけてきた。

「そう考えてもいいと思うね。長瀬氏は近々、誰かと会うようなことを言ってなかった？」

「いいえ、そういうことは……」

「そう。八雲支店長について、きみにはどんなふうに話してた？」

「あまり信頼できる上司じゃないけど、利用価値はある人物だと言ってました」

「長瀬氏、近いうちに、まとまったお金が入るようなことは言ってなかったかな」

剣崎は訊いた。

「いいえ、そんなことは言ってませんでした」

「そうか。何かに怯えてるような気配は？」

「怯えてたのかどうかわかりませんけど、わたしとデートしてるとき、よく周囲に目をやってましたね」

「それは、他人の目を気にしてたって意味なのかい？」

「ええ、そういう感じでした。彼は、わたしとの関係を職場の人やお客さんに知られたくなかったんだと思います」

郁代が言った。もう涙声ではなかった。

「ちょっと立ち入った質問だが、長瀬氏はきみに何か約束してなかった？」

「約束って？」

「たとえば、いつか奥さんと別れて、きみと再婚したいとか」

「わたしが結婚を望むなら、そうしてもいいと言ってくれました。でも、わたしはそこまで厚かましいことをする気はありませんでした。だから、ずっといまのままでいいと言ったんです」

「そう。彼は、奥さんのことをどんなふうに言ってたの？」

「申し分のない女房だけど、もうひとつ溶け込めないものがあるんだと言っていました」

「それじゃ、夫婦仲はあまりうまくいってなかったんだろうか」

剣崎は呟いた。

「そのあたりのことは、よくわかりません。デートしてるときに、家庭の話はあまり出なかったんです」

「そりゃそうだろうな」

「もうよろしいでしょうか。わたし、なんだか……」

郁代がくぐもり声で言い、またハンカチで目頭を押さえた。

剣崎は郁代を励まし、車の中に戻った。

それから間もなく、コンソールボックスの中で刑事用携帯電話《ポリスモード》が鳴った。ポリスモードを耳に当てる。

「自分です」

斉田刑事だった。

「ご苦労さん。頼んだこと、調べてくれたかい？」

「ええ。警察学校で同期だった奴が麻布署にいたんで、情報はすんなりと入手できました。長瀬拓磨の死因は、刺傷による失血死でした。死亡推定時刻は、一昨日の午後十一時半前後です」

「遺留品は？」

「黒いボールペンが一本です。グロリア交通創業四十周年記念という金文字の入ったやつです」

「グロリア交通だって⁉」

剣崎は思わず声を高めた。

「ええ、そうです。それが何か？」

「創業者の息子で専務をやってる羽佐田って男は、長瀬の友人なんだよ」

「ほんとですか⁉　でも、ボールペンは五千本も作らせて、従業員やタクシー客に配ったらしいんです」

「それじゃ、被害者の友人が落としたとは限らないな」

「ええ。ひょっとしたら、偽装工作に使われたのかもしれませんね。揉み合いになってボールペンやライターを落とす被疑者は割にいますが、社名入りというところがどうも作為的《さくいてき》な感じがしますでしょ？」

斉田が言った。

「することはするな」

「それにですね、死亡推定時刻に現場付近の暗がりから飛び出してきた四十二、三の男がいるらしいんですよ。そいつの正体はまだ不明らしいんですが、目撃者が二人いるそうです」

「四十二、三歳の男か」

剣崎の脳裏に八雲の顔が浮かんで消えた。

「それから、ついでに報告しておきます。先日の注射魔事件のことですが、被害者の女子大生やＯＬは全員、妙な病気はうつされてませんでした。さっき組対課を覗いてきたんですよ」

「犯行に使われた血液や精液に、性病やエイズウイルスは入ってなかったんだね？」

「そういうことです。ちなみに、血液と精液はＡ型と一致してますから、どちらも犯人のものでしょう」

「おかしな注射魔がいたもんだな」

「そうですね。でも、そいつが悪い病気を持ってなくて、ひとまずほっとしました」

「そうだな」

「記念品ボールペンと羽佐田って専務のこと、自分が調べましょうか？」

斉田が申し出た。

「それは、こっちがやろう。コロンビア人と中国人娼婦をカッターナイフで傷つけた加藤勝正は、その後どうなった？」

「ついに本件は立件できませんでした。で、とりあえず傷害で地検送りにすることになりました」

「阿久津警部は苦り切ってるんじゃないのか？」

「ええ、大荒れです。うちの関課長は、にんまりしてますがね。柿沼署長も、にたついてると思いますよ」

「だろうな」

「剣崎さんは、まだしばらく長瀬宅前で張り込みですか？」

「ああ。何かあったら、連絡を頼む」

剣崎は通話を打ち切り、ウインドーシールドを上げた。

少し経つと、五、六人の男女が覆面パトカーの脇を通り抜けていった。その中に八雲の姿があった。ほかの男女は故人の同僚だろう。

八雲たちが門扉《もんぴ》を潜り、長瀬の家に入っていった。全員、黒っぽい服を着ている。

剣崎は缶コーラを飲みながら、サンドイッチを頬張りはじめた。

どちらも数時間前に、近くのコンビニエンスストアで買ったものだ。コーラは生温《なまぬる》くなっている。

長い張り込みのときは、菓子パンやおにぎりで飢えを満たすことが多い。

いつも味は二の次だった。サンドイッチを食べ終えたころ、長瀬家の石塀の横に薄茶のボルボが停まった。車から降りたのは、グロリア交通の専務だった。

長身で、まだ若々しい。チャコールグレイの背広を身につけている。

剣崎は素早く車を降り、ボルボに駆け寄った。

「失礼ですが、グロリア交通の羽佐田さんじゃありませんか?」

「はい、羽佐田彰《あきら》です。あなたは?」

「新宿署の者です」

剣崎は名乗って、警察手帳を短く呈示《ていじ》した。そのとたん、羽佐田が落ち着きを失った。

「すみませんが、時間がないんです。友人の通夜に訪れたんですよ」

「その長瀬さんのことで、少し話をうかがいたいんです」

「どんなことでしょう?」

「その前に、ちょっと確認させてください。きのうの午前中、あなた、このあたりにいませんでした?」

「いいえ」

「そうですか。きのう、わたしはあなたを見かけたような気がするんだがな」

「何かの間違いでしょう。きのうの午前中は、ずっと会社にいましたからね。ぼくの名前をご存じなのは、どうしてなんです？」

羽佐田が訝《いぶか》しがった。

「あなたのボルボと擦れ違ったとき、わたしの車の助手席には長瀬さんの奥さんが坐ってたんですよ。それで、彼女があなたに気づいたってわけです」

「おかしいなあ。彩子さんがぼくを見かけたはずはないんですけどね」

「わたしも、この目であなたを見てます。きのうの午前中にね」

「えっ」

「正直に話してもらえないかな」

「実は、この近くに知り合いの女性の家がありまして、そこにちょっと寄ったんですよ」

「なぜ、そのことを最初は隠そうとしたんです？」

剣崎は追及した。

「その女性、人妻なんですよ。彼女に迷惑がかかると思って、つい空とぼける気になったんです」

「できたら、その方のお名前とご住所を教えてくれませんかね」

「ぼくが何をしたって言うんですかっ」

羽佐田が色をなした。

「おっしゃりたくないんでしたら、別にかまいません。どうか気を悪くなさらないでください」

「………」

「長瀬さんが殺害された場所に、あなたの会社が作らせた記念品のボールペンが落ちてたことはご存じですか？」

「記念品というと、四十周年のときのネーム入りのボールペンのことかな」

「そうです」

「そんな物が落ちてたんですか。そういえば、確か長瀬にも一本進呈したと思います。そのボールペンじゃないんですか？」

「そうかもしれませんが、犯人が落としたとも考えられます。記念品は五千本も用意したという話だから、それほど珍しいものじゃないですしね」

剣崎は言った。

「なんか妙なおっしゃり方だな。あなたは、ぼくが何か長瀬の事件に関わってるとでも疑ってるんですか？」

「いえ、いえ。そういうわけではありません。ただ、遺留品らしい物は、そのボールペンだけなんでね」

「ちょっと待ってくださいよ。新宿署の方が、なぜ有栖川宮公園内で発生した事件を調べてるんです？　明らかに管轄外じゃありませんか」

羽佐田が怪しんだ。

「確かに、おっしゃる通りです。しかし、長瀬さんは新宿署管内で起きた連続殺人事件に間接的に関わってる可能性があったもんですから、一昨日《おととい》の事件の情報も入手したわけですよ」

「そうだったんですか。妙な言い方をして、申し訳ありませんでした。悪意はなかったんです」

「わかってますよ。それより、長瀬さんとは大学のゼミでご一緒だったとか？」

剣崎は話題を転じた。

「ええ、そうです」

「それじゃ、十二日の晩、城南大学の同窓会にあなたも出席されたのかな？」

「いいえ、ぼくは欠席しました。昔を懐かしがるほど年老いてませんので、同窓会やクラス会の類《たぐい》には一切《いっさい》出ないことにしてるんです」

「それじゃ、十二日の晩はどうされてたんです？」

「正確には憶《おぼ》えてませんが、会社の役員連中と銀座あたりで飲んでたと思いますね」

「店の名は？」

「そこまで話さなきゃならないんですかっ」

「差し支えがあるようだったら、お答えくださらなくても結構です」

「今夜は、友人の通夜なんですよ。もう失礼します！」

羽佐田が語気鋭く言って、門扉を勢いよく押した。

こちらが刑事だと知ったとき、なぜ彼はあんなに狼狽したのだろうか。

剣崎は覆面パトカーに戻りかけた。

そのとき、長瀬の家から八雲たちのグループが出てきた。八雲は剣崎に気がつくと、目を逸《そ》らした。

「八雲さん」

剣崎は呼びかけた。八雲が連れの男女を先に帰らせ、渋々、剣崎の方に歩いてくる。

「なんでしょう？」

「長瀬拓磨が死んで、内心ほっとしてる人間もいるんだろうな」

剣崎は八雲に笑いかけた。

「刑事さん、そういうのを憎まれ口って言うんじゃありませんか？」

「まさに、その通りですね。ところで、一昨日の晩、あなた、有栖川宮公園のそばにいませんでした？」

「え⁉」

「ほら、長瀬氏が殺された公園ですよ。あなたが午後十一時半ごろ、慌てて公園から出てきたって証言してる人間が何人かいるんです」

「ええっ」

「どうなんです？」

「わたし、罠を仕掛けられたんですよ」

八雲が打ち明けた。

「詳しく話してください」

「一昨日の夜、わたしの自宅に長瀬君の代理の者と称する女が電話をかけてきて、『長瀬さんが折り入って話があるそうです。これから、すぐに有栖川宮公園に来てください』と言ったんです。あれは十時五十分ごろでした」

「女だったんですね？」

剣崎は確かめた。

「そうです。まだ若い声でしたよ。二十代の後半か、もしくは三十一、二歳でしょう」

「その女は、名乗らなかったんですね？」

「ええ、長瀬君の代理と言っただけでした。長瀬君が例のことで、わたしを強請《ゆす》る気になったんだと直感したんですよ。それで仕方なく、わたし、自分の車で指定された場所に出かけたんです」

「公園に着いたのは？」

「十一時二十分前後だったと思います。園内に飛び込んで、低く長瀬君に呼びかけつづけたんですが……」

「返事はなかった？」

「そうなんですよ。そして公園の北側で、くの字に倒れてる長瀬君を発見したんです。わたしは彼を抱き起こしかけて、思い留《とど》まりました」

八雲が喘《あえ》ぐような声で言った。

「手に血糊《ちのり》がついたんですね？」

「ええ、そうなんです。それで長瀬君の鼻の下に、恐る恐る指先を伸ばしてみたんです。しかし、もう息はしてませんでした」

「体温は？」

「ありました。まだ割に温かかったな」

「長瀬氏の懐を探ったんでしょ？」

「ええ、まあ。でも、強請《ゆすり》の材料は何も持ってませんでしたよ」

「凶器は発見されなかったらしいが、現場に何か落ちてませんでした？」

剣崎は訊いた。

「気が動転してしまって、周《まわ》りに目をやるだけの余裕はなかったんです」

「そうだろうな」

「わたしはハンカチで自分の手を拭《ぬぐ》うと、すぐ車に駆け戻ったんです。車を出すとき、誰かに見られたような気がしたんですが、それを確かめるゆとりもありませんでした」

「それじゃ、公園の近くに人影があったかどうかもわからないだろうな？」

「ええ」

「八雲さん、長瀬氏から羽佐田彰という名を聞いた覚《おぼ》えは？」

「いや、ありませんね。何者なんです、その男は？」

「長瀬氏の友人です。さっき、あなた方が帰るときに弔《とむら》いに訪れた男ですよ」

「ああ、さっきの方ですか」

「長瀬氏を囮《おとり》にして、あなたを陥れようとした人物に心当たりは？」

「まるで思い当たりません」

八雲が即答した。

「そうですか。お引き留めして、申し訳ありませんでした」

「いいえ。そうそう、八月九日と十二日のことは調べてもらえました？」

「ええ、一応ね。九日の夜、あなたは確かに『ブルーナイト』にいました。それから、十二日は前橋の実家にいらしたことがわかりましたよ」

「これで、わたしはもう疑われずに済むわけですね？」

「ええ、まあ。部下の方たちが待ってるんじゃないんですか？　どうぞ行ってください」

剣崎は促した。

八雲が目礼し、小走りに走りだす。その後ろ姿を見ながら、剣崎は車に戻った。ドアの把手《とって》に手をかけたとき、ふと彼は羽佐田がボルボのドアをロックしなかったことを思い出した。

剣崎は大股《おおまた》でボルボ二四〇に歩み寄った。

車内を覗く。キーは抜かれていたが、ドアはロックされていなかった。剣崎はルームランプを点け、車内を素早く眺めた。

不審な物は見当たらなかった。

運転席の周辺に頭髪が数本落ちていた。羽佐田のものだろう。剣崎はハンカチで、数本の髪の毛を抓《つま》み取った。ルームランプを消し、静かにドアを閉める。

これを斉田に渡して、鑑識に回してもらおう。

剣崎は丸めたハンカチをポケットに突っ込み、抜き足でボルボが離れた。

4

線香を手向《たむ》ける。

長瀬の遺影の前には、白い骨箱が置かれていた。

告別式が終わったのは五時間ほど前だ。長瀬家の和室である。小さな祭壇は、床の間の前にしつらえてあった。

剣崎は合掌した。

百合《ゆり》の香りが八畳間に満ちている。剣崎は合掌を解き、体を彩子の方に向き変えた。

「なんの力にもなれなくて、申し訳ない」

「いいえ、わざわざ来ていただいて、こちらこそ恐縮しています」

彩子が頭を下げた。地味な装いだ。化粧も薄い。

「おれが余計なことを言わなきゃ、きみは旦那の捜索願を出してたはずだ。そう思うと……」

「たとえ、そうしていたとしても、結果は同じだったと思うわ。寿命だったと考えるようにしてるの」

「それにしても、若すぎる死だ」

「ええ、それが残念で仕方ないわ」

「当分、辛いな。おれにできることがあったら、遠慮なく言ってくれないか」

「ありがとう」

「麻布署から何か連絡は？」

剣崎は問いかけた。

「事件当夜、有栖川宮公園に八雲支店長がいたらしいの。八雲さんの車のナンバーを見ていた人がいたらしくて、そのことがわかったんだそうよ」

「八雲支店長は当然、事情聴取されたんだろうな」

「ええ。八雲さんは長瀬の代理の者と名乗る女性に電話で呼び出されて、有栖川宮公園に行ったと言ってるらしいの」

彩子がそう前置きして、さらに詳しい話をした。昨夜、八雲自身の口から聞いた話と寸分も違《たが》わない。

「旦那の代理人と称した女に心当たりは？」

「まるで見当がつかないわ。いったい誰だったのかしら？」

「おれにも、さっぱりわからないんだ」

「八雲さんが嘘をつかなければならない理由はないと思うの」

「そうだな」

剣崎は相槌《あいづち》を打った。

「きっと犯人は、八雲さんを罠に嵌めようとしたにちがいないわ。八雲さん自身も、そう言ってるそうよ」

「そうか。それはそうと、現場にグロリア交通の四十周年記念の黒いボールペンが落ちてたことは、麻布署の者から聞いてるね？」

「ええ」

「そのボールペンに指紋はどうだったんだろう？」

「主人の指紋だけが付着してたそうよ。だいぶ前に羽佐田さんから一本頂いたことは間違いないんだけど、主人はそのボールペンをどこかでなくしたはずなの。でも、引き出しの奥かどこかに入れ忘れていたのかもしれないわ」

「あるいは、旦那は本当にボールペンを紛失したんだろう。そして、そのボールペンを手に入れた者が……」

「捜査の目を羽佐田さんに向けさせる目的で、わざと犯行現場にボールペンを落としていったと言うの？」

「そう考えられなくもないな。しかし、偽装工作としては幼稚すぎる」

「ええ、ちょっとね。それに、あまり意味がないでしょ？」

彩子が言った。

「そうだな。羽佐田氏の指紋が付着してるんなら、話は別だがね」

「ええ」

「きみが言うように、旦那はボールペンを落としたと思い込んでいたが、実はどこかに仕舞《しま》い忘れてたんだろう」

「多分、そうなんでしょうね」

「話は違うが、きみの旦那が無断外泊した翌日、羽佐田氏を見かけたことを覚えてるだろう?」

剣崎はきのうの晩、その羽佐田彰に声をかけたことを話した。そのとき、羽佐田がうろたえた様子を見せたことも明かした。

「羽佐田さん、なんでそんなに狼狽したのかしら?」

「単に警察アレルギーとも思えない感じだったんだ」

「そうなの。だけど、羽佐田さんが何か法に触れるようなことをしてるとも思えないわ。将来はグロリア交通の社長になることが約束されてるわけだから、なんの不満もないはずよ。現にリッチな独身生活を満喫してるようだし」

「物質面で恵まれてても、心が渇いてる人間は大勢いる」

「ええ、それはね。だけど、羽佐田さんは享楽主義者だから……」

「犯罪者の中にも、そういうタイプの奴がたくさんいるよ。なんらかの理由で禁欲的な生活を強《し》いられたりすると、たちまちストレスが溜《た》まって、とんでもない悪さをするんだ」

「羽佐田さんに限って、そんなことはないと思うな」

彩子が控え目に反論した。剣崎は論争する気はなかった。曖昧《あいまい》にうなずく。

「わたし、納骨を済ませたら、この家を出ようと思うの」

彩子が話題を変えた。

「旦那の両親とあまり折り合いがよくないのか？」

「ううん、そんなことはないわ。義理の父母はわたしに同情してくれて、ここで三人で暮らそうと言ってくれてるの。だけど、子供がいるわけではないから、この家にずっといても仕方ないでしょ？」

「自分の人生なんだから、好きなように生きればいいさ」

「ええ、そうするつもりよ」

「実家に戻るのかい？」

剣崎は訊いた。彩子の生家は横須賀《よこすか》にある。

「ううん。ワンルームマンションを借りて、自活しようと思ってるの」

「困ったことがあったら、いつでも相談に乗るよ」

「そう言ってもらえると、心強いわ。でも、すぐに甘えたりしないつもりよ。これからは、自分の力で生きていかなきゃならないんだから」

彩子が淋《さび》しそうに笑った。

剣崎は一瞬、彩子を抱き寄せたい衝動を覚えた。そのとき、廊下で足音がした。開け放った襖《ふすま》の向こうに、高取遥が立っていた。

「刑事さん、食事のご用意をしましたので、どうぞ居間においでください」

「せっかくですが、まだ職務が残ってるんですよ。きょうは、これで失礼します」

剣崎は座蒲団から腰を浮かせた。

彩子と遥が強く引き留めたが、故人の身内と顔を合わせるのは気詰まりだった。彩子に見送られて辞去する。

きょうの車は自分のＢＭＷだった。

剣崎はＢＭＷを自宅に向けた。午後六時半に、真弓が部屋に来ることになっていた。まだ残照で外は明るかったが、すでに六時を過ぎている。

笹塚の自宅マンションに着いたのは、六時四十分ごろだった。

部屋のドアは施錠されていなかった。剣崎は入室した。

真弓が調理台に向かって、何か料理をこしらえていた。エプロンをつけた恰好は、意外にも様《さま》になっている。

「お帰りなさい」

「いい匂いがしてるな」

「真夏に鍋《なべ》ものも悪くないかなと思って、柳川鍋《やながわなべ》をこしらえてるの。泥鰌《どじょう》食べられるでしょ？」

「ああ、食《く》えるよ」

「枝豆も茹《ゆ》でといたわ、とりあえず、ビールを飲んでて」

真弓が言って、冷蔵庫のドアを開けた。

剣崎は寝室で上着を脱ぎ、ダイニングテーブルに向かった。

「誰のお焼香に行ったの？」

真弓がビールを注《つ》ぎながら、問いかけてきた。弔問することは、電話で話してあった。

「知り合いの銀行員が死んだんだ」

「あっ、もしかしたら、有栖川宮公園で刺し殺された男の人なんじゃない？」

「一応、新聞は読んでるようだな」

「ばかにしちゃって。テレビのニュースで知ったのよ、その事件のことは」

「そうか」

「犯人、まだ逮捕されてないんでしょ？」

「そうみたいだな」

「あなたに銀行マンの知り合いがいたとは、ちょっと意外だわ。亡くなった人、学校時代の後輩か何か？」

「いや、飲み友達だったんだ」

剣崎は言い繕《つくろ》って、ビールを呷《あお》った。

真弓は詮索《せんさく》しなかった。ふたたび調理台に向かって、忙しげに動きはじめた。

剣崎は枝豆を抓みながら、壜《びん》入りのビールを一本空けた。

ちょうどそのころ、柳川鍋が出来上がった。湯気が立っている。

そのほか六、七品の料理が食卓に並んだ。二人はビールを飲みながら、柳川鍋をつつきはじめた。

「味はどう？」

真弓が訊いた。

「うまいよ。これなら、いつでも再婚できるな」

「それ、別れようって謎《なぞ》かけ？」

「気を回し過ぎだよ。単に料理がうまいって意味さ」

「わたし、一瞬、ぎくっとしちゃった。離婚歴のある女って、どこか僻《ひが》みっぽいとこがあるのよね」

「きみは、いい女だよ」

「そんなにおだてなくても、いつでも夕食ぐらい作ってあげるわよ」

「それはありがたいね。しかし……」

「安心して、食べ物で恩着せがましいことを言うつもりはないから」

「さらに、いい女になったな」

剣崎は軽口をたたき、箸《はし》を口に運びつづけた。

寝室に置いてある刑事用携帯電話《ポリスモード》が鳴ったのは、あらかた食事が終わりかけたころだった。

剣崎は奥の部屋に走った。ポリスモードを耳に当てると、斉田の声が響いてきた。

「預かった頭髪、『ウィズ』で採取したものの中にもありましたよ」

「そうか。それじゃ、羽佐田は少なくとも犯行現場の部屋に入ったことがあるわけだな」

「ええ、それも八月十二日と断定してもいいと思います。さっき『ウィズ』に電話して、ルース・ラウロンが殺された部屋を掃除した日を確認したんですよ」

「そうしたら？」

剣崎は早口で訊いた。

「十二日の昼ごろにクリーナーをかけたそうです。その後、犯行現場の部屋は使われなかったらしいんですよ。だから、ルース・ラウロンの相手は羽佐田彰と考えてもいいんじゃないですか？」

「いや、まだ断定はできないな」

「どうしてです？」

「鑑識は犯行現場から、夥《おびただ》しい数の髪の毛や陰毛を採取してるんだぜ。毎日、入念に掃除をしてるわけじゃなさそうだ。おそらく採取したのは、何日分かのものだろう」

「だとしたら、十二日のものとは限らなくなるわけか」

　斉田の声が、わずかに沈んだ。

「そういうことだよ。客室係のおばさんは一応、毎日、クリーナーをかけてるんだろうが、おおかた大雑把《おおざっぱ》な掃除をしてるんだと思う。それで吸い残した分が知らず知らずに、溜まってたんじゃないか」

「そうなんでしょうね。鑑識が現場で拾い集めた毛は、かなりの量でしたから」

「とにかく、これで一歩前進だ。羽佐田が『ウィズ』を利用してたことがわかったわけだからな」

「ええ。ただ、ノイ・パランチャイの殺害された部屋から採取した毛の中に、預かった頭髪と同一のものはなかったんですよ。ですから、羽佐田が『モンシェリー』に入ったかどうかはちょっとわかりませんね」

「必ずしも髪の毛が部屋に落ちるとは限らないさ」

剣崎は言った。

「でも、犯人は激しく動いたはずですよ」

「そうだったとしても、必ず頭髪が抜け落ちるわけでもないだろうが」

「そうですかね。そうそう、長瀬名義の名刺の件ですが、羽佐田が『ウィズ』の非常階段の下にわざと落としていったとは考えられませんか？」

「考えられるな。二人は友人同士だったんだから、羽佐田が長瀬の名刺を貰ってたことは充分にあり得る」

「ええ。羽佐田は、それとまったく同じ書体や紙質の名刺を密《ひそ》かにこしらえ、長瀬に罪をなすりつける目的で……」

「ああ、そういう推測は成り立つな。問題は、長瀬を陥れなければならなかった動機があるかどうかだ」

「羽佐田って奴は、女好きなんでしょ？　だったら、女性関係のスキャンダルを長瀬に知られてしまったんじゃないのかな？」

「しかし、羽佐田は独身なんだぞ。どんなに女にだらしなくても、別にスキャンダルなんか怖がらないだろうが？」

「それもそうだな。だとしたら、別の何か命取りになるような弱みですね。たとえば、轢き逃げの現場を運悪く長瀬に見られちゃったとか」

「そういうことも考えられなくはないが、もっと致命的な弱みなんじゃないだろうか」

「となると、もろに殺人現場を見られたとか？」

「うん、まあ。で、羽佐田は長瀬の口を封じる気になったのかもしれないな」

「そうだったとしたら、長瀬を轢き殺そうとしたり、クラウンに爆破装置を仕掛けたのも羽佐田ってことになりますね」

「そうだな」

「剣崎さん、羽佐田はノイを殺して逃げるとこを長瀬に見られたんじゃないですか？」

「それはなさそうだ。八月九日の日、長瀬は一日中、自宅にいたんだよ。彼は、ちょうど夏休みを取ってる時期だったんだ」

「その裏付《ウラ》けは？」

「奥さんが証言してる」

「ほかに証言はないんですか？」

「ああ、残念ながらね」

「それじゃ、奥さんが旦那と口裏を合わせたとも考えられるわけですよね？」

「あの奥さんは、そんな女じゃないっ」

斉田が呟くように言った。

「どうしたんです？　急に怒鳴ったりして」

「すまん。こっちの捜査の仕方にケチをつけられたような気がして、つい感情的な言い方をしちまったんだ」

「自分、そんなつもりで言ったんじゃありませんよ」

「わかってる。おれがどうかしてたんだ。悪かったな」

剣崎は言い繕った。彩子との関係を話すわけにはいかない。

「羽佐田がタイやフィリピンの娼婦を買ったことがあるかどうか、急いで洗ってみますよ。彼の顔写真は、グロリア交通の関係者から借ります」

「それはいいが、こっちの動きを羽佐田に気取《けど》られないようにしてくれよ」

「わかってます。それじゃ、また！」

斉田が先に電話を切った。

羽佐田が『ウィズ』に行ったことは間違いない。それは何日だったのか。そしてパートナーは、ルースだったのかどうか。

剣崎は刑事用携帯電話を手にして、ダイニングキッチンに戻った。

「仕事で出かけるの？」

真弓が問いかけてきた。

「いや、出かけないよ」

「だったら、これからナイト・クルージングにつき合ってくれない？」

「いつクルーザーなんか買ったんだ？」

「クルーザーなんか買えるわけじゃないでしょ。納涼船に乗ろうって意味よ。晴海《はるみ》から横浜港まで巡るコースがあるの。バンドも入ってて、カクテルバーもちょっと洒落《しゃれ》てるのよ」

「ふうん」

「あなたと一度、乗ってみたかったの。どう？」

「いいよ、つき合おう」

「嬉《うれ》しい！　それじゃ、すぐにテーブルの上を片づけるわ」

「そんなのは後でいいさ。早くルージュを引けよ」

剣崎は急《せ》かして、上着を摑み上げた。

5

目の前で信号が赤に変わった。

剣崎は舌打ちして、覆面パトカーを停めた。四谷見附の交差点だ。

ほどなく午後五時になる。なんとか退行時刻に今城郁代を捕まえたかった。

剣崎は数時間前に代々木《よよぎ》にあるグロリア交通の本社に出かけ、羽佐田彰の顔を望遠レンズ付きのデジタルカメラで盗み撮りした。

ＳＤカードを持って、歌舞伎町二丁目の『モンシェリー』と『ウィズ』を訪ねた。『モンシェリー』の女支配人は羽佐田の写真を見せても、なんの反応も示さなかった。

『ウィズ』のフロントマンは、即座に見覚えがあると答えた。しかし、写真の男がルース・ラウロンの連れかどうかはわからないという。そんな経緯《いきさつ》があって、剣崎は郁代に羽佐田の写真を見せる気になったのである。

信号が青になった。

剣崎はスカイラインを右折させた。外堀通りに入る。

京和銀行赤坂支店の通用口の前に車を停めたのは、五時六分過ぎだった。通用口から三々五々、行員たちが出てくる。

すでに郁代は帰ってしまったのだろうか。

剣崎は待ってみた。十数分が流れたころ、郁代がひとりで現われた。打ち沈んだ様子だ。長瀬の死が、まだ郁代を悲しませているにちがいない。

剣崎は短くクラクションを鳴らした。

郁代が足を止め、すぐに剣崎に気づいた。剣崎は車を降り、足早に郁代に歩み寄った。二人は向かい合った。

「きのうの告別式には出なかったの？」

「辛くて行けなかったんです。彼は、もう骨になってしまったんですね」

「きのう、線香をあげてきたよ」

「そうですか。人間の命なんて、儚《はかな》いものですね。なんだか虚《むな》しい気持ちです」

郁代が虚《うつ》ろな表情で言った。

「きみの辛い気持ちは、よくわかるよ。しかし、まだ若いんだから、早く元気にならなきゃな」

「ええ。でも、しばらくは無理だと思います」

「だろうね。月並な励ましだったな」

「わたしに何か？」

「この写真をちょっと見てもらいたいんだ」

剣崎はオフホワイトのサマーブルゾンの内ポケットから、羽佐田彰の写真を取り出した。写真を受け取った瞬間、郁代が口の中で呻《うめ》いた。

「知ってるんだね、その男を？」

「ただ見かけたことがあるだけです。でも長瀬さんの知り合いのようでした」

「写真の男は羽佐田彰といって、長瀬氏の学生時代の友人なんだよ。いまは父親が経営してるグロリア交通で専務をしてる」

剣崎は説明した。

「そうなんですか。長瀬さんは、わたしには何も言わなかったんで……」

「この羽佐田をどこで見かけたんだい？」

「渋谷です」

「渋谷のどこで？」

「円山町の坂道の途中で見かけました」

郁代が恥ずかしそうに言った。そのあたりはラブホテル街だ。

「そのとき、きみは長瀬氏と一緒だったんだね？」

「はい」

「いつのこと？」

「五月下旬の夜です」

「正確な日にちを思い出してくれないか」

「五月二十一日の午後十時過ぎでした。わたしたちがいつものホテルを出て坂道を歩いてたら、この男の人が『ミッシェル』ってホテルから飛び出してきたんです」

「ひとりで？」

剣崎は畳みかけた。

「はい、そうです。羽佐田って人は、青っぽいスポーツバッグを抱えてました。それで彼はわたしたちを見ると、一瞬、棒立ちになったんです」

「友人の長瀬と妙な場所で顔を合わせたんで、びっくりしたんだろうか」

「そうなんだと思います」

「羽佐田と長瀬氏は声をかけ合ったのかい？」

「いいえ。二人は顔を見合わせると、ばつ悪げな表情をしただけでした」

郁代がそう言いながら、羽佐田の写真を返してくる。剣崎はそれをポケットに戻し、すぐに畳みかけた。

「それから、どうなったのかな？」

「写真の彼はくるりと背を向けると、坂道を駆け降りていきました。なんだか羽佐田って人は、おどおどしてるような感じでした。それから、ちょっと変なことがあったんです」

「変なこと？」

「はい。ホテルの門灯に照らされてたときに気づいたんですが、羽佐田って人の頬に血を拭ったような痕《あと》があったんです」

「きみは、そのことを長瀬氏に言ったのかい？」

「ええ、言いました。彼も、それに気づいてました。それで連れの女性にぶたれたか何かで、鼻血を出したんじゃないかと……」

郁代が答え、周囲に視線を泳がせた。職場の同僚たちの目を気にしたようだ。

「その『ミッシェル』ってホテルから、羽佐田の連れは出てきたの？」

「いいえ、誰も出てきませんでした。もっともわたしたちも、そのまま坂道を下《くだ》ったので、後のことはわかりませんけどね」

「そう。参考になる話をありがとう」

「刑事さん、長瀬さんを殺したのは誰なんですか？」

「まだ何とも言えないんだ。そうだ、もう一つ教えてくれないか。長瀬氏は、グロリア交通の記念品のボールペンを普段持ってたかい？　創業四十周年記念という金文字の入ったやつなんだが」

「そういうボールペンを使ってるとこを見たことは一度もありません。いつも彼は、四菱《よつびし》のボールペンを使ってたんです」

「そう。引き留めて悪かったね」

剣崎は謝意を表わし、覆面パトカーに乗り込んだ。

渋谷の円山町に向かう。『ミッシェル』は東急本店の近くにあった。白いマンション風のラブホテルだった。

剣崎はホテルの近くに車を駐《と》め、フロントに足を向けた。

フロントには、五十年配の男が立っていた。剣崎は警察手帳を見せ、羽佐田の写真を内ポケットから抓み出した。

「五月二十一日の夜、この男が客として来ませんでした？」

「ちょっと待ってください」

男が老眼鏡をかけ、写真に目を落とす。

「午後十時過ぎに、スポーツバッグを抱えて出ていったと思うんだが……」

「さあ、記憶にありませんね。それに、従業員がフロントに立つのは午後九時までなんですよ。それ以降は奥の部屋に引っ込んでしまうんです」

「しかし、モニターは観《み》てるんでしょ？」

「ええ。でも、時々、目を離したりしますんでね」

「そうですか。五月二十一日の夜、このホテルで何かトラブルはありませんでした？」

剣崎は問いかけた。フロントの男が狼狽した。目が落ち着かない。

「何かあったんですね？」

「いいえ、何もございません」

「隠さないでほしいな。あなた、いま、明らかにうろたえましたよ」

「そうおっしゃられても、本当に何もトラブルなんかありませんでした」

「わかりました。どうもお邪魔しました」

剣崎は写真を受け取り、自然な足取りでホテルを出た。

フロントの男は、いったい何を隠そうとしたのか。五月二十一日の晩、ホテル内で何かがあったはずだ。

剣崎は、渋谷署の老刑事に会う気になった。

渋谷署はＪＲ渋谷駅の近くにある。明治通りに面していた。いったん道玄坂に出て、明治通りに入る。五分そこそこで、署に着いた。

剣崎は二階の刑事課を覗いた。

池端勇作《ゆうさく》は若い刑事と将棋を指していた。剣崎は小声で呼びかけた。

「おやっさん！」

「おう、きみか。こないだは、すっかりご馳走《ちそう》になっちまって」

池端が顔を上げた。白髪頭は、職人のように短く刈り込まれている。

「ちょっと外に出られますか？　うかがいたいことがあるんですよ」

「少し待ってくれ。もう二、三手で、勝負がつきそうなんだ」

「それじゃ、少し待たせてもらいます」

剣崎は近くの椅子に腰かけ、セブンスターをくわえた。刑事課には数人の捜査員がいたが、昔の同僚はひとりもいなかった。

一服し終えて間もなく、池端が近寄ってきた。

「待たせてすまん！　やっと決着をつけたよ。最近は、若い連中も強くなってな」

「おれもおやっさんに将棋の手ほどきをしてもらったのに、いっこうに腕が上がらなくて……」

「その分、刑事として腕を磨いたんじゃないか」

「なんだか皮肉に聞こえるな。二、三十分、時間をもらえます？」

剣崎は立ち上がった。

半年後に退官を控えたベテラン刑事が先に部屋を出る。池端は小柄だった。現在の採用基準の身長には七センチも足りない。

だが、剣道で鍛えた体はみごとに引き締まっている。歩く姿勢も凛々《りり》しかった。

二人は渋谷署を出ると、並木橋《なみきばし》の裏通りに進んだ。

池端の行きつけの焼鳥屋に入る。二人は隅のテーブル席に落ち着いた。客席は、ほぼ埋まっていた。

冷酒と手羽《てば》、つくねを注文する。突き出しは伽羅蕗《きゃらぶき》の油炒《あぶらいた》めだった。

グラスを軽く触れ合わせてから、剣崎は切り出した。

「おやっさん、五月二十一日の夜、管内で何か大きな事件《ヤマ》はありませんでした？」

「五月二十一日ねえ」

池端が記憶の糸を手繰《たぐ》る表情になった。

「円山町の『ミッシェル』ってラブホテルで、血腥《ちなまぐさ》い事件があったと思うんですがね」

「おっ、あれか。しかし、あれはオフレコになってたはずだがな。なんで、きみがそれを嗅ぎつけたんだ⁉」

「やっぱり、そうでしたか」

剣崎は経過をかいつまんで話した。

「そういうことなら、喋っちまおう。その晩、ホテルの一室で民自党の総裁を経験したことのある元老の孫娘が惨殺されたんだ」

「元老って誰なんです？」

「稲垣薫《いながきかおる》だよ。被害者は稲垣なつみだ。十九歳だったかな。稲垣の長男の娘だよ」

池端が声をひそめた。

「その孫娘は、どんな殺され方をしたんです？」

「ベッドの上で全裸で死んでたんだ。首、胸、性器を鋭利な刃物で突かれてね」

「うちの署の連続猟奇殺人事件の手口とよく似てるな。なつみって娘《こ》は、何をしてたんです？」

「田園調布にある有名なお嬢さん学校を高二のとき中退して、渋谷のチーマーの女リーダーをやってたんだよ」

「チーマーっていうと、週末の夜に渋谷のセンター街に集まってた良家の子女たちのことですね？」

「そう。なつみは家出《ヤサグレ》して、仲間の家を転々と泊まり歩いてたらしい。彼女は金に困ると、娼婦まがいのことをしてたようだ。それで、哀れな死に方を……」

「なつみの身許は、すぐにわかったんですか？」

剣崎は問いかけ、つくねに喰いついた。

「ああ、運転免許証からね。それで、大騒ぎになったんだ。被害者の父親は公立病院の副院長で、祖父は元総理大臣だからな」

「稲垣家から警察庁長官か警視総監あたりに圧力《アツ》がかかって、マスコミ報道を控えさせられたんですね？」

「そうなんだ。で、犯行現場の関係者にも口止めをしたってわけさ。警察といったって、無敵じゃない。結局、長いものには巻かれてしまうからな」

池端が眉間《みけん》に皺《しわ》を刻み、冷酒を飲み干した。

「それじゃ、なつみは司法解剖にも回されなかったんですか？」

「いや、司法解剖はしたよ。ただし、埋葬許可証は病死ってことで取ったんだ。もちろん、極秘に捜査本部が設けられ、警視庁とうちの署の人間が三十数人動いてるんだが、捜査は難航してるんだよ」

「うちの管内の連続殺人の犯人《ホシ》の仕業《しわざ》っぽいな」

剣崎は二つの売春婦殺しについて、改めて喋った。話し終えると、池端が口を開いた。

「確かに三件とも、同じ人間の犯行臭いな」

「ええ。おやっさんたちが入手した手がかりは？」

「なつみの連れは三十二、三の背の高い男で、青っぽいスポーツバッグを持ってたってことぐらいしかわかってないんだ。その男が事件当夜の十時過ぎに、こっそりホテルを脱け出したこともわかってるんだが、そのほかのことはほとんど摑んでないんだよ」

「遺留品《リュウ》はないんですね？」

「ああ。指紋《モン》もなかったし、情交の痕跡もなしだ。犯人《ホシ》は手袋をして、レインコートのようなもので衣服を覆ってから、犯行に及んだんだろう。足には、ビニールカバーか何か付けてたようだな」

「おそらく、そうなんでしょう」

剣崎は煙草に火を点けた。

池端が冷酒のお代わりをし、手羽の串《くし》を抓み上げた。

「実は参考人としてマークしてる奴がいるんですよ」

「ほう。何者なんだね？」

「グロリア交通って、ご存じですか？」

「知ってるよ。時たま、利用してるからな」

「そのタクシー会社の専務で、羽佐田彰という男です」

剣崎は捜査で得たことを次々に明かした。返礼のつもりだった。

「それじゃ、その羽佐田って野郎は長瀬って友人も殺《や》ったかもしれねえのか」

「ええ」

「とんでもねえ奴だな。しかし、なんだって行きずりの女たちを残忍な手口で殺《や》っちまったんだろうか」

池端が新しい冷酒を啜《すす》って、考える顔つきになった。

犯行動機については、まだ話していない。剣崎は容疑者が何か難病に罹《かか》っていると推測したことを明かし、新宿に奇怪な注射魔が出現したことも語った。

「おかしな注射魔は、一連の事件にゃ関係ないんじゃねえのか。だって、女子大生やOLに射《う》った血液や精液には病原菌は入ってなかったんだろう?」

「そうなんですよ」

「だったら、その事件《ヤマ》は切り離して考えたほうがいいんじゃねえのかな」

「そうなんですが、なんか引っかかるものがあってね」

剣崎はグラスを空け、お代わりをした。

「きみから聞いた話は、おれの胸に仕舞っておくよ」

「おやっさん、おれに妙な遠慮はしないでもらいたいな。警視総監賞でも貰って、退官に花を添えてください」

「この年齢《とし》になると、そういう俗っ気はなくなっちまってさ。手柄を立てたところで、それでどうということもないからな」

「退官後は、どうされるんです？」

「警備保障会社に再就職する気でいたんだが、嬶《かかあ》が少しのんびりしろって言うもんだから、全国の石仏を撮り歩くつもりなんだ」

「奥さんは美容院をやってるんでしたね？」

「ああ。ちっぽけな店だがな」

「それだったら、あくせくすることはないでしょ？」

「まあね。で、退官後はヒモになることにしたよ」

「羨《うらや》ましいな」

剣崎は言って、二杯目の冷酒を口に運んだ。

「おれは、きみの若さが妬《ねた》ましいね。刑事は目をぎらつかせて聞き込みに歩いてるときが華《はな》さ。署で将棋を指して時間を潰すようになっちゃ、おしまいだよ」

「何を言ってるんです。退官する日までは、現役の刑事じゃないですか。おれとどっちが先に犯人《ホシ》を挙げるか競争しましょうよ」

「そんな元気はねえな。ただ、きみにゃ協力するよ。必要なら、持ち出し厳禁の捜査資料も……」

「おやっさんの輝かしい経歴に汚点をつけたくないから、それだけはやめてください」

「きみなら、自分だけの力で犯人を検挙できそうだ。いや、余計なお節介だったね。年齢を取ると、これだから、みんなに嫌われちまうんだよな」

「そんなふうに年寄りぶりたいのは、まだ若い証拠ですよ。石仏を撮り終えたら、探偵事務所でも開いたら？」

「江戸川乱歩の少年探偵ものに熱中してたころは大人になったら、本気で私立探偵になりたいと思ったもんだよ」

「へえ」

「しかし、現実の探偵社の仕事は薄汚い浮気調査ばかりのようだから、とうの昔に夢は萎《しぼ》んじまったがね」

「だったら、探偵小説でも書きますか？」

「そういう才能はなさそうだから、石仏巡りをつづけるよ。それはそうと、その羽佐田彰って奴を徹底的にマークしてみなよ」

池端がそう言い、つくねに七味唐辛子をたっぷりと振りかけた。

長瀬は羽佐田の顔面の血痕を見て、何か揺さぶりをかけたのかもしれない。だが、元総理大臣の孫娘が『ミッシェル』で殺されたことは、一切マスコミで報じられなかったはずだ。強請るには材料が乏《とぼ》し過ぎる。長瀬は羽佐田の別の弱みを摑んでいたのだろうか。

剣崎は冷酒を傾けながら、密かに考えつづけた。

しかし、ついに結論は出なかった。池端のピッチが次第に速《はや》くなってきた。

今夜も梯子酒《はしござけ》になりそうだ。

第四章　悪夢の死角

1

目的のビルが視界に入った。

東西銀行渋谷支店だ。剣崎は覆面パトカーの速度を落とし、窓の外に目をやった。

彩子は銀行の出入口の近くにたたずんでいる。山葵《わさび》色のスーツ姿だ。

長瀬の葬儀が終わって、ちょうど一週間目の正午過ぎである。

彩子から電話があったのは、小《こ》一時間前だ。夫の遺品を整理していたら、貸金庫の鍵《かぎ》が出てきたという。

剣崎は彩子に頼まれ、貸金庫の中身調べに立ち会うことになったのだ。

彩子が剣崎の車に気がついて、軽く手を挙げた。微笑している。

剣崎は車を路肩に駐《と》め、彩子に駆け寄った。

「だいぶ待った？」

「少し前に来たとこよ。無理を言って、ごめんなさいね」

「いいんだ。それより、中に入ろう」

二人は銀行に足を踏み入れ、案内係の行員に来意を告げた。

すぐに剣崎たちは地下の貸金庫室に通された。キャビネット型のロッカーが壁面を埋め尽くしている。

ロッカーは二重扉になっていた。中年の男性行員が表側の扉の錠を解き、静かに歩み去った。彩子がハンドバッグから鍵を取り出し、二つ目のロックを外した。引き出し式の貸金庫を抜き、それをテーブルの上に置いた。

「なんだか恐いわ」

「おれが蓋《ふた》を取ろうか？」

「ううん、自分で開けます」

「そのほうがいいな」

剣崎は彩子の手許《てもと》を見つめた。

蓋が開けられる。貸金庫の中には、縞模様の紙袋が入っていた。彩子が恐る恐る紙袋を開け、小さな声を洩らした。

「中身は何だった？」

「お金よ。古い一万円札がかなり入ってるわ」

「銀行の帯封は？」

「かかってないわ」

「旦那《だんな》のへそくりかな？」

「それにしては、多すぎるわ」

「数えてみてくれないか」

剣崎は頼んだ。彩子が札束を摑《つか》み出し、すぐさま数えはじめる。剣崎は、ぼんやりと彩子の手先を眺めつづけた。

「ちょうど五百万円あるわ。こんな大金、主人はどこから……」

「誰かから預かったということは考えられないだろうか」

「そういうことは考えられないわね。長瀬は何か悪いことをしてたんじゃないのかしら？　銀行員だった彼が現金を保管しておくなんて、どう考えても不自然だわ」

彩子は、いまにも泣き出しそうな表情だった。

どうやら長瀬は強請《ゆすり》を働いていたらしい。八雲から五百万をせしめたとは思えない。おそらく相手は羽佐田なのだろう。

剣崎は密《ひそ》かに思った。

「わたし、どうしたらいいのかしら⁉」

「その金が汚れたものと決まったわけじゃない。そう取り乱すことはないさ。それより、ほかに何か入ってなかった？」

「お金のほかには何も入ってないわ」

「そうか。その金を金庫に戻して、ここを出よう」

「そうね」

彩子が札束を紙袋に入れた。紙袋には、社名の類《たぐい》は印刷されていなかった。彩子が金庫をキャビネットに戻した。

二人は貸金庫室を出た。表に出ると、彩子がよろけた。ショックが大きかったようだ。

「家まで送ろう」

剣崎は彩子を抱き支え、覆面パトカーの助手席に坐《すわ》らせた。

エンジンを始動させたとき、彩子がためらいがちに言った。

「長瀬の家には帰りたくないわ。あなたの部屋で少し休ませて」

「おれの部屋じゃ、落ち着かないだろう。横須賀の実家まで送り届けてやろうか？」

「親の家にも行きたくないわ」

「それなら、ホテルでゆっくりと寝《やす》むといい」

剣崎はスカイラインを発進させた。

公園通りを進み、パルコの先にあるシティホテルの地下駐車場に潜った。煉瓦《れんが》をふんだんに使ったシックなホテルだった。

部屋は何室か空いていた。

七階のシングルルームを選び、剣崎は彩子をベッドに寝かしつけた。

「ご迷惑かけちゃって、すみません」

「いまは何も考えずに、ぐっすり眠るんだな。おれはちょっと出かけてくる。夕方、また顔を出すよ」

「行かないで。わたしのそばにいて」

彩子が切迫した声で言い、剣崎の手首を強く握った。

「おれを困らせるなよ」

「ひとりにしないで」

「わかった。もう少しここにいよう」

剣崎はベッドに浅く腰かけ、彩子にほほえみかけた。

彩子が強く光る瞳《ひとみ》で見つめ返してきた。

二人の視線が熱く交わる。剣崎は、ある種の危うさを自分の中に感じた。長く見つめ合っていたら、封じ込めていた愛惜《あいせき》の念が一気に膨らみそうだ。

剣崎はわざと顔を背《そむ》けた。

その直後、彩子が不意に上体を起こした。何かを訴えかけてくるような眼差《まなざ》しだった。そのまま彼女は、剣崎に抱きついてくる。

「どうした？」

「強く抱いて！」

「何を言ってるんだっ」

剣崎は彩子を押し返そうとした。

すると、彩子が小娘のようにしがみついてきた。ふたたび視線が絡《から》み合う。

剣崎は、もう目を逸《そ》らさなかった。

彩子が瞼《まぶた》を閉じ、やや肉厚の唇をこころもち開いた。その瞬間、剣崎の内部で自制心が砕《くだ》けた。

「抱いて……」

彩子が掠《かす》れ気味の声で囁《ささや》いた。

剣崎は反射的に彩子を抱き寄せ、彼女の唇を塞《ふさ》いだ。彩子が待っていたように、剣崎の唇を吸いはじめた。剣崎はそれに応《こた》え、舌の先で彩子の上唇をなぞった。柔らかくて滑《なめ》らかだった。

二人は烈《はげ》しく唇を貪《むさぼ》り合った。

剣崎は唇を合わせながら、彩子の体をまさぐりはじめた。彩子も、剣崎の体に指を這《は》わせる。いとおしげな愛撫《あいぶ》だった。

剣崎は彩子をソフトに押し倒し、スーツを脱がせはじめる。

気持ちは急《せ》いていたが、わざとたっぷり時間をかけた。その作業は心を弾ませた。彩子の白い肌には、染《し》みひとつなかった。体の線も三年前とほとんど変わっていない。

豊かな乳房は横たわっても、形が崩れなかった。鴇色《ときいろ》の乳首は硬く痼《しこ》っていた。股間《こかん》の翳《かげ》りは、綿毛のように手に優しい。体の芯《しん》は熱を帯び、潤《うる》みを湛《たた》えていた。

「昔のままだな」

剣崎は身を起こし、手早く全裸になった。

ふたたび胸を重ね、二人はひとしきり唇をついばみ合った。乳房を揉《も》みはじめると、彩子は甘い吐息を洩らした。

剣崎は急速に昂《たか》まり、彩子のはざまを探《さぐ》った。指先はすぐに濡《ぬ》れた。彩子の動きも大胆になった。ためらうことなく、剣崎の欲望を握り締めた。

その瞬間、剣崎は甘やかな疼《うず》きを覚《おぼ》えた。昂まった塊《かたまり》が一段と力を漲《みなぎ》らせる。

彩子の指は休みなく動いた。

どこか物狂おしげな愛撫だった。渇きを癒《いや》すような激しい求め方が、彩子の心のありようを痛切に物語っていた。

剣崎は煽《あお》られた。腰全体に快感が拡《ひろ》がっていく。

やがて、二人は体を繋《つな》いだ。

剣崎は穏《おだ》やかな獣になった。彩子も恣《ほしいまま》に振る舞った。それでいて、どこか慎《つつし》み深い。昔と同じだった。剣崎はそそられた。

彩子が先に昇りつめた。

そのとき、彼女は剣崎の肩口に軽く歯を当てた。圧《お》し殺された呻《うめ》きの分だけ、彩子は裸身を烈《はげ》しく震わせた。大人の色気を感じさせる行為だった。

剣崎の頭の芯に靄《もや》がかかりはじめた。

弾《はじ》ける前兆だ。剣崎はラストスパートをかけた。ほどなく爆《は》ぜた。脳天から体の底まで痺《しび》れた。

二人はしばらく動かなかった。余情は、いつまでも尾を曳《ひ》いた。

「きみは昔のままだったよ」

「あなたも変わっていなかったわ」

「少し眠るといい」

剣崎は体を離し、狭いベッドから降りた。

「わがままを言って、ごめんなさい。わたし、なんだか不安でたまらなかったの」

「きみが謝ることはないさ」

「でも……」

「いいから、そのまま眠れよ」

「はい」

彩子は少女のように答え、裸の胸を寝具で隠した。仕種《しぐさ》には恥じらいが感じられた。愛らしかった。

室内は冷房で肌寒いほどだった。剣崎は衣服をまとって、コンパクトなソファに腰かけた。

数十分経《た》つと、彩子はかすかな寝息を刻みはじめた。

剣崎は数時間外出することを走り書きして、そっと部屋を出た。ドアは自動的にロックされる造りになっていた。

地下駐車場に降りたとき、剣崎はふと誰かに見られているような気がした。さりげなく目を配ってみたが、近くに人影は見当たらない。

気のせいだったのか。

剣崎は車に乗り込み、代々木に向かった。

グロリア交通の本社ビルは、小田急線の代々木八幡駅《よよぎはちまんえき》の近くにあった。十一階建ての自社ビルだった。

ビルに隣接して、タクシーの営業所がある。中年のタクシー運転手が洗車中だった。

剣崎は営業所の脇に車を駐め、その男に近寄った。身分を明かすと、男が緊張した面持《おもも》ちになった。

「専務の羽佐田彰さんのことで、ちょっと話をうかがいたいんですよ」

「うちの専務が何か事件でも引き起こしたんですか？」

「そういうわけじゃないんです。ただ、ある事件に関わってるかどうか、少し……」

「専務は遊び人だから、いつか警察の世話になるかもしれないと案じてたんですよ」

「羽佐田さんは、そんなに遊び人なんですか？」

「酒はそれほど好きじゃないみたいだけど、女とギャンブルが好きでねえ。ことに女に関しては、ちょっと病的なんじゃないですか」

「会社のＯＬにも見境なく手を出してるのかな？」

剣崎は訊《き》いた。

「さすがにそこまではやりませんけど、ちょっといい女を見ると、つい口説《くど》きたくなるようだね。それも素人女だけじゃなく、ホステスやコールガールまで手当たり次第だっていうんだから、ほとんど病気ですよ。しかも寝た女たちの陰毛をコレクションしてるって噂《うわさ》だから、並の女好きじゃないやね」

「それじゃ、海外にも女遊びに出かけてたのかな？」

「ええ、よく行ってましたよ。アメリカ、ヨーロッパ各国、南米、それから東南アジアの歓楽街にね」

「最近も？」

「それが急にこの春ごろから、なぜか女遊びを控えるようになったんですよ。だから、運転手仲間と『専務、バンコクあたりでエイズをうつされたんじゃねえのか』なんて冗談言い合ってたんです」

男がにやついた。

「そうだとしたら、仕事どころじゃないでしょ？」

「ま、そうだろうね」

「仕事ぶりはどうなんです？」

「おれたちは事務系の社員とあまり接触がないんだけど、仕事はちゃんとやってるみたいだね」

「そうですか」

「ただ、うちの所長なんかの話によると、専務はなんか急に怒りっぽくなったらしいよ」

「なぜなんだろう？」

「さあ、そこまではちょっとね。案外、おれたちの冗談が本当だったりして」

「専務は、いつもどんなとこで飲んでるんです？」

「おれたちには、そういう店はわかりませんよ。本社の誰かに訊いてみてください」

「そうしましょう。お忙しいところをありがとう」

剣崎は男に礼を言って、本社ビルの方に回った。

そのとき、また背中に他人の視線を感じた。

剣崎はたたずみ、煙草《たばこ》に火を点《つ》けた。小さく振り返ると、さほど遠くない場所に黒いプリウスが停《と》まっていた。

運転席に坐っているのは、若い女だった。色の濃いサングラスで目許《めもと》を覆っている。

剣崎は一瞬、八雲の契約愛人の山科麻紀かと思った。だが、顔の造りが違う。どちらかと言えば、中性っぽい女だった。髪も短い。

尾行者の正体を突きとめてみる気になったとき、急にプリウスが走りだした。

剣崎はナンバーを読み取り、すぐに覆面パトカーに駆け戻った。コンピューターの端末を使って、警察庁にナンバー照会をする。

車の所有者は、じきに判明した。保坂英理香《ほさかえりか》という名だった。現住所は杉並区内になっていた。羽佐田と関わりのある女なのかもしれない。

剣崎は本社ビルに足を向けた。

羽佐田に直《じか》に会って、五月二十一日、八月九日、十二日の行動を詳しく訊いてみる気になったのだ。玄関を入ると、右手に受付があった。二十三、四歳の受付嬢が坐っていた。

剣崎は警察手帳を見せ、羽佐田に面会を求めた。

「申し訳ありません。羽佐田は午後一時過ぎに早退いたしました」

「早退？」

「はい、健康診断の結果が出るとかで」

「病院はどこなんです？」

「さあ、そこまではわかりかねます」

「会社の定期健康診断は、毎年八月にあるだけ？」

「いいえ、定期健康診断は春と秋に行われてます」

「それじゃ、羽佐田さんは個人的な健康診断を受けたわけだね？」

「そうだと思います。専務は四月ごろから体調がすぐれないとかで、ちょくちょく健康診断を受けてるんですよ」

受付嬢が言った。

「どこが悪いんだろう？」

「それはわかりません。夜なら、成城《せいじょう》の自宅にいるんじゃないでしょうか」

「それじゃ、ご自宅に行ってみますな」

剣崎は受付カウンターから離れた。

羽佐田はバンコクあたりで、娼婦《しょうふ》からエイズをうつされたのか。それで自暴自棄《やけ》になり、ノイ・パランチャイやルース・ラウロンを残忍な方法で殺してしまったのか。

羽佐田が新宿の外国人娼婦を買っていたことは、斉田刑事が確認済みだった。身勝手な人間なら、そんな衝動に駆られないとも限らない。

現にエイズウイルスに感染した銀座の高級クラブのホステスが同じ理由で、数年前にかなりの数の客とベッドを共にするという騒ぎを起こしている。

あるいは羽佐田は、〝エイズ不安症候群〟に陥っているとも考えられる。

この病気はノイローゼの一種で、身に覚えのある快楽主義者が罹《かか》りやすい。抗体検査で〝陽性〟と出たわけではないが、自分は感染者だと頑《かたくな》に信じ込んでしまう。そして検査結果を疑いつづけ、繰り返しエイズテストを受ける傾向がある。

羽佐田がエイズ不安症候群患者だったとしたら、奇怪な注射魔は彼なのかもしれない。

剣崎は刑事用携帯電話《ポリスモード》を使って、新宿署の刑事課に連絡を取った。例によって友人になりすまし、斉田刑事を電話口に呼び出してもらう。

少し待つと、斉田の声が響いてきた。

「お待たせしました」

「おれだよ。おかしな注射魔が悪さをしたのは、なんてクラブだったかな」

「『クイーン』です。東亜会館の八階にあります。何か新しい動きでも？」

「ちょっと勘を試《ため》してみようと思ってるんだ。詳しいことは会ったときに話すよ」

剣崎は終了キーを押し、車を新宿に走らせはじめた。

二十分も走らないうちに、新宿の街に入った。東亜会館の一階は映画館だが、テナントの大半はダンスクラブだった。

剣崎は東亜会館の前に車を駐め、エレベーターで八階に上がった。

『クイーン』は、まだ準備中だった。五、六人の黒服の青年が店内の清掃をしている。

「新宿署の者だが、ちょっと協力してもらえないか」

剣崎は若い従業員たちを呼び寄せ、羽佐田の写真を見せた。全員が目を通した。

「この写真の男に、誰か見覚えはない？」

「あります」

二十歳そこその顔の長い若者が手を挙げて、気だるげに言った。

「なぜ、憶《おぼ》えてたんだい？」

「うちは三十過ぎの方は、めったに来ないんですよ。だから、おかしなおっさんが紛《まぎ》れ込んできたなって思ったんです」

「写真の男はまだ三十三だぜ。おっさんじゃ、かわいそうだろうが？」

剣崎は苦笑した。

「ぼくから見たら、三十代は完全におっさんですよ」

「そうかもしれないな。で、写真の男はいつ来たんだい？」

「日にちまでは憶えてないな。でも、店で騒ぎがあった晩ですよ。フロアで踊ってる女の子たちが変な注射をされた日です」

「きみは、その注射魔の顔を見たのか？」

「いいえ、見てません。店の照明をだいぶ絞ってあったし、ぼくらも動き回ってたからね。だから、店の者は誰も注射して逃げた奴の顔は見てないんですよ」

「写真の男は何時ごろ現われ、何時ごろに消えた？」

「それはよく憶《こ》えてないな。でも、騒ぎの前にはいましたよ。水割りを飲みながら、踊ってる娘たちを見てました」

「大騒ぎになったときは？」

「そのときは、もういなかったような気がするな」

「その後、男は店にやってきた？」

「あの騒ぎの後は、一度も来てませんね。この写真の奴が注射魔なんですか？」

「その可能性もありそうだとしか言えないな」

「こういう変態男は早く捕まえてくださいよ。あれから、客の入りがちょっと落ちてるんです。よろしく！」

馬面《うまづら》の青年がそう言い、羽佐田の写真を差し出した。

剣崎はそれを受け取り、すぐに店を出た。状況証拠によると、羽佐田が注射魔であることは間違いなさそうだ。

なんとか物証を固めたい。

剣崎はエレベーターに乗り込んだ。ひとまず渋谷のホテルに戻ることにした。

2

食卓には、朝食の用意がしてあった。

真弓のメモが添えられている。仕事で外泊したと思っているようだ。

剣崎は少し後ろめたかった。

昨夜《ゆうべ》は結局、彩子とホテルに泊まることになった。そして彼女を用賀の家に送り届け、ついいましがた帰宅したのである。

剣崎はダイニングテーブルに向かい、ハムエッグを頬張った。野菜サラダも食べた。

マグカップに冷めたコーヒーを注《つ》ぎはじめたとき、寝室で私物のスマートフォンが着信音を発した。剣崎は立ち上がって、奥の部屋に急いだ。スマートフォンを耳に当てると、真弓の声が流れてきた。

「いま、自宅?」

「ああ、少し前に帰ってきたんだ。昨夜は暴走族《マルソー》の取り締まりがあったんだよ」

「そうだったの」

「ハムエッグとサラダ、うまかったよ」

「サラダを冷蔵庫に入れておかなかったから、水気がなくなってたでしょ？」

「いや、そうでもなかった」

「そう。あなたの匂《にお》いのするベッドで独り寝するのは、なんか妙な気分だったわ」

「悪かったな」

剣崎は詫《わ》びた。

「ううん、気にしないで。電話もしないで、勝手に訪ねたわたしのほうが悪いんだから」

「そのうち何かで埋め合わせするよ」

「いいのよ、そんなこと。それじゃ、またね！」

真弓が先に電話を切った。

剣崎は私物のスマートフォンをナイトテーブルの上に戻し、ベッドに寝転がった。体の筋肉があちこち痛い。ホテルの狭いベッドで彩子と重なって寝たせいだ。

剣崎は腕時計を見た。

正午を二十分ほど回っていた。ひと眠りすることにした。瞼を閉じると、たちまち眠くなった。

まどろみをスマートフォンの着信音で突き破られたのは、午後二時十分ごろだった。

「ミゲルが剣崎さんに会いたがってるみたいですよ」

電話の向こうで、斉田が言った。

「ミゲルって、『ジープニー』のか?」

「そうです、そうです。さっきミゲルが署にあなたを訪ねてきたんですよ。ちょっとかわいいフィリピンの娘《こ》を連れてね」

「おれに何か話したいことがあったんだな」

「ええ、そう言ってました。それで、あなたが署にいないって言ったら、伝言を頼まれたんですよ。区役所通りの『マリア』ってフィリピンパブで待ってるそうです」

「わかった。これから、そこに行ってみよう」

「剣崎さん、自分も行きましょうか?」

「いや、ひとりのほうがいいな」

剣崎は電話を切ると、着替えに取りかかった。

部屋を出て、BMWに乗り込む。自分の車にしたのは、後で羽佐田彰を尾行するつもりだったからだ。

剣崎はBMWを新宿に走らせた。

指定されたフィリピンパブは、風林会館のそばにあった。飲食店ビルの五階だった。

ドアを開けると、ミゲル・トレンティーノがボックス席で若い女と話し込んでいた。女は目が大きく、唇がやや厚かった。

「わざわざ申し訳ありません」

ミゲルが立ち上がった。釣られて、女も腰を浮かせる。

「何か話があるそうじゃないか」

剣崎は向き合うなり、切り出した。

「ええ。ルース・ラウロンを殺した奴の見当がつきました。そいつが、タイ人のノイって娘を殺したんだと思います」

「その娘《こ》は？」

「リサといいます。この店で、ホステスをしてます。この娘は体は売ってないんですけど、しつこい日本人の男に強引にホテルに連れ込まれたことがあるそうです」

「それはいつのこと？」

「ちょっと待ってください」

ミゲルが言って、リサとタガログ語で短い会話を交わした。リサは二十一、二歳に見えた。

まだ興行ビザで入国して、さほど月日が経《た》っていないのだろう。

最近のフィリピン人ホステスの大半は、六カ月滞在できる興行ビザで入国してくる。

その後も入出国を繰り返し、正規の手続きをするケースが多くなった。

八年ほど前、フィリピン人ホステスが不審な死に方をしたことがある。その事件がきっかけで、日本とフィリピンの両国がビザやパスポートの審査を厳しく行うようになったのだ。

興行ビザで滞在する者も、きちんと外国人登録をしているケースが増えている。ちなみに、新宿区内で外国人登録済みのフィリピン人は男女併《あわ》せて約七百三十人だ。その約六割は歌舞伎町周辺で働いているホステスである。

「どうもお待たせしました。リサがその男にホテルに連れ込まれたのは、先月の下旬だそうです」

ミゲルが言った。

「何か不愉快な思いをしたんだね？」

「ええ。リサは特殊な白っぽい結束バンドで手足をきつく縛られて、ナイフを体のあちこちに押し当てられたらしいんです」

「特殊なバンドっていうと、タイラップのことかな」

剣崎は呟《つぶや》いた。タイラップというのは商品名で、乳白色の合成樹脂の結束バンドだ。本来は電線などを束ねる物だが、アメリカの警官は手錠代わりに使っている。

いったん結束バンドで手首を締め上げると、びくともしない。日本でも電気店やカー用品店などで手軽に買えることから、犯罪に用《もち》いられることが多くなった。

「リサはさんざん嬲《なぶ》られてから、二の腕に精液を注射されたらしいんです」

「精液を注射されたって⁉」

「はい。このあいだ、東亜会館のクラブにも、変な注射魔が出現したそうですね」

「ああ」

「そいつが、リサにおかしなことをしたんだと思います。それから、おそらくルースを殺したのも……」

「どんな男だったって？」

「三十ちょっと過ぎで、背は高かったそうです」

ミゲルがそう言い、リサに母国語で確かめた。リサが大きくうなずく。

「その男は、この店によく来てたのかな？」

「いいえ、初めての客だったそうです」

「そいつの名前、憶えてるかい？」

剣崎は英語でリサに訊いた。すると、リサがたどたどしい日本語で答えた。

「ナガセ、ナガセさん」

「男が、そう名乗ったんだね？」

「はい、そう」

「きみはレイプされたの？」

「それ、ない。ただ、いじめられただけ。でも、ちょっと変なこともされた」

リサがうつむいた。

剣崎はミゲルに顔を向けた。ミゲルが憤《いきどお》った。

「その男は、リサの性器にスリッパの踵《かかと》の部分を強引に突っ込んだらしいんです！　まともな奴じゃありませんよ」

「そうだな」

剣崎はリサに同情した。どうやら羽佐田が長瀬の名を騙《かた》って、悪さをしたらしい。

「それから、うちのデートクラブの者に確かめたんですが、ルース・ラウロンの最後の客はナガセと名乗ったらしいんですよ」

「その男は、こいつじゃなかった？」

剣崎は上着の内ポケットから羽佐田の写真を取り出し、リサに見せた。

リサが写真を指さし、タガログ語で何か叫んだ。その顔には、怒りと怯《おび》えの色が交錯している。大きな瞳が涙で盛り上がりはじめた。

「写真の男に間違いないと言ってます」

ミゲルがリサの言葉を通訳した。

「やっぱり、そうだったか」

「早くその男を捕まえてください。事件が解決すれば、われわれと『ワイクル』の疑《ぎ》心暗鬼《しんあんき》は消えます」

「そうだな。協力に感謝するよ」

剣崎は二人に礼を言って、フィリピンパブを出た。

連続猟奇殺人と注射魔事件の犯人は、羽佐田に間違いなさそうだ。しかし、物証がなければ、裁判所に逮捕状は請求できない。

なんとか物証を押さえるか、現行犯逮捕するしか途《みち》はなかった。剣崎はＢＭＷに戻ると、代々木八幡に向かった。

グロリア交通本社ビルの近くに車を駐め、スマートフォンを耳に当てる。専務の羽佐田が在社していることを確認し、すぐに通話を打ち切った。

剣崎はサングラスをかけ、張り込みはじめた。

本社ビルの地下駐車場からボルボ二四〇が走り出てきたのは、午後四時数分前だった。

剣崎は充分な距離をとってから、羽佐田の車を尾《つ》けはじめた。

ボルボは山手通りを西五反田《にしごたんだ》まで下《くだ》り、中原街道《なかはらかいどう》に入った。羽佐田が車を停めたのは、品川区《しながわく》の平塚《ひらつか》だった。

彼は車を路上に駐めると、ゆっくりと歩きだした。剣崎も車を降り、尾行しはじめる。

羽佐田が足を踏み入れたのは、荏原《えばら》保健所だった。

あまり大きな建物ではない。保健所の中に入るのは、いささか危険だ。剣崎は物陰に身を潜《ひそ》めた。

保健所では、一般の健康診断はしていない。羽佐田は何かの検査で訪れたか、その結果を訊きに来たのだろう。

十分そこそこで、羽佐田が保健所から出てきた。しかめっ面《つら》だった。

剣崎はBMWに駆け戻った。

少し待つと、羽佐田もボルボに乗り込んだ。車を乱暴にスタートさせ、ふたたび中原街道を走りはじめる。

今度はどこに行く気なのか。

剣崎は追尾《ついび》しつづけた。

二番目に訪れたのは、大田区《おおたく》内にある保健所だった。

前回と同じように、十分弱で外に出てきた。羽佐田は歩きながら、しきりに首を振っている。検査結果が納得できないのだろうか。

保健所を出た羽佐田は、なぜか自分の車に戻ろうとしなかった。保健所の脇道を急ぎ足で進み、裏門の前で立ち止まった。

数分、人待ち顔でたたずんでから、不意に羽佐田は保健所の敷地内に入った。裏門を潜り、剣崎は重心を爪先《つまさき》に置きながら、裏門まで走った。足音を殺したのだ。

建物の裏側に回った。

羽佐田は、ごみ焼却炉の近くに屈《かが》んでいた。

そのあたりには、蓋付きの金属製のバケツがいくつか置いてあった。羽佐田は周《まわ》りをうかがいながら、バケツの前まで中腰で進んだ。

バケツの蓋を開けて、素早く中身を覗《のぞ》き、羽佐田は二つ目のバケツの中に手を突っ込んだ。抓《つま》み取ったのは、使用済みのプラスチック製の注射器だった。針も付いている。

羽佐田は懐から茶筒のような物を取り出し、五、六本の注射器をその中に落とした。

やはり、注射魔は羽佐田だったのだろう。

剣崎はすぐにも羽佐田を取り押さえたかったが、じっと堪《こら》えた。使用済みの注射器を無断で持ち去っても、微罪にしかならない。

羽佐田がバケツの蓋をそっと閉めた。

剣崎は逆戻りし、自分の車まで疾走した。

少し経つと、羽佐田がボルボに乗り込んだ。蕩《とろ》けるような笑みを浮かべている。これから、どこかで注射器でいたずらをする気らしい。

その現場を押さえてやる！

剣崎は胸の奥で吼《ほ》え、セブンスターに火を点けた。

ちょうどそのとき、ボルボが走りだした。剣崎はＢＭＷで追った。羽佐田の車は住宅街を抜け、環七通りに出た。京浜急行《けいひんきゅうこう》の平和島駅《へいわじまえき》の少し先で、左に折れる。

その広い通りは、第一京浜国道であった。

ボルボは夕陽に車体をきらめかせながら、都心に向かっていた。行先の見当はつかない。剣崎は数台の車を挟みながら、慎重に追跡していった。

やがて、ボルボは芝浦《しばうら》方面に進んだ。

倉庫街の中に、ところどころ新しいオフィスビルが建っている。ボルボが急に運河の畔《ほとり》に停まった。

新芝運河《しんしばうんが》だ。河の流れは澱《よど》み、水は墨色に近かった。

朽《く》ちかけた小舟が半分沈みかけていた。

剣崎はボルボの十七、八メートル後ろに、ＢＭＷを停めた。エンジンは切らなかった。

羽佐田は車をパークさせたが、外に出ようとはしなかった。そのあたりは駐車禁止ゾーンだったが、何台も車が駐まっていた。

陽《ひ》がすっかり沈み、夜の気配が濃くなった。

それでも羽佐田は何も行動を起こそうとしない。尾行に気づいたのか。

いつの間にか、ＢＭＷの前後にＲＶ車とベンツが割り込んでいた。

若いサラリーマンやＯＬが、ボウリング場のある方向に歩いていく。男の多くは、イタリアの有名ブランドのスーツを着ている。女たちの服装も華やかだった。

剣崎はそんな彼らを見て、ようやく近くに巨大なダンスクラブがあることに気づいた。

その店に入ったことはなかったが、名前や場所はわかっていた。客筋がよいことでも知られたＤＪのいるクラブだった。

一流企業に勤める独身男女が圧倒的に多いらしい。ジーンズなどのくだけた身なりでは、入店させてもらえないはずだ。

羽佐田が車を降りたのは、七時過ぎだった。

ブランド物の小さなセカンドバッグを手にしている。麻のスーツは、白に近い薄茶だった。

剣崎はエンジンを切って、外に出た。

羽佐田は馴《な》れた足取りでクラブの中に入っていった。剣崎は出入口まで小走りに走った。

クロークまで進むと、黒服の男が小声で言った。

「申し訳ございません。ノーネクタイの方には、ご遠慮願ってるんですよ」

「警察の者です。捜査に協力してほしいんだ」

剣崎は警察手帳を呈示し、店の奥に走った。

とてつもなく広いホールには、二十代の男女がひきめし合っている。色とりどりの光が明滅し、一種異様な雰囲気だ。

透明なブースの中には、白人や黒人のＤＪがいる。彼らは、回るレコードを急停止させたり、早回しさせていた。

ホールで踊る男女は、一様《いちよう》に恍惚《こうこつ》とした表情をしている。ラップミュージックは廃《すた》れてしまったらしく、トランス調の音楽が店内を圧していた。

剣崎はステップを踏む客たちを掻《か》き分けながら、羽佐田を目で追いつづけた。

羽佐田は体を動かしながら、獲物を物色している様子だった。若い女にばかり目を向けている。

だが、注射器を取り出す気配はうかがえない。

羽佐田は次第にホール中央に近寄っていった。セクシーに踊る女たちをひとりずつ品定めするようにとっくりと眺め、時折、薄ら笑いをにじませた。

胸の谷間や内腿《うちもも》を晒《さら》す女たちを蔑《さげす》んでいるのだろう。

曲がハウスジャズ系のナンバーに変わった。

そのとき、紫のミニドレスの女が体の動きを止めた。キュートな娘だった。彼女は乱れた髪を手で整えながら、化粧室の方に向かった。

羽佐田がミニドレスの女を追った。

足を速《はや》めながら、彼はセカンドバッグのファスナーを開けた。剣崎は歩度を速めた。

羽佐田が女を呼び止めた。時刻を訊いたようだ。

女が化粧室の前で立ち止まった。すぐに腕時計に目を落とした。その瞬間、羽佐田がダッシュした。血の入った注射器を手にしている。剣崎は走りはじめた。

羽佐田が女の片腕を掴んだ。

女が悲鳴をあげた。注射針は、彼女の乳房に迫っていた。

「羽佐田！　手を放せっ」

剣崎は声を張った。

羽佐田が振り返った。弾みで、注射器の先から赤い液体が迸《ほとばし》る。血だった。女の肌が赤く汚れた。羽佐田が忌々《いまいま》しそうな顔つきになった。女が、また悲鳴を洩らした。

羽佐田が喚《わめ》いた。

「おれに近寄るな。近寄ったら、この女におれの病気をうつしてやる」

「病気って、な、何よ？」

女が震え声で訊いた。

「おれはエイズに罹ってるんだ」

「いやーっ、放して！」

「おまえも道連れにしてやる」

羽佐田が注射器の針を女の胸許に近づけた。

剣崎は羽佐田に組みつき、羽交《はが》い締《じ》めにした。羽佐田の手から注射器が落ち、通路に赤い飛沫《ひまつ》が散った。セカンドバッグも落下した。

女がへなへなと坐り込む。藤色のパンティーを隠そうともしない。

「新宿署の者だ。おまえはエイズじゃない。エイズ不安症候群に罹ってるだけだ」

剣崎は言った。

「いいかげんなことを言うな。おれはバンコクの売春クラブの女に、エイズをうつされたんだ。くそっ！」

「新宿の『クイーン』でも、おまえは注射器を使ったな？」

「ああ。おれが自分の汚れた血やザーメンを女たちに注射してやったんだ」

「もう一度言う。おまえはエイズウイルスには冒されちゃいない。警察の専門家がおまえの血や精液にエイズウイルスは認められないって鑑定したんだ」

「そんな話、おれは信じないぞ。保健医たちもおれを絶望させまいとして、どいつも陰性だったなんて嘘をついた。でも、おれは……」

羽佐田が全身でもがきながら、高く叫んだ。

「そんなにおれの話が信じられないのかっ」

「ああ」

「だったら、ポンプに残ってる血をおれの体に射《う》たせてやろう」

剣崎は羽佐田を突き放した。羽佐田が通路から、プラスチックの注射器を拾い上げた。

剣崎は左の袖口《そでぐち》を捲《まく》り上げた。

「ほんとに射つぞ」

「いいとも」

「あんた、怖くないのか⁉」

「他人の血を体に入れられるのは愉快じゃないが、別に怖くはないさ」

「あんたの話が事実だったとしたら、おれはとんでもない誤解をしてたことに……」

羽佐田が注射器を自分の足許に向け、ポンプの中身を一気に押し出した。

「おまえは八月九日と十二日に、新宿でそれぞれ外国人娼婦を殺《や》ったな」

「それは……」

「『モンシェリー』でタイ人街娼を、『ウィズ』ではフィリピン人コールガールを殺害したはずだ。違うか？」

剣崎は静かに問いかけた。

羽佐田が体をぶるぶると震わせながら、二度うなずいた。そのとき、店の支配人らしい男が駆けてきた。

「一一〇番したほうがいいですね？」

「おれは刑事だ。営業妨害したくないんで、ここはおれがうまく処理する」

剣崎は男を追い払い、羽佐田に前手錠を掛けた。それから注射器とセカンドバッグを拾い上げ、女に言った。

「ちょっと事情聴取したいんだが、立てるかな」

「は、はい」

女が壁に手をつきながら、ゆっくりと立ち上がった。少し落ち着きを取り戻したようだ。

「トイレはいいのかい？」

「大丈夫です」

「それじゃ、一緒に来てくれないか」

剣崎はミニドレスの女に言って、羽佐田の背を押した。

羽佐田は素直に歩きだす。女も従《つ》いてくる。

クラブを出ると、剣崎は羽佐田に低く言った。

「五月二十一日の晩、渋谷の『ミッシェル』ってラブホテルで、十九歳の女が殺された。それも、おまえの犯行だな」

「は、はい」

「おまえはホテルから逃げる途中、運悪く学生時代の友人の長瀬拓磨と会ってしまった。長瀬はおまえの顔面の血を見て、後日、口止め料を要求してきた。そうだなっ」

「その通りです」

「しかし、なぜ長瀬にすんなり五百万円を渡したんだ？　あの事件は事情があって、マスコミ報道はされなかったはずだぞ」

「あいつは、長瀬は『ミッシェル』の経営者と知り合いだから、事件の一部始終を知ってると言ったんだ」

「そいつは、はったりさ。長瀬が、そこまで調べられるわけない。おまえが殺した娘《こ》は、元総理大臣の稲垣薫の孫娘だったんだ。だから、箝口令《かんこうれい》が敷かれてたんだよ」

「長瀬の奴め！」

「おまえは強迫観念に負けて、つい金を出してしまった。そうだな？」

「はい、そうです」

羽佐田が認めた。

「さらに長瀬に脅迫されるような気がして、おまえは彼を無灯火の四輪駆動車で轢《ひ》き殺そうとしたり、クラウンに爆破装置を仕掛けたなっ」

「そんなことはしてないっ。おれは、あいつにサバイバルナイフを送りつけただけだ。長瀬は学友だった奴だから、殺す気なんか起きなかったよ」

「それじゃ、有栖川宮公園で長瀬を殺《や》ったのはおまえじゃなかったというのか？」

剣崎は確かめた。

「絶対におれじゃない。それだけは信じてくれ。そりゃ、長瀬には腹が立ったさ。だけど、おれは奴に借りもあったんだ」

「借り？」

「おれは城南大学に裏口入学したんだよ。おれの頭じゃ、まともには卒業できないとこだったんだが、半分ぐらいの単位は長瀬が取ってくれたんだ」

「テストのとき、替え玉受験してもらったのか？」

「そうなんだ。それから、卒論もほとんど奴に書いてもらったんだよ。だから、少しぐらい金を強請《ゆす》られてもいいと思ってた。それにエイズで、おれは長く生きられないと思ってたしね」

「それじゃ、長瀬は誰に殺《や》られたんだっ」

「そんなこと、知らないよ。とにかく、このおれじゃない。おれは、外国人娼婦やチャラチャラしてる日本の女を苦しめたかっただけさ」

「しかし、おまえは『ウィズ』に長瀬名義の名刺を十三枚も落としてる。それから、長瀬の名を騙って女遊びもしたな？」

「どっちも、ただの腹いせだったんだ。それに、警察の目を逸らせられればって思ったんだよ」

「いずれ、真実はわかるさ」

「おれは長瀬は殺《や》っちゃいないって」

羽佐田が焦《じ》れたように喚いた。

剣崎は返事をしなかった。ＢＭＷは、もうすぐそこだった。

羽佐田とミニドレスの女を後部座席に坐らせると、剣崎は助手席の携帯電話を掴み上げた。柿沼署長に電話をして、今後の処置を仰ぐ気になったのだ。

ややあって、署長の声が耳に流れてきた。

「本件の真犯人《ホンボシ》を検挙《アゲ》ました」

剣崎は淡々とした気持ちで告げた。

3

豪華なメニューだった。

円卓には北京《ペキン》ダック、鱶鰭《ふかひれ》の姿煮、伊勢海老《えび》をメインにした海鮮料理などが並んでいる。

酒の種類も多い。ビールのほかに、白酒《パイチュウ》や老酒《ラオチュウ》もあった。

歌舞伎町にある高級中華飯店の個室だ。

剣崎の慰労会だった。テーブルには剣崎のほか、柿沼署長、関刑事課課長、斉田刑事がついていた。

羽佐田を逮捕した翌日の夜だ。

今朝《けさ》の取り調べで、羽佐田は稲垣なつみ、ノイ・パランチャイ、ルース・ラウロンの三人を殺害したことを進んで自白した。

リサたち外国人ホステスに性的ないたずらをしたことも認めた。しかし、長瀬拓磨に関する一連の事件には関与していないと主張している。

長瀬殺しについては、確かに潔白だった。事件当夜、羽佐田には完璧《かんぺき》なアリバイがあった。

いったい誰が彩子の旦那を殺したのか。

剣崎はそう思いながら、白酒を傾けた。

捜査本部事件は解決したが、なんとなく気持ちが晴れない。長瀬が強請を働いていたことも気分を暗くさせていた。

昼間、斉田がそのことを彩子に伝えたはずだ。いま、彩子はどんな気持ちでいるのだろうか。

「剣崎君、遠慮無く飲《や》ってくれたまえ」

署長が上機嫌な様子で言った。

「いただいてます」

「そうかね。きょうは実に気分がいい。きみのおかげで、本庁の連中の鼻を折ることができたよ。阿久津警部なんか、むっつり押し黙ったままだった」

「そうですか」

「きみには本当に感謝してるよ。しかし、きみを表舞台に立たせてやれないのが残念だ。剣崎君、すまんな」

「気にしないでください。わたしは現場の捜査に携《たずさ》われただけで、充分に満足してます」

剣崎は笑顔で言った。表向きは斉田が手柄を立てたことになっていた。

「捜査費の請求書を早く出してくれないか」

「たいして費用はかかりませんでした」

「それは、いかん。それでは、きみに迷惑をかけてしまう。約束通り、捜査費用はわたしがポケットマネーで払うから、明日にでも請求してくれよ」

「そうさせてもらいます」

剣崎はそう答えたが、署長のポケットマネーを減らす気はなかった。

「きみのような優秀な刑事を交通課に飛ばすなんて、警察の首脳部もどうかしてるよ」

関が鱶鰭の姿煮を小皿に取りながら、赤い顔で言った。課長は下戸《げこ》に近い。ビールを一杯半ほど飲んだきりだった。

「わたしは、それだけのミスをしてますんで」

「別に刑事罰を喰《く》らったわけではないんだから、そんなふうに卑下する必要はないよ」

「そうですよ」

斉田が関課長に同調した。

剣崎は目で斉田に笑いかけ、肉粽《にくちまき》に箸《はし》を伸ばした。

「署長、剣崎君をこれでお役ご免にするのは、なんか惜しいですね」

関が隣の柿沼を顧《かえり》みる。

「わたしも、そう思ってたとこだよ」

「今後も、うちの課の特捜刑事として活躍してもらってもいいでしょ？」

「わたしのほうはかまわんが、剣崎君、きみの気持ちはどうなのかね？」

柿沼署長が問いかけてきた。

「わたし個人の気持ちとしては、喜んで刑事課のお手伝いをさせてもらいたいと思ってます。しかし、人見課長の立場もあるでしょうし」

「彼なら、なんとかなりそうだよ」

「そうでしょうか」

「わたしが責任を持って人見課長のほうは説得するから、今後も協力してもらえないかね？」

「そういうことでしたら、喜んでお手伝いさせてもらいます」

「ひとつよろしく頼むよ。それにしても、今夜は酒がうまい！」

署長は唸《うな》るように言って、老酒を飲み干した。関が、すかさず酌をする。

斉田は黙々と料理を胃袋に送り込んでいた。

剣崎はセブンスターに火を点けた。そのとき、斉田が言った。

「自分、なんだか羽佐田が哀れに思えてきましたよ。てっきり自分がエイズに罹ったと早合点したために、自棄《やけ》を起こして三人も人を殺すことになったわけですからね」

「わたしは羽佐田には少しも同情しない。自業自得だよ。無節操に女遊びなんかしてたから、こんなことになってしまったんだ。斉田君も少し遊びを慎んだほうがいいぞ」

関が言った。すると、斉田が真顔で抗議した。

「課長、人聞きの悪いことを言わないでくださいよ。知らない人が聞いたら、本気にしちゃうじゃありませんか」

「冗談さ。そうむきになるなよ」

関課長が高笑いをした。

それから三十分ほどして、宴《うたげ》は終わった。

柿沼と関は署に戻っていった。剣崎は斉田を誘って、『磯繁』に回った。

店内は割に混んでいた。カウンターの端しか空いていない。手洗いに近い場所だった。

二人はカウンターに並んで腰かけた。

剣崎はビールと数品の肴《さかな》を注文した。乾杯をしてから、斉田が口を開いた。

「あなたの捜査は、まだ終わってないんですね」

「どういう意味なんだい？」

「剣崎さんと長瀬夫人とは、何かわけありと睨《にら》んだんですがね」

「何を言ってるんだ。自慢にゃならないが、おれはずっと女には縁がなかった男だぜ」

剣崎はビールを呷《あお》った。

「隠さなくてもいいでしょ。あなたと彼女の間には、かつて何かがあった。そんなことは気配でわかりますよ」

「少し酔ったんじゃないのか」

「あれぐらいの酒、どうってことはありません。自分、素面《しらふ》に近いですよ」

「そんなふうに言ってる奴が急に足を取られたことがあったな」

「剣崎さん、茶化さないでください。自分は、長瀬殺しの件でも助手を務める気でいるんですから」

斉田が真剣な表情で言った。

「おれは麻布署の事件《ヤマ》にゃ、もう興味ないよ。マークしてた羽佐田には事件当夜のアリバイがあったわけだから」

「いや、あなたは長瀬殺しの犯人を追う気でいますね。長瀬夫人のために、そうするはずです」

「なぜ、そう思うんだい？」

「あなたなら、そうするにちがいないと感じたんです」

「それじゃ、答えになってないな」

剣崎は小さく笑って、川海老の唐揚げを口の中に放り込んだ。

「余計なことをしたと叱《しか》られそうだけど、実は自分、慰労会の前に麻布署の知り合いに会ってきたんです」

「ふうん」

「その後、目撃者が現われたらしいんですよ。長瀬拓磨が殺された晩、有栖川宮公園で野宿してたホームレスの男が犯行現場の近くで黒ずくめの美青年を見たというんです」

「その時刻は？」

「十一時三十分前後だったそうです。確か剖見（解剖所見）によると、長瀬の死亡推定時刻も……」

「合致してるな。その美青年のことをもっと詳しく話してくれ」

「やっと正直になってくれましたね」

斉田が嬉《うれ》しそうに笑って、言い重ねた。

「身長は百六十五、六センチで、口髭《くちひげ》を生やしてたそうです。でも、ちょっと中性っぽかったって話でしたね」

「そうか」

「そいつのものかどうかはっきりしないらしいんですが、現場の外れに一つだけ足跡がくっきりと残っていたそうです。それが、二十四センチと小さかったというんですよ」

「ほかに新しい手がかりは？」

「あります。八雲の自宅に長瀬の代理と名乗って偽電話をかけた女は、電話に出た八雲夫人に最初、『拓磨さんの代理の者』と言ってから、慌《あわ》てて『長瀬拓磨さんの……』と言い直したらしいんです」

「姓ではなく名を口走ったってことは、長瀬とかなり親しい間柄と考えてもよさそうだな」

剣崎は低く呟《つぶや》き、煙草をくわえた。

「自分も、そう思いました」

「美青年に見えた奴が、実は女だったとは考えられないだろうか。八雲を電話で犯行現場に誘《おび》き出《だ》したのは、女だったのかもしれないぞ」

「しかし、目撃者の話によると、美青年は口髭をたくわえてたった話でしたよ。いくら毛深い女でも、口髭は生やせないでしょ？」

斉田が呆《あき》れ顔で言った。

「付《つ》け髭《ひげ》ってことも考えられるじゃないか。暗闇の中なら、髭が本物かどうかなんて識別できないぜ」

「それもそうですね。だったら、美青年に見えた奴が女だということもあり得るな」

「ああ」

「誰か思い当たる人物はいます？」

「いや、特定の人間は思い浮かばないな」

剣崎は答えながら、黒いプリウスに乗っていたサングラスの女のことを思い起こしていた。

プリウスの持ち主は保坂英理香という名だった。羽佐田の愛人だと思っていたが、どうやら違うらしい。彼女は、いったい何者だったのか。

後で調べてみるつもりだ。

剣崎は短くなったセブンスターの火を消した。

そのとき、斉田が手洗いに立った。剣崎は懐から手帳を摑み出し、ついでにスマートフォンも取り出した。その場で、保坂英理香の家に電話をかける。

受話器を取ったのは、年配の女だった。

「こちらは新宿署の交通課ですが、英理香さんはいらっしゃいます？」

「娘はアメリカに留学中ですが……」

「おたくには、英理香さん名義の黒いプリウスがありますよね？」

「はい。でも、二週間ぐらい前に盗まれてしまったんです。英理香の弟がちょっと車から目を離した隙《すき》に、サングラスをかけた若い女に乗り逃げされたらしいんですの。一応、こちらの警察に盗難届を出してありますけどね」

「そうでしたか。どうもお騒がせしました」

剣崎は電話を切った。

プリウスが盗難車なら、サングラスの女の正体を突きとめる術《すべ》はない。剣崎は手帳と携帯電話を上着の内ポケットに戻した。

そのとき、店主が声をかけてきた。

「支社の仕事に身を入れる気になったようだね」

「喰わなきゃならないからな」

「人生、ある程度の妥協は必要だよ」

「そうだね」

剣崎は調子を合わせた。

まだ斉田は戻ってこない。剣崎は手酌でビールを飲んだ。ほどなく斉田が戻ってきた。手洗いが混んでいたらしい。

二人は小一時間後に腰を上げた。

ＢＭＷは署の駐車場に置いてある。剣崎は、斉田と一緒に職場に戻った。

交通課を覗くと、誰もいなかった。

剣崎は自席につき、彩子に電話をかけた。六度目のコール音の途中で、彩子が受話器を取った。

「長瀬でございます」

「おれだよ。羽佐田のことは、斉田君から聞いたと思うが……」

「はい。長瀬が羽佐田さんから五百万円を強請り取ってたなんて、なんだか悪い夢を見ているようで、いまも信じられないの」

「そうだろうな」

「わたし、夫のことを何も知らなかったのね。それだけ、長瀬に無関心だったのかもしれないわ」

「どう答えればいいのか」

「弾みで、結婚なんかすべきじゃなかったんだわ。でも、夫は夫です。長瀬を殺した犯人が逮捕されるまで、わたし、この家に留《とど》まるつもりなの」

「そうしてやれよ」

「ええ。それにしても、なぜ、長瀬はお金に執着したのかしら？　多分、外の女性にいいところを見せたかったのね」

「それは、どうだろうか。旦那は五百万円には、まったく手をつけてなかったんだ。きみに何かしてあげたかったのかもしれないぞ」

剣崎は、そんな形でしか慰められなかった。想像にすぎないが、長瀬は若い愛人の歓心を買うつもりだったのだろう。

彩子は黙したままだった。

「旦那の事件は管轄外なんだが、おれも少し調べてみたいんだ。羽佐田の事件と関係があるのかどうかも、少し気になるからな」

「それで、わたしに何か？」

「ちょっと新情報を摑んだんだ」

剣崎はそう前置きして、斉田から聞いた話を伝えた。ついでに、自分の推測も語る。

「あなたがおっしゃるように、その美青年が女である可能性もありそうね」

「旦那の知り合いで、男装癖のある女はいないか？」

「そういう知人はいないと思うわ」

彩子が即座に答えた。

「それじゃ、役者は？」

「そういう人も周りにはいないけど、遥さんが娘時代に宝塚歌劇団の研究生だったという話は長瀬から聞いたことがあるわ」

「男役だった？」

「ええ、そうだったらしいわ。途中で体をこわして、結局はやめちゃったらしいんだけどね」

「きみの家に遥さんの男装姿の写真は？」

「ないわ、一枚も。剣崎さん、遥さんを疑ってるの⁉」

「そういうわけじゃないが、一応、調べてみようと思ってね」

「彼女が長瀬を殺すわけないわ。二人は、まるで兄妹《きょうだい》みたいに仲がよかったのよ」

「なら、遥さんは犯人じゃないんだろう」

「絶対に彼女は無関係だわ」

「ほかに変装できそうな人物は？」

剣崎は訊いた。

「ちょっと思い当たらないわね」

「そう。ところで、高取さんのアドレスを参考までに教えてもらえないか」

「まだ遥さんを疑ってるの⁉」

「いや、そういうわけじゃないんだ。彼女に会えば、きみの知らない長瀬氏の交友関係が浮かび上がってくるかもしれないと思ったんだよ」

「ええ、そうね。彼女のほうが主人と長いつき合いだったんだから、確かにわたしの知らない側面も知ってるかもしれないわ。ちょっと待ってて」

彩子が保留ボタンを押したらしく、美しいメロディーが響いてきた。

待つほどもなく、彼女の声がした。剣崎は高取遥の自宅の住所と電話番号を手帳に書き留めた。

「遥さんを傷つけるような聞き込みはしないでね」

「ああ、わかってる。お寝《やす》み！」

剣崎は通話を打ち切り、すぐに交通課を出た。

駐車場に回ると、本庁捜査一課の連中がいた。矢島刑事がさりげなく近づいてきて、低く言った。

「おめでとう！」

「いや、おれは何もしちゃいませんよ。斉田君の粘り勝ちです」

「そういうことにしておこう」

「本部は解散ですか？」

剣崎は遠くで仏頂面をしている阿久津警部に目を当てながら、小声で確かめた。

「ああ。これから、うちの連中だけで残念会をやろうってことになったんだ」

「阿久津警部、荒れそうですね」

「そうだな。しかし、彼にはいい薬さ。まあ、元気でやってくれ」

矢島がそう言い、仲間のいる場所に駆け戻っていった。

剣崎は帰途についた。

4

蟬時雨《せみしぐれ》が喧《やかま》しい。

墓地は、うっそうとした木立《こだち》に囲まれている。世田谷区北烏山《きたからすやま》にある寺だ。近くには、十を数える寺院があった。

剣崎は身を屈めながら、目で高取遥の姿を捜した。

遥は黒御影石《くろみかげいし》の墓の前にぬかずいていた。地味な服装だった。

慰労会があってから、三日が経《た》っている。

剣崎は連日、遥を尾行しつづけていた。しかし、これといった収穫はなかった。遥は溝口《みぞのくち》にある自宅マンションからアパレルメーカーやブティックに出かけるだけで、不審な行動は見せなかった。

きょうの動きは、いつもと少し違っていた。

遥は午前十時過ぎに自宅マンションを出ると、神田神保町《かんだじんぼうちょう》にある大手出版社に出向いた。

編集者らしい男女と近くのティールームで打ち合わせを済ませ、その後、この寺町にやってきた。寺の近くで缶ビールと花を買い、墓地に入ったのだ。本堂には寄らなかった。

遥は長いこと墓の前にうずくまっていた。

途中でハンカチを取り出した。彼女は涙ぐんでいた。いったい誰の墓なのか。

剣崎は目を凝《こ》らした。

墓石には、中里家之墓と刻まれていた。割に新しい卒塔婆が何枚かあった。

残念ながら、死者の俗名までは読み取れない。身内の墓なのか、それとも親しかった知人のものなのか。

遥が立ち上がった。

線香の煙は、ほぼ垂直に立ち昇っている。ほとんど無風状態だった。缶ビールと花が手向《たむ》けられていた。

遥が柄杓《ひしゃく》の入った手桶《ておけ》を持って、ゆっくりと剣崎の方に歩いてくる。剣崎は墓石の陰に隠れ、息を潜めた。

遥が墓地を出て、境内に駐めてあるレモンイエローのアウディに乗り込んだ。彼女の車だ。住職に挨拶《あいさつ》もせずに、そのまま帰る気らしい。

剣崎は尾行をいったん打ち切り、中里家の墓に近づいた。石囲いのある墓だった。墓所には灌木《かんぼく》が植えられ、玉砂利が敷き詰められている。

黒い墓石は濡れて、艶《つや》やかだった。

剣崎は短い階《きざはし》を昇り、卒塔婆を一枚一枚調べてみた。死者の数は三人だった。男女二人は、ともに七十過ぎに没していた。

残りのひとりは、三十一歳で他界している。中里佑介《ゆうすけ》という名だった。死去したのは、今年の二月二十六日だ。

年恰好《としかっこう》から考えて、この中里佑介と遥は恋人同士だったらしい。

剣崎はそう考えながら、寺の庫裏《くり》に足を向けた。

玄関の戸は開け放たれ、広い三和土《たたき》には水が打ってあった。涼感を誘う。

「ごめんください」

剣崎は奥に声をかけた。

少し待つと、初老の女が現われた。浅葱色《あさぎいろ》の麻の着物を身につけている。上品な顔立ちだった。

「新宿署の者です。ご住職は？」

剣崎は警察手帳を見せ、すぐに問いかけた。

「あいにく主人は出かけておりまして、夕方にならなければ戻らないんですのよ」

「そうですか。ちょっと檀家《だんか》のことでうかがいたいことがあるんですよ。奥さんでも、おわかりになるんじゃないかな」

「どんなことでしょう？」

住職夫人が上がり框《かまち》に正坐した。

剣崎は框に腰かけた。

「この二月に亡くなられた中里佑介さんのことを少し知りたいんです」

「ああ、その方はご自分のお店で焼死されたんですよ。まだ若いのに、お気の毒にね」

「店が火事になったんですか？」

「ええ、そうらしいの。中里さんは四谷三丁目で『ガルシア』というスペイン料理店を経営されてたんですが、厨房《ちゅうぼう》から出火して、お店は全焼してしまったそうです」

「それは気の毒な話だな」

「中里さんはお客さんや従業員を脱出させるのに手間取ってしまって、ご自分は逃げ遅れてしまったんだそうです。新建材の有毒ガスに巻かれて、逃げきれなかったらしいんですよ」

住職の妻が同情に満ちた声で言った。

「中里佑介さんは独身だったんですか？」

「ええ。でも、婚約者がいらっしゃったんですよ」

「その方の名前、わかります？」

「ええ。高取遥さんとおっしゃる方で、とってもおきれいな娘さんです。彼女は毎月、佑介さんのお墓参りをしています。最近は本堂や庫裏に声をかけてくれませんが、月命日には必ずお見えになってますね」

「そうですか。中里さんの店は、その後どうなったんでしょう？」

「ビルのオーナーが店の再建に強硬に反対したとかで、結局、料理長だった方が別の場所で同名の店をやってるそうですよ」

剣崎は訊いた。

「そのオーナーシェフの方は、なんとおっしゃるんです？」

「石倉淳《いしくらじゅん》って方です。お店は、神楽坂《かぐらざか》にあると聞いています。石倉さんも先月、お墓参りに見えたんですよ。中里さんにお店をオープンしたって報告にいらしたんですの」

「とても参考になるお話をありがとうございました」

「何か事件ですの？」

住職夫人が問いかけてきた。剣崎は適当に言い繕《つくろ》って、勢いよく立ち上がった。住職の妻も腰を浮かせる。

剣崎は境内を出て、裏通りまで走った。

そこに、ＢＭＷを駐めてあった。甲州街道に出て、神楽坂に向かう。

『ガルシア』を探し当てたのは、およそ一時間後だった。

ランチタイムが過ぎたからか、客の姿はなかった。テーブル席が五つしかない小さな店だった。ウェイトレスがひとりいるきりだ。

剣崎は身分を明かして、石倉に面会を求めた。

ウェイトレスが奥の厨房に消えた。待つほどもなく、白いコック服を着た三十六、七歳の男が現われた。それが石倉だった。

剣崎はテーブルを挟んで、石倉と向かい合った。

「中里社長のことで何か？」

石倉が柔和な表情で促《うなが》した。

「火事のことを詳しく話していただけますか？」

「はい。あの日の午後九時ごろでした。アルバイトの大学生がオリーブ油の缶を担《かつ》いだまま、蹴《け》つまずいてしまったんですよ。缶の蓋は外してありました。油がレンジの火や床一面に飛び散り、あっという間に厨房は火の海になってしまいました」

「でしょうね」

「消化器を使ったんですが、火を鎮《しず》めることはできませんでした。わたしは三人の部下に逃げろと怒鳴ってから、中里社長と一緒にお客さんやダンサーたちを避難させたんです」

「ダンサーというと、前の店ではフラメンコのショーをやってたんですね？」

剣崎は確かめた。

「はい。スペインからダンサーやギタリストを招《よ》んで、毎夜、五ステージほど……」

「あなたと中里佑介さんは客やダンサーたちを脱出させてから、最後に？」

「そうだと思います。あのときは慌ててたので、お客さんが店内にいないかどうかを確認するのが精一杯でした。だから、脱出寸前に社長とわたしの二人だけだったのかどうか、よく思い出せないんですよ」

石倉の言い方には、何か含みが感じられた。

「それは、どういう意味なんでしょう？」

「ひょっとしたら、わたしたちのほかに誰か店内にいたかもしれないんです。というのは、煙の中で社長が呻き声をあげて倒れたんですよ。その直後、誰かが出口に向かう気配がしたんです。それから、わたしは『社長、早く逃げましょう』と大声をかけながら、外に逃れたんです」

「焼け落ちた照明器具が、中里さんの頭を直撃したんだろうか。それとも、何者かが故意に中里さんを何かで殴打したんだろうか」

「ガラスの砕ける音はしませんでした。もしかしたら、社長は椅子《いす》か何かで頭をぶっ叩《たた》かれて、逃げ遅れたんじゃないかと……」

「何か出火前にあったんですか？」

剣崎は煙草に火を点けてから、そう問いかけた。

「ええ、ちょっとトラブルが。酔った客がフランメンコダンサーに卑猥《ひわい》な野次を飛ばしたんで、社長がその男を強く窘《たしな》めたんですよ。そいつは逆上しかけたんですが、連れの仲間たちに制止されたんです」

「その連中は総勢で何人だったんです？」

「五人、いえ、六人だったかな。何かの飲み会の流れのようでした。もちろん、馴染《なじ》みの客じゃありませんでした」

石倉がそう言い、ウェイトレスにコーラを持ってくるよう命じた。

剣崎は遠慮したが、すぐに二人分のコーラが運ばれてきた。

「どうぞ」

「恐縮です。話のつづきですが、ダンサーをからかった男はどんな感じでした？」

「三十二、三歳で、背が高かったですね。店で揉《も》めごとが起こったとき、わたし、客席の様子を見に行ったんですよ」

「それで、ダンサーをからかった男を見てるんですね？」

「ええ、そうです。その男は背広の襟《えり》に何もつけてませんでしたが、連れの男たちは京和銀行のバッジをつけてました」

「どうして京和銀行のバッジとわかったんです？」

「高校のときの後輩が京和銀行渋谷支店に勤めてるんですよ。そいつ、いつも誇らしげに襟にバッジをつけてましたんでね」

石倉がコーラを飲んだ。

フラメンコダンサーを侮辱したのが長瀬拓磨だとしたら、遥に殺害の動機もある。

剣崎は煙草の火を消し、ゴブレットを掴み上げた。冷えたコーラが喉《のど》に心地よかった。

「社長がそいつに殴打されたんだとしたら、未必の故意を狙《ねら》った巧妙な殺人なんじゃないですか？　社長を起き上がれなくしておけば、当然、焼け死ぬことになりますからね」

「石倉さんはそのことを現場検証のとき、四谷署の者に話されたんですか?」

「いいえ、話しませんでした。社長の呻き声を聞いたことは事実なんですが、殴打されたところを見たわけじゃありませんので。それに、逃げていく人物もはっきりと見たわけではありませんしね」

石倉は無念そうな口ぶりだった。

「それじゃ、そのことは誰にも話さなかったんですね?」

「いいえ、社長の婚約者には話しました。高取遥という女性です」

「中里さんのフィアンセの反応は、どうでした?」

「とても驚いてました。それで、できたら自分で調べてみると言ってました。彼女の従兄《いとこ》が京和銀行赤坂支店に勤めてるから、調べる気になれば調べられるだろうと言ってたな」

「その後、高取さんは何か言ってきましたか?」

「いいえ、別に何も言ってきませんでしたね。当夜の客が、どこの支店の者かわからなかったんでしょう」

「この写真の男は、そのグループの中にいませんでした?」

剣崎は上着の内ポケットから、長瀬の写真を取り出した。写真を見るなり、石倉が高く叫んだ。

「社長と言い争ってたのは、こいつですよ！」

「間違いありませんね？」

「はい。ただ、この男が社長を何かで撲《なぐ》りつけて逃げたのかどうかはわかりませんが」

「後は、こちらで調べましょう」

「刑事さんは、なぜ、その写真をお持ちなんです？　そいつ、何か悪いことをしたんですか？」

「先日、有栖川宮公園で殺されたんですよ」

「ええっ。その事件のことは、それじゃ、新聞に載ったんでしょうね？」

「ええ、でかでかと」

「なんで見落としちゃったんだろう？　そうか、ちょうどスペインに行ってるときに事件が起こったんだな。旅行中に溜《た》まった新聞は、ろくに読まずに処分しちゃったんです」

「そう」

「そいつを殺した奴は、もう逮捕されたんですか？」

「いや、まだです」

剣崎は写真を上着の内ポケットに戻した。

「まさか社長の恋人がそいつを……」

「実は、そのあたりのことを調べてるんですよ」

「そうだったんですか」

「高取遥さんは、中里佑介さんといつ結婚することになってたんです？」

「この秋にマドリッドの教会で、二人は結婚することになってたんですよ。しかし、もう……」

石倉がうつむいた。

「それじゃ、中里さんが亡くなったときは、彼女、ショックだっただろうな」

「半狂乱でしたよ。刑事さん、どうなんでしょう？　高取さんが、その男を殺した可能性はあるんですか？」

「まだなんとも言えませんが、彼女が犯人でないことを祈りたいですね。殺された男は長瀬拓磨といって、高取さんの従兄なんですよ」

「なんですって⁉　そんな皮肉な偶然が世の中にあるなんて……」

「実際、皮肉な話ですよね。わたしが聞き込みに来たことは、どうか高取さんには内分に願います」

剣崎は腰を浮かせた。

胸が重苦しかった。遥が長瀬を殺害したと思われる。とはいえ、まだ確証を摑んだわけではない。

剣崎は胸のどこかで遥が事件に無関係であることを祈りながら、自分の車に乗り込んだ。

外堀通りに出て、赤坂見附まで走る。そこから青山通りに入り、そのまま玉川通りを直進した。

川崎市高津区《たかつく》溝口《みぞのくち》は、多摩川から遠くない場所にある。東急田園都市線と南武線《なんぶせん》がクロスする駅の周辺は、割に賑《にぎ》やかだった。商店、オフィスビル、マンションなどが混然と建ち並んでいる。

遥の住むマンションは、駅の北側にあった。

駅から徒歩で数分の距離だった。六階建ての賃貸マンションだ。

剣崎はマンションの近くで、遥の部屋に電話をかけた。先方の受話器が外れたのを確認し、無言で電話を切る。

遥の部屋は五〇一号室だった。

マンションはオートロック・システムではなかった。管理人もいない。

剣崎は勝手にエレベーターに乗り込み、五階に上がった。

五〇一号室のインターフォンを鳴らすと、遥の声で応答があった。剣崎は名乗った。

遥がすぐに玄関のドアを開けた。

今朝の衣服は、だぶだぶのTシャツとショートパンツに替わっていた。剝《む》き出しの白い脚《あし》がなまめかしい。

「刑事さんがわざわざ訪ねてくださったのは、従兄の事件が解決したからかしら？」

「残念ながら、そうじゃないんです。あなたに少しうかがいたいことがありましてね」

「事情聴取ですか。なんだか緊張しちゃうな。どうぞお入りになって」

「玄関先で結構です」

「奥でお話をうかがいますわ」

遥はそう言うと、早くも奥に向かっていた。

剣崎は靴を脱いだ。

そのとき、女物のスニーカーが目に留《と》まった。遥の靴だろう。

剣崎は素早くスニーカーの大きさを調べた。二十四センチだった。胸のうちが一瞬、翳った。間取りは１ＬＤＫだった。

剣崎は勧められ、リビングソファに腰かけた。その斜め前に遥が坐る。

エア・コンディショナーが作動していた。モーターの音は小さかった。静音設計の機種らしい。

「正直に申し上げましょう。この三日間、あなたの動きを調べさせてもらいました」

剣崎は言った。

「なぜなの？　なぜ、このわたしのことを……」

「長瀬拓磨さんが刺殺された現場近くで、ある者が美青年を目撃してるんですよ。長瀬さんの死亡推定時刻の午後十一時半ごろにね。あなたは昔、宝塚歌劇団の研究生だった。それも、男役だったそうじゃないですか」

「それは事実です。だからといって……」

「犯行現場の近くに、犯人の足跡と思われるものが一つだけあったんです。それは、二十四センチでした。あなたは何センチの靴を履いてます？」

「メーカーによって、同じサイズでも多少、大きさが違うんです。だから、二十四センチの靴を履いたり、二十四・五センチのものを選んだりしてます。シューズボックスを覗いてみます？」

遥が問いかけてきた。揶揄《やゆ》するような口調だった。

「それは遠慮しておきましょう。二月二十六日に亡くなった中里佑介さんとあなたの間柄も調べさせてもらいました。そしてその夜、中里さんの店で長瀬拓磨さんがちょっとした騒ぎを起こしたこともね」

「何がおっしゃりたいの？」

「中里さんに強く窘《たしな》められた長瀬氏が出火時に、腹いせに中里さんを椅子か何かで殴打したとも考えられるんですよ。気絶したか何かで逃げ遅れた中里さんは、不運にも焼死してしまった」

　剣崎は言った。

「やめて！　彼の最期《さいご》を想像したくないの」

「いま話したことが事実だとしたら、あなたには従兄を殺害する動機があるわけだ」

「わたしが、なんで従兄を殺さなきゃならないのっ。それに、その晩、わたしにはれっきとしたアリバイがあります」

「どこにいらしたんです？」

「行きつけのスナックで午後十時半ごろから午前一時近くまで、ずっと飲んでたわ」

　遥が抗議するような語調で言った。

「その店の名は？」

「『エル』ってお店よ。南青山三丁目にあります。三丁目の交差点から、少し青山霊園に寄った場所よ。マスターや常連客に確かめていただきたいわ。そうすれば、わたしの疑いは晴れるはずです」

「さっそく調べさせてもらいましょう」

　剣崎は立ち上がった。

　遥は腰を上げようとしなかった。表情が硬い。

　剣崎は部屋を出て、エレベーターホールに向かった。

ＢＭＷに乗りかけたときだった。マンションのエントランスロビーに入る若い女が目に留まった。

なんと先日、盗難車で尾行していた女だった。剣崎はマンションに引き返した。

女はエレベーターを待っていた。

髪型や体つきが遥に似ている。化粧の仕方にも類似点があった。宝塚時代の仲間なのかもしれない。

女がエレベーターに乗り込んだ。

剣崎は階段を駆け上がった。五階の廊下に達したとき、ちょうど女が五〇一号室に吸い込まれたところだった。

彼女は遥に頼まれて、こちらの動きを探っていたのだろう。少し張り込んでみるべきだろう。

剣崎は、その場に留まった。

5

小さな店だった。

Ｌ字形のカウンターとボックス席が二つあるきりだ。

『エル』には、四人の若い客がいた。男ばかりだった。

剣崎はカウンターに歩み寄った。

午後九時過ぎだった。五十分ほど前まで、剣崎は遥の部屋の近くで張り込んでいた。だが、ついに二人の女は姿を見せなかった。

「なんでしょう？」

カウンターの中にいる四十代半《なか》ばの男が、警戒気味に訊いた。下脹《しもぶく》れの顔だった。

「おたくがマスター？」

「そうですが……」

「新宿署の者です」

剣崎は警察手帳を短く呈示《ていじ》し、スツールに腰かけた。カウンターの端にいる男たちが、剣崎とマスターを交互に見る。

「うちは警察の手を煩《わずら》わせるようなことはしてないつもりですがね」

マスターが迷惑顔で言った。

「客のことで、ちょっと訊きたいことがあるだけです」

「どなたのことなんです？」

「高取遥さんをご存じでしょ？」

「ええ、よく知ってますよ。遥ちゃんは週に二度は来てくれる常連さんですんで」

「そうらしいですね」

剣崎は、長瀬の殺された晩のことを訊いた。

「あの晩、遥ちゃんは十時過ぎに来て、午前一時近くまでいたと思いますよ」

「それをおたくのほかに立証できる人は？」

「こちらのお二人が、ほぼ同じ時間帯に飲んでいました」

マスターがそう言い、カウンターの端にいる男たちに目を向けた。

二人とも二十代の後半で、くだけた身なりをしている。仕事は自由業なのだろう。

「確かにその夜、彼女はいましたよ。ここにいた時間帯は、マスターの言った通りです」

「うん、そうだったな」

男たちが口々に言った。剣崎は短く礼を述べた。

「遥ちゃん、どんなことで疑われてるんです？」

マスターが小声で訊いた。

「いや、まだそこまでは……」

「遥ちゃんは何か危《ヤバ》いことをやるような女性《ひと》じゃありませんよ。そりゃ、酒気帯び運転ぐらいはたまにやるかもしれませんけど」

「彼女は、ひとりだったんですね？」

「ええ、そうです。時々、仕事関係の人間を連れてくることもありましたけど、いつもはだいたい彼女ひとりです」

「そうですか。問題の晩、いつもと様子が変わってたことは？」

「特になかったですね」

「マスター、あの晩、遥ちゃんはずっとサングラスをかけてたんじゃなかった？」

　客のひとりが口を挟んだ。

「そういえば、そうだったね。結膜炎《けつまくえん》か何かで目が真っ赤だからって、サングラスをかけっぱなしだったな」

「レンズの色は？」

　剣崎はマスターに問いかけた。

「深緑の濃いやつでした」

「それじゃ、目が見えなかったでしょ？」

「ええ。でも、間違いなく遥ちゃんでしたよ」

「結膜炎に罹ったくらいで、なぜ、ずっと目を隠す必要があったんだろう？」

「さあ？　そのあたりのことはわかりませんね」

「高取さんは、ずっと同じ席で飲んでたのかな？」

「ええ。いま、あなたが坐ってる席でね。途中で一度、手洗いに立ったかな」

「スツールから離れたのは、それだけでした？」

「いいえ。数分、離れましたよ。車に煙草を取りに行ったんです。彼女が愛煙してるバージニア・スリムライトの買い置きがなかったんでね」

「それは何時ごろでした？」

剣崎はセブンスターをくわえた。マスターが灰皿を剣崎の前に置き、すぐに答えた。

「十時五十分ごろでしたね。わたし、そのときに何気なく腕時計に目をやったんですよ」

「そうですか。店に戻ってきてから、何か変わったことは？」

「別にありませんでしたね。ただ、急に酔いが回ったらしく、ピッチがぐっと落ちましたけど。それから、うつむきがちになったな」

「どういうことなんだろう？」

「気持ちが悪くなったのかもしれません。それで、わたし、何度か大丈夫かって声をかけたんですよ」

「そうしたら？」

「大きくうなずいて、そのつど笑い返してきました」

「つまり、喋《しゃべ》らなかったんですね？」

「ええ」

「妙だな」

剣崎は煙草の火を消した。

「何がです？」

「普通は『大丈夫よ』とか、『少し酔っちゃった』ぐらいは言うでしょ？」

「悪酔いしてるときは、喋るのも大儀なんじゃありませんか。喋ろうとして吐いてしまうケースはよくありますからね」

「帰るとき、何か言いました？」

「ええ、小声で『またね』って。遥ちゃんはツケなんですよ。だから、居合わせた常連さんに軽く手を振って帰っていきました」

「足取りは？」

「少しふらついてるようでしたけど、車の中で酔いを醒《さ》ますんだろうと思って、別に何も言わなかったんです」

マスターが弁解口調で言った。

遥は煙草を車に取りに行くと言って、そのときに背恰好の似た友人とすり替わったのではないか。

剣崎は疑惑を懐《いだ》いた。

二人一役のトリックを使えば、遥は充分に犯行現場の有栖川宮公園に行ける。八雲の自宅に電話をかける時間もあったにちがいない。

おおかた遥は、予《あらかじ》め従兄の長瀬と公園内で落ち合う約束をしてあったのだろう。ことによると、彼女は長瀬が羽佐田を強請っていた気配を嗅《か》ぎ取っていたのかもしれない。

そのことを仄《ほの》めかして長瀬を誘き出し、いきなりナイフで刺殺した。グロリア交通の創業四十周年記念のボールペンは長瀬に貰《もら》ったか、盗み出したのではないか。

そのボールペンをさりげなく犯行現場に落としておいたのは、むろん捜査当局の目を羽佐田に向けさせるためだ。八雲を偽電話で犯行現場に行かせたのも、自分に疑いがかからないよう工作したのだろう。

そんなふうに推測を重ねていくと、遥への疑念はいっそう深まった。

しかし、物的な証拠はないに等しい。どうすれば、遥の尻尾《しっぽ》を摑むことができるのか。ひどくもどかしい気持ちだった。

「刑事さん、失礼な言い方になりますけど、遥ちゃんを疑っても時間の無駄になるだけなんじゃありませんか？」

マスターが言った。

「われわれの仕事は無駄ばかりなんですよ。しかし、そういう無駄の中にも事件を解くヒントがある場合もありましてね」

「それはそうでしょうが、遥ちゃんについては……」

「どうもお忙しいところをありがとうございました」

剣崎は話の腰を折って、勢いよく立ち上がった。

店のある雑居ビルを出ると、少し離れた場所にレモンイエローのアウディが停まっていた。遥の車か。

運転席には人影があったが、その顔はよく見えなかった。ただ、肩の線は女っぽかった。遥が気になって、様子を探りにきたにちがいない。

剣崎は、そう思った。

ちょうどそのとき、レモンイエローのドイツ車が急発進した。剣崎は路上に駐めてあるBMWに飛び乗った。ドライバーの正体を確かめる気になったのだ。

アウディは青山通りから内堀通《うちぼりどお》りをたどって、湯島《ゆしま》方面に向かっていた。

運転者は尾行に気づいている様子だ。それでいて、ドライバーは尾行を撒《ま》こうとしない。

罠《わな》だろう。

剣崎は直感した。

だが、怯《ひる》まなかった。相手は女だ。たとえ荒っぽい男たちが待ち受けていたとしても、逃げ出す気はなかった。それにグローブボックスには、シグ・ザウエルＰ230Ｊが入っている。
アウディは不忍池《しのばずのいけ》を回り込み、『精養軒《せいようけん》』の裏道に停まった。すぐに女が降りた。
黒いプリウスに乗っていた女だ。
この近くに遥がいるのだろう。
剣崎は拳銃をグローブボックスから取り出し、ベルトの下に差し入れた。弾倉《マガジン》には
五発の実包が詰まっている。
女が小走りに上野公園の中に入っていった。
剣崎は車を降り、駆け足で追った。女は東京文化会館の方に曲がりかけたが、すぐ
に思い留まり、東京国立博物館の方に向かった。
若いカップルや路上生活者《ホームレス》の姿が暗がりの奥に見えた。どこかで地虫が鳴いている。
蚊も多い。
女は博物館の手前で右に折れ、少し先で今度は左に曲がった。
路《みち》の左手に東洋館の建物があり、右手は輪王殿《りんのうでん》だった。境内の闇は漆黒《しっこく》に近い。建
物や樹木の輪郭《りんかく》がおぼろで、影絵を見ているような感じだ。
急に女が立ち止まって、苛立《いらだ》たしげに叫んだ。
「どこまで追っかけてくる気よっ。わたしが何かした？」
「この前、きみは盗んだプリウスでおれを尾けてたな。だから、ちょっと気になった

のさ」

剣崎は言い返した。

ほとんど同時に、暗がりから四つの影が現われた。

剣崎は、迫ってくる人影に目を当てた。

四人の男は日本人ではなかった。揃《そろ》って彫りの深い顔立ちだった。鷲鼻《わしばな》で、目つきが鋭い。

イラン人だろうか。男たちは、それぞれ金属バットや鉄パイプを握っている。

「おれは警察官だ。おまえら、それを知ってるのかっ」

剣崎は英語で怒鳴った。

リーダー格の男が早口で、三人の仲間に何か言った。ペルシャ語だろう。

金属バットを持った男が何か喚きながら、襲いかかってきた。

剣崎は特殊警棒を腰の後ろから抜き取り、素早く三段式のロッドを引き伸ばした。

そのとき、耳のそばで風切り音が聞こえた。金属バットの唸りだった。

剣崎は横に跳《と》び、警棒で相手の顔面を突いた。

金属バットの男がよろけ、尻《しり》から落ちる。

剣崎は男の頭を特殊警棒で打ち据え、金属バットを遠くに蹴った。

正面にいた男が高く舞った。男は宙で鉄パイプを振り被《かぶ》った。

剣崎は特殊警棒を水平に薙《な》いだ。空気が縺《もつ》れ合う。

手応えがあった。男の向こう臑《ずね》が鈍く鳴った。

バランスを崩した相手が悲鳴を発しながら、路面にどさりと落ちた。鉄パイプが飛んだ。

剣崎はすかさず駆け寄って、男の腹を蹴りつけた。爪先が深く埋まる。

男が野太く唸った。数秒後、剣崎は肩に激痛を覚えた。

筋肉がひしゃげ、骨まで痛みが響いた。背後から、鉄パイプで強打されたのだ。

剣崎は痛みを堪《こら》えて、自ら転がった。

弾みで、ベルトから拳銃が抜け落ちる。すぐに拾い上げかけたが、先に敵に拳銃を蹴られてしまった。

シグ・ザウエルＰ230Ｊの擦過音を響かせながら、路面を滑走した。

鉄パイプが空を切った。剣崎は右の腕を叩かれ、思わず特殊警棒を放してしまった。

特殊警棒よりも、拳銃だ。敵の手にシグ・ザウエルＰ230Ｊが渡ったら、取り返しのつかないことになりかねない。焦躁感《しょうそうかん》に胸を噛《か》まれた。

剣崎は犬のように這った。

銃把《じゅうは》を掴みかけたとき、下から腹を蹴られた。筋肉と内臓が捩《よじ》れた。

一、二秒、意識も霞んだ。剣崎は地に伏した。

リーダー格の男が金属バットを捨て、両手でシグ・ザウエルP230Jを掴み上げた。撃鉄が起こされた。剣崎は戦慄《せんりつ》を覚えた。どう闘うべきか。考える前に、自然に体が動いていた。

剣崎は、男の捨てた金属バットを拾った。

その瞬間、重い銃声が轟いた。赤い銃口炎《マズル・フラッシュ》が男の手の甲を染める。

放たれた銃弾は剣崎の太腿の肉を数ミリ抉《えぐ》り、大きく弾んだ。跳弾は繁《しげ》みの中に落ちたようだった。

倒れた剣崎は肘《ひじ》で体を支え、リーダー格の男の股間に金属バットの先をめり込ませた。

男が数度跳《と》びはね、ゆっくりと頽《くずお》れた。

剣崎は敏捷《びんしょう》に身を起こし、自分の拳銃を取り返した。男たちが身を竦《すく》ませた。

「全員、武器を捨てるんだっ」

剣崎は英語で命じた。

だが、男たちは得物《えもの》を放そうとしない。やむなく剣崎は、夜空に向けて一発撃った。

凄《すご》みのある銃声が夜気を震わせ、硝煙があたりに拡散した。

男たちがようやく武器を捨て、両手を挙げた。

剣崎は三人の男を俯《うつぶ》せにさせてから、リーダー格の男を掴み起こした。アウディを運転していた女の姿は、いつの間にか掻き消えていた。

「おまえ、日本語喋れるか？」

「少しだけ」

リーダー格の男が答えた。

「イラン人だな？」

「そう。みんな、同じ国の仲間ね」

「なんて名だ？」

「わたし、ハサン・ジャファリ。わたしたち、かわいそうな人間ね」

「なぜ、かわいそうなんだ？」

剣崎は訊き返した。

「わたし、そこにいるバハラム、アリ、ゴーラムの四人で、昔は代々木公園で焼き肉《キャバブ》売ってた。キャバブ、イラン人の大好物ね。とてもよく売れた。でも、いまは駄目ね。東京都、金網フェンス作った。だから、イラン人のお店、商売できなくなったね」

「で、上野に流れてきたのか？」

「そう。でも、上野の縄張り厳しい。麻薬《ドラッグ》を勝手に売れないね。だから、わたしたち、何も仕事ない。でも、女の人、わたしたち四人に仕事くれた。ひとり二万円くれたね」

ハサンが言った。

「おれを痛めつけてくれって頼んだのは、どんな女なんだ？」

「アウディに乗ってる女の人ね」

「その車はレモンイエローだな？」

剣崎は訊いた。

ハサンが無言でうなずいた。

「その女の名前は？」

「それ、言わなかったね。ただ、わたしたちに、ここで待機しててくれって言っただけ。それから、あんたのことは悪い警官だとも言ってた」

「どんなふうに悪いと言ってた？」

「あんたは暴力団に警察の情報流して、お金貰ってるそうね。それから、刑務所に入ってるやくざの奥さん、レイプしてるって」

「おれがそんな男に見えるかい？」

「見えない。でも、女の人、そう言ってたよ。だから、あんたは死んだほうが世の中のためになるって言ってた」

「それじゃ、おまえらはおれを殺す気だったのか？」

「仕方ない。わたしたち、お金欲しいね」

「おまえも腹這いになるんだっ」

剣崎は命令した。ハサンが路面に這《は》いつくばった。

そのとき、近くで車のエンジン音が聞こえた。

剣崎は振り向いた。無灯火の乗用車が猛進してくる。黒いアリオンだった。

「みんな、逃げろ！」

剣崎は四人のイラン人に怒鳴り、シグ・ザウエルP230Jを両手保持で構えた。

威嚇したつもりだったが、車はそのまま突進してくる。剣崎は左脚を傷《いた》めていた。

血でスラックスが肌にへばりついている。速くは走れそうもなかった。

剣崎はタイヤをめがけて、たてつづけに二発撃った。

銃弾の行方はわからなかったが、すぐに車が左に傾いた。

無灯火の車は、そのまま繁みの中に突っ込んだ。灌木を薙《な》ぎ倒しながら、二、三十メートル走った。太い樹木に激突し、ようやくアリオンは停まった。

フロントグリルから、湯気が立ち昇りはじめた。ラジエーターが破損したようだ。

剣崎は左脚を庇《かば》いながら、無灯火の車に近づいた。

拳銃は手放さなかった。車のドアはショックで開いたままだ。

運転席で呻いているのは、高取遥だった。

男装し、付け髭で口許《くちもと》を飾っている。付け髭は剝《は》がれかけていた。

剣崎は用心しながら、ルームランプを点けた。遥の額が鮮血に塗《まみ》れていた。

「やっぱり、きみだったな」

剣崎は言った。

「わたしを撃って！　生き恥なんか晒したくないわ」

「そうはいかない。生きて罪をたっぷり償《つぐな》ってもらう」

「………………」

「二人一役のトリックに協力してくれたのは、宝塚時代の友人だな？」

「そうよ。でも、彼女は見逃してあげて」

「なんて名なんだ？」

「死んでも友達は裏切れないわ」

遥は呻きながら、きっぱりと言った。

「きみの友情はわかるが、法は法だ。見逃すわけにはいかないんだっ」

「………………」

「共犯者の名は言わなくてもいい。その気になれば、すぐに割り出せるからな」

「彼女には、わたしが無理に手伝わせたんだから、罪なんか被《かぶ》せないで」

「そんなことより、いま、救急車を呼んでやろう。事件のことは、後で担当捜査員に話してくれ」

剣崎は遥に言って、無灯火の車から離れた。車のナンバープレートには、〃わ〃の文字が見える。レンタカーだ。

ハサンたち四人はすでに逃げ去って、影もない。

世話を焼かせる連中だ。後で指名手配してもらうことになるだろう。

剣崎は一一〇番通報し、ふたたび遥に近づいた。遥は苦しげに唸っている。救急車が十分以内に駆けつけなかったら、剣崎は自分の車で遥を最寄りの救急病院に運ぶ気でいた。


翌日の夕方である。

剣崎は、中野にある東京警察病院の外科病棟のベッドに横たわっていた。脚の銃創は軽かった。

表皮から数ミリの肉を削《そ》がれただけだ。縫合手術の必要もなかった。

金属バットや鉄パイプで殴打された箇所の疼《うず》きは鋭かったが、幸いにも骨は無傷だった。

数時間前に、相棒の斉田刑事が病院にやってきた。

彼の報告によると、遥は昨夜担ぎ込まれた千駄木《せんだぎ》の病院で、正午前に犯行を全面自供したらしい。アリバイづくりに協力した遥の友人は今朝早く、麻布署に出頭したそうだ。

ハサン、ババハラム、アリ、ゴーラムの四人は、いまも逮捕されていない。潜伏先は仲間の不法滞在者の家なのか。あるいは、山谷あたりのドヤ街に潜《ひそ》んでいるのだろうか。四人を検挙するまでに、もう少し時間がかかるかもしれない。

喫煙所で一服する気になった。

剣崎は上体を起こした。

そのとき、病室に彩子が入ってきた。果物の籠《かご》を提《さ》げている。同室の三人の病人が、一斉に妬《ねた》ましげな視線を剣崎に向けてきた。

「大変な思いをさせてしまって、ごめんなさいね」

彩子がベッドの際《きわ》に立ち、真っ先に詫びた。

「別に、きみのために怪我《けが》したわけじゃない」

「でも、間接的には……」

「たいした怪我じゃないんだ。二、三日中には退院できるだろう」

「よかったわ。麻布署の方から、遥さんのことを聞きました。彼女が主人を轢き殺そうとしたり、爆殺しようとした末に、有栖川宮公園で刺し殺しただなんて、いまも信じられないわ」

「だろうね」

「でも、彼女が中里佑介さんの仇《かたき》を討とうとした気持ちもわかる気がするの。ただ、長瀬が本当に中里さんの頭を椅子で殴りつけたのかしら？」

「遥が詰問したら、きみの旦那はそのことを認めたらしい。そして、命乞《いのちご》いをしたそうだ。その姿を見て、一層、殺意が膨らんだと供述したという話だったよ」

「そうだったの」

「きみにこんなことを言うのはなんだが、彼女にも同情の余地はあると思う」

剣崎は遠慮がちに言った。

「ええ、そうね。だから、わたし、遥さんの減刑を願い出るつもりでいるの。長瀬の両親は面白くないでしょうから、わたし、数日中に用賀の家を出ることにしたんです」

「どこかにマンションを借りたんだね？」

「ううん。当分、家具付きのリースマンションで暮らそうと思ってるの」

「落ち着いたら、連絡先を教えてくれるね？」

「このまま、わたしたち、もう二度と会わないほうがいいと思うわ」

「なぜ？」

「長瀬のことはともかく、兄の失明のことは忘れられないもの。どうしても拘《こだわ》りが……」

「そうか、残念だな。もしかしたら、きみとやり直せるかもしれないと思ってたんだがね」

「あなたには、もう素敵な彼女がいるじゃないの」

彩子がそう言い、いたずらっぽい笑い方をした。

「素敵な彼女？」

「ええ。ついさっき、ナースステーションの前で氏家真弓さんって方とほぼ同時に、あなたの病室を訊いちゃったの」

「ええっ」

「それで彼女が、先にわたしに面会しなさいって強く勧めてくれたのよ。あんなに心優しい彼女を粗末にしたら、罰《ばち》が当たるわ。どうか早く元気になってね」

彩子は果物の詰まった籠をサイドテーブルの上に置くと、迷いのない足取りで歩み去った。

世の中、うまくいかないものだ。

剣崎はぼやいて、ベッドに背を戻した。
五、六分過ぎたころ、ハイヒールの音が近づいてきた。剣崎は薄目を開けた。花束を抱えた真弓の姿が見えた。
剣崎は瞼を閉じ、鼾《いびき》をかく真似《まね》をしはじめた。靴音が熄《や》んだ。

「上瞼《うわまぶた》がぴくぴく動いてるわよ」

真弓が笑いを含んだ声で言った。

剣崎は吹き出しそうになった。それでも目は開けなかった。ばつの悪いときは、寝た振りをするに限る。

当分、真弓とつき合うことになりそうだ。

本書は二〇一四年十月に廣済堂出版より刊行された『新宿殺人遊戯　特捜刑事《デカ》』を改題し、大幅に加筆・修正しました。

本作品はフィクションであり、実在の個人・団体などとは一切関係がありません。

文芸社文庫

猟奇犯 特捜刑事《デカ》

二〇一七年二月十五日　初版第一刷発行

著　者　南英男
発行者　瓜谷綱延
発行所　株式会社　文芸社
〒一六〇-〇〇二二
東京都新宿区新宿一-一〇-一
電話　〇三-五三六九-三〇六〇（代表）
〇三-五三六九-二二九九（販売）
印刷所　図書印刷株式会社
装幀者　三村淳

ISBN978-4-286-18391-6